KB070444

루이 14세와
베르사유 궁정

나남
nanam

이영림

이화여대 영문과를 졸업하고 고려대 사학과에서 박사학위를 받았다.
현재 수원대 사학과 교수로 재직 중이다.
저서로 《루이 14세는 없다》, 《프랑스 구체제의 권력구조와 사회》(공저), 《정
조와 18세기》(공저), 《근대 유럽의 형성》(공저)이 있고, 역서로는 《루이 14
세와 베르사유 궁정》, 《사생활의 역사 3》, 《앙시앵 레짐》, 《방의 역사》(공
역), 《기억의 장소》(공역) 등이 있다.

나남 클래식 산책 002
루이 14세와 베르사유 궁정

2014년 2월 28일 초판 발행
2014년 2월 28일 초판 1쇄

지은이_ 생시몽
편역자_ 이영림
발행자_ 趙相浩
발행처_ (주) 나남
주소_ 413-120 경기도 파주시 회동길 193
전화_ (031) 955-4601 (代)
FAX_ (031) 955-4555
등록_ 제 1-71호(1979.5.12)
홈페이지_ http://www.nanam.net
전자우편_ post@nanam.net

ISBN 978-89-300-8752-0
ISBN 978-89-300-8750-6(세트)
책값은 뒤표지에 있습니다.

나남
nanam

2

루이 14세와
베르사유 궁정

생시몽 지음 이영림 편역

나남
nanam

생시몽 공작의 초상화, 작가 및 연도 미상

루이 14세의 초상화, 야생트 리고, 1701

1722년의 베르사유 전경, 피에르드니 마르탱, 연도 미상

1

2

1 국무참사들과 청원심사관들 앞에서 국새를 쥐고 있는 루이 14세, 작가 미상, 1672
2 페르시아 대사를 접견하는 루이 14세, 니콜라 드 라르질리에르, 1715

왕세자, 부르고뉴 공작, 부르고뉴 공작의 둘째 아들(미래의 루이 15세),
방타두르 공작부인과 함께 있는 루이 14세, 니콜라 드 라르질리에르, 1710

1 오를레앙 공작, 작가 및 연도 미상
2 펠리페 5세의 초상화, 야생트 리고, 1700

왕세자, 나콜라 드 라르질리에르, 연도 미상

맹트농 부인의 초상화, 피에르 미냐르, 연도 미상

루이 14세와 베르사유 궁정

차 례

들어가며

《회고록》과 《루이 14세와 베르사유 궁정》

이 책은 생시몽의 《회고록》 중 일부를 발췌해서 번역한 것이다. 좀더 정확하게 설명하자면 생시몽의 《회고록》 중에서 루이 14세와 베르사유의 궁정생활에 관련된 부분을 발췌한 《루이 14세와 베르사유 궁정》[1]의 일부를 다시 발췌한 다음 독자의 이해를 돕기 위해 상세한 설명과 해석을 덧붙여 재구성한 책이다.

생시몽은 일반 독자에게는 낯선 이름이지만 그의 《회고록》은 19세기 중엽부터 지금까지 약 5백여 종 이상의 발췌본 혹은 선집의 형태로 출판되었다. 이는 생시몽의 《회고록》이 문학작품 혹은 역사서로 가치를 지녔음에도 불구하고 전문가가 아니고서는 선뜻 접근하기 어려울 정도로 방대하기 때문이다.

생시몽이 1693년에 시작해서 1749년 마침표를 찍은 《회고록》의 필사본은 56줄짜리 2절판 공책 총 173권 분량이다.[2]

---

1 생시몽, 《루이 14세와 베르사유 궁정》, 이영림 옮김 (나남, 2009).

2 이 필사본은 프랑스 국립도서관의 고문서실에 보관되어 있다 (BN. Fonds français, n. a. 23096~23016 et 23107).

이 《회고록》 전체가 출판된 것은 그로부터 1세기가 지난 1856~1858년이다. 루이 14세 연구자이자 제도사가인 쉐뤼엘에 의해 처음 20권으로 완간된 이후 생시몽의 《회고록》은 다양한 판본으로 재간행되었다. 가장 최근의 판본은 1983~1988년 갈리마르 출판사에서 출간된 전 8권이다. [3]

생시몽이 그토록 어마어마한 분량의 《회고록》을 집필한 이유는 무엇일까? 장장 57년에 걸친 집필은 그 자체가 고통스럽고 힘든 자기와의 싸움이 아닌가. 결국 그는 막 성년이 된 18세에 시작해서 죽음을 앞둔 75세까지 자신의 인생을 온전히 회고록 집필에 바친 셈이다.

생시몽이 회고록을 쓰게 된 계기는 1693년 바송피에르의 《회고록》을 읽게 되면서다. 아우구스부르크 동맹전쟁(1689~1697)이 계속되던 당시 그는 라인강 유역에 주둔하고 있던 군 막사에서 바송피에르의 《회고록》을 읽고 깊은 감명을 받았다. 바송피에르는 앙리 4세와 루이 13세 시대에 탁월한 군사적 공훈을 세운 프랑스의 장군이다. 그러나 정치적 음모에 가담했다는 혐의를 받고 1631년 바스티유 감옥에 갇혔다. 12

---

3 Saint-Simon, *Mémoires*, collationné et annoté par A. Chéruel, 20vols (Paris: Hachette, 1856~1858) ; Saint-Simon, *Mémoires*, éds. par A. et J. de Boislisle, L. Lecestre, 41vols (Paris: Hachette, 1879~1908) ; Saint-Simon, *Mémoires*, éd. par Y. Coirault, 8vols (Paris: Gallimard, 1983~1989).

년의 수감생활 동안 그는 자신의 파란만장한 인생 역정을 담은 회고록 집필에 몰두했다. 그의 《회고록》은 1665년에 출판되자마자 커다란 인기를 누렸다. 권력의 부침 속에서 불행을 겪은 바송피에르의 운명은 비단 생시몽만이 아니라 수많은 귀족들에게 공감을 불러일으키며 권력과 인간의 문제를 진지하게 고민할 수 있는 기회를 제공했던 것이다. 16세기의 종교전쟁 이후 유럽에서 독자적인 문학 장르로 발전해온 회고록이 루이 14세 치세의 프랑스에서 절정에 달한 것은 이런 맥락에서였다. 4

---

4 M. Fumaroli, "Les Mémoires du XVIIe siècle au carrefour des genres en prose", *XVIIe Siècle*, No. 94~95(1971), p. 8.

회고록이란 무엇인가

회고록은 과거의 경험을 돌이켜 생각하며 기록한 글로 정의
될 뿐 뚜렷한 문학적 형식이나 원칙에 구애받지 않는다. 실
제로 16~17세기 유럽에서 쓰인 회고록들은 하나의 장르로
아우를 수 없을 만큼 구성과 서술방식 면에서 각양각색이다.
아무런 원칙도 체계도 없이 연대기로 서술되는가 하면 왕실
가족에 대한 족보와 세부적인 묘사, 일화, 한담, 추도문 등
이 곁들여진다.

　그럼에도 불구하고 이 시기의 회고록들에서는 뚜렷한 공
통점이 발견된다. 그것은 우선 개인의 시각에서 쓰였음에도
불구하고 매사가 정치적 사건이나 인물과의 관계 속에서 설
명된다는 점이다. 다시 말해 이 시기의 회고록들에서는 궁정
의 핵심인 왕과 그 주변인물들이 주인공으로 등장하며 궁정
에서의 일상생활이 묘사되거나 반란 및 전쟁과 같은 정치적
사건이 주를 이룬다. 이 점에서 회고록은 같은 개인적 글쓰
기의 산물인 일기와 매우 대조적이다. 17세기 영국에서 유행
하기 시작한 일기는 회고록과는 달리 개인의 비밀스런 사생
활과 깊은 내면의 흐름에 치중하기 때문이다. 또한 회고록은

18세기에 유행하게 된 자서전과도 다르다. 자서전과 회고록 모두 개인의 과거 경험을 시간순으로 서술하는 공통점을 지니지만, 자서전은 개인의 인생경험이 주를 이루는 반면 회고록은 공적 영역에 초점이 맞추어진다.[5]

이 시기의 회고록들이 지닌 또 다른 공통점은 단순한 흥미 본위의 글이 아니라는 점이다. 회고록 저자들은 한결같이 자신이 경험한 것을 후세에 남기고자 하는 강한 의지를 표방했다.[6] 회고록은 애초부터 역사서를 대신하려는 뚜렷한 목표의식에서 출발했던 것이다.

실제로 17세기 사전에서 회고록은 역사서로 정의되었다. 1690년 간행된 퓌르티에르의 《사전》에 의하면 단수 mémoire 는 '사물을 기억하기 위해 기록한 짧은 내용의 글'을 의미한다. 반면 복수형인 Mémoires는 '사건을 경험하거나 목격한 사람에 의해 쓰인 역사서를 뜻하며 라틴어의 주석(Commentarius)' 에 해당된다.[7] 이는 회고록이 역사사료로서의 성격을 지녔음을 의미한다.

회고록의 진정한 의미는 바로 여기에 있다. 17세기에 회고

---

5 마들렌 푸아질, "내면세계의 기록", 《사생활의 역사 3》, 이영림 옮김(새물결, 2002), pp. 424~425.

6 Cardinal de Rets, *Oeuvre*(Paris: Gallimard, 1984), p. 127.

7 A. Furtière, *Dictionnaire*(1690)(Paris: Le Robert, 1978), t. 2, p. 645.

록은 역사 이야기로 간주되었던 것이다. 그러나 회고록은 왕실에서 편찬된 공식 역사서와는 분명 달랐다. 16~17세기 유럽 각국의 왕실은 국왕역사편찬관을 두고 왕의 행적을 편찬하거나 왕세자의 교육을 담당한 학자들이 군주정의 역사를 서술했다. 이러한 공식 역사서가 왕에 대한 찬사와 미화로 일관하고 있음은 두말할 나위가 없다. 반면 저자가 참여했던 공적 영역에 관한 기록인 회고록은 자신의 입장에서 왕 혹은 정치의 공적 영역을 재검토하고 재구성한다. 자연히 회고록은 국왕 중심의 공식 역사서와 뚜렷한 시각차를 보인다. 심지어 회고록에서 저자는 냉철한 비판자를 자처하거나 적어도 관찰자의 입장을 견지한다.

그렇다면 회고록 저자들이 이렇듯 국왕 중심의 역사적 사건들 혹은 정치에 최우선적인 지위를 부여하면서도 일정한 거리를 유지한 이유는 무엇일까? 이는 절대군주정의 형성이라는 유럽 근대사의 정치적 맥락에서 설명될 문제이다. 특히 1562년에 시작된 종교내전 이후 피비린내 나는 권력다툼이 계속된 프랑스의 정치사와 더불어 회고록은 고유의 영역을 확보했다.

주지하다시피 앙리 4세가 1598년 낭트칙령을 공표함으로써 프랑스의 종교내전은 종식되었다. 이제 귀족들에게는 궁정에서 군주에게 충성을 바치며 사는 화려하지만 굴욕적인 삶과 영지에서의 고독한 삶, 둘 중 하나를 선택할 수 있는 운명이 주어졌을 뿐이다. 그 어느 경우이건 절대군주의 존재는 돌이킬 수 없는 현실로 귀족들을 짓눌렀다. 귀족들 중 일부는 과거의 영광을 되찾기 위해 반란에 가담하기도 했지만 모두 실패했다. 1648년부터 5년간 계속된 프롱드난은 귀족들의 마지막 몸부림이었다. 1653년 프롱드난이 진압되고 1661년 친정을 시작한 루이 14세는 왕권강화정책을 통해 왕국 전체에 지배권 확립을 시도했다.[8] 그 와중에 정치적 삶을 거세당한 귀족들은 자신들에게 닥친 불행이나 절대군주의 손에 맡겨진 자신들의 운명을 글로 남겼다. 절대군주의 전형으로 일컬어지는 루이 14세 시대에 약 260여 권의 회고록이 양산된 것은 결코 우연이 아니다.[9] 회고록 저자들이 대부분 귀족들인 것 또한 우연이 아니다.

프롱드난 동안 절대권력에 다가가기 위해 온갖 음모에 가담하며 경험한 변화무쌍한 인생역정을 박진감 있게 묘사한

---

8 이영림, 《루이 14세는 없다》(푸른 역사, 2009), pp. 32~38.

9 E. Bourgeois et L. André, *Les Sources de l'histoire de France, XVIIe siècle* (1610~1715), t. II(Paris: Picard, 1913) : F. Charbonneau, "Les Mémoires français du XVIIe siècle: Prolègomènes à l'établissement d'un corpus", *XVIIe Siècle*, No. 191 (avril~juin, 1996), p. 349에서 재인용.

레 추기경, 왕의 총애를 잃고 영지에서 고독한 생활을 하며 인간의 운명을 철학적으로 사유한 라로슈푸코 공작, 루이 14세의 모후 안 도트리슈의 시녀로 궁정생활의 실제 모습과 이면을 생생하게 묘사한 모트빌 공작부인. 17세기를 대표하는 이 회고록 작가들은 모두 루이 14세 치세의 정치사를 직접 경험하고 시대의 증인을 자처했다.

생시몽도 마찬가지다. 다만 그의 경우 특기할 만한 점은 바송피에르나 레 추기경, 모트빌 부인 등 대부분의 회고록 저자들이 일선에서 은퇴한 다음 인생의 원숙기에 회고록을 집필하기 시작했다면, 생시몽의 회고록 집필은 18세에 시작되었다는 사실이다. 인생의 초창기에 삶을 관조하고 기록하기 시작한 생시몽의 조숙함은 어디서 연유한 것일까?

생시몽은 왜 《회고록》을 썼을까?

루이 드 루브루아 생시몽은 1675년 파리에서 태어났다. 피카르디의 유서 깊은 그의 가문은 다른 명문가보다 훨씬 유구한 기사혈통이었다. 더구나 그의 아버지 클로드 생시몽은 짧은 기간이나마 루이 13세의 총신으로 궁정의 부러움을 한 몸에 받았던 인물이다. 탁월한 사냥 솜씨 덕분에 루이 13세의 눈에 띄어 총애를 받고 1635년에는 귀족 중에서도 가장 높은 엘리트층이자 서열상 왕족 바로 밑인 공작 겸 중신의 지위를 부여받았으니 말이다. 그러나 뜻밖에도 그는 2년 만에 총애를 잃고 낙향했다. 이후 클로드 생시몽은 공작 겸 중신이라는 고위 귀족 신분을 유지했지만 평생 궁정에서는 잊힌 그림자 같은 존재로 살았다. 그는 빼앗긴 권력과 명예에 대한 회한에 사로잡힌 채 고향에서 쓸쓸하게 여생을 보냈지만 시선은 늘 궁정을 향해 있었다.

그에게 찾아온 유일한 행운은 1672년에 한 두 번째 결혼에서 얻은 외아들의 존재였다. 인생의 거의 마지막 순간인 70세에 육박하여 간신히 공작 겸 중신의 계승자를 확보한 그는 아들의 미래를 위해 고군분투했다. 생시몽이 1677년 루이 14

세와 왕비 마리테레즈를 대부모로 모시는 영광을 누린 것도 그런 아버지의 노력 덕분이었다.

생시몽의 어머니 샤를로트 드 로베핀 역시 노심초사하며 그를 키웠다. 그녀는 남편과 40세 이상 나이차가 났다. 늙고 세상과 동떨어진 남편이 자식의 울타리가 되어주지 못할 것을 우려한 그녀는 생시몽을 철저하게 공부시켰다. 17세기 당시 대부분의 귀족들이 여전히 무지의 상태에서 벗어나지 못하거나 초보적인 교육 수준에 머물렀던 것과는 달리, 생시몽은 어려서부터 라틴어, 독일어, 역사, 문학, 종교 교육을 받았다. 학문세계에 대한 그의 열정은 평생 지속되었다. 유산 목록에서 드러난 6,233권의 장서 목록은 그의 지적 수준을 말해준다. 그는 보방, 부아길베르, 불랭빌리에 등 당대 최고 사상가들의 글을 읽고 랑세 신부 및 말브랑슈와 서신왕래를 했으며 몽테스키외와 대화를 나눌 정도로 학식이 풍부했다. 이렇듯 생시몽은 일찍부터 회고록 집필에 필수적인 지적 조건을 충분히 갖추었다.

1692년에 생시몽은 군인이 되었다. 오늘날의 시각에서 보면 풍부한 학문적 세례를 받은 그가 군인의 길을 택한 것은 의외로 여겨질 만하다. 게다가 그는 신체적으로도 유약하고 성격도 내성적이었다. 하지만 당시의 시대적 상황에서, 더구나 생시몽의 집안 배경을 고려하면 그것은 당연한 일이었다. 엄격한 신분사회였던 17세기 프랑스에서 싸우는 자의 지위를 얻은 것은 귀족에게 사회적으로 가장 가치 있는 일이었으며 출세를 위해서도 합당한 일이었다. 아버지로부터 정치에 대한 억누를 수 없는 욕망을 물려받은 생시몽에게는 더더욱 그랬다.

생시몽이 군 장교직을 얻게 된 것도 아버지 덕분이었다. 그의 아버지는 루이 14세에게 알현을 청했고 루이 14세는 왜소한 생시몽을 흡족하게 여기지 않았으나 그를 국왕 연대에 편입시켜 주었다. 루이 14세는 한때 부왕의 총신이었던 클로드 생시몽을 박대하지 않았던 것이다. 늙은 아버지의 부성은 거기서 그치지 않았다. 1693년에 그는 가족을 이끌고 아예 궁정이 위치한 베르사유 시로 이사했다. 모두가 아들의 출셋길을 열어주기 위함이었다. 그러나 베르사유로 이사한 그 해 그는 사망하고 생시몽은 불과 18세에 공작 겸 중신이라는 고위 귀족의 지위를 물려받았다.

공작 겸 중신이 된 생시몽은 이제 스스로 세상을 헤쳐나가야 했다. 그러기 위해서는 탄탄한 인맥이 필요했다. 그런 점에서 1694년에 이루어진 생시몽의 결혼은 매우 성공적이었다. 대봉건 가문 상속녀인 마리 가브리엘 드 뒤포르와의 결혼을 통해 그는 화려한 일가붙이를 얻었으니 말이다. 그의 장인 로르주 원수는 튀렌의 조카이며 뒤라스 원수 겸 공작의 형제였다. 또한 생시몽은 아버지의 친구였던 보빌리에 공작 및 슈브뢰즈 공작과 두터운 친분을 유지하는 데도 공을 들였다. 두 사람 모두 콜베르의 사위로 루이 14세의 총애를 받았을 뿐 아니라 궁정 안에 막강한 세력을 형성하고 있던 인물들이었기 때문이다. 특히 보빌리에 공작은 왕손들의 사부였다. 그는 생시몽에게 훗날 세자가 된 왕손 부르고뉴 공작을 소개시켜 주었다. 생시몽의 인생에서 중요한 또 다른 인물은 루이 14세의 조카인 오를레앙 공작이다. 생시몽과 그는 어린 시절부터 함께 자란 절친한 친구 사이였다. 그밖에도 대상서 퐁샤르트랭과 그의 아들인 해군 국무비서 제롬, 재무총감 데마레 등과도 빈번한 만남을 유지한 생시몽은 권력의 핵심에 오르기 위한 만반의 조건을 갖춘 셈이다.

문제는 생시몽 자신에게 있었다. 아버지로부터 정치적 갈망과 좌절을 고스란히 물려받은 그는 귀족의 암담한 정치현실과 미래에 대한 불안에 지배되었다. 자연히 몸은 전방에 있었으나 그의 관심은 늘 궁정에 있었다. 그는 군생활에 만족하지 못했으며 군복무 동안 탁월한 공훈을 쌓지도 못했다. 1693년 군 막사에서 접한 바송피에르의 《회고록》은 눈부신 출세를 꿈꾸었지만 다른 한편 일찍부터 권력의 무정함과 무상함을 알아차린 그에게 회고록 집필이라는 새로운 목표를 제시해주었다. 1702년 돌연 군복무를 포기한 것도 이와 무관하지 않은 듯하다. 자신의 연대가 해체되고 여단장 승진에서 누락되자 그는 인생의 방향을 완전히 바꾸어버렸던 것이다.

당시에는 왕으로부터 부여받은 직책을 마음대로 그만둔다는 것은 상상하기 어려운 일이었다. 그로 인해 추방령을 받음으로써 생시몽은 인생에서 첫 실패를 맛보았다. 추방기간 동안 그는 더욱 의기소침해지고 내면세계로 침잠했다. 그럴수록 정치와 권력에 대한 관심은 증폭되었다. 이제 생시몽에게 남은 길은 궁정에 접근하는 것이었다.

1704년 생시몽은 보빌리에 공작의 주선으로 마침내 궁정에 입성하는 데 성공했다. 궁정 안의 구석진 방을 차지함으로써 궁정사회의 일원이 된 그는 궁정의 역학관계에 촉각을 곤두세우며 권력의 핵심에 침투할 기회를 노렸다. 그와 동시에 왕의 일거수일투족과 궁정생활의 모든 것을 세심히 관찰하며 기록했다.

하지만 생시몽의 시도는 실패했다. 대신직을 탐내고 원수가 되기를 갈망한 그는 루이 14세의 측근들에게 접근했으며 다양한 경로를 통해 청탁했으나 번번이 거절당했다. 그때마다 그는 쓰디쓴 좌절감을 맛보았다. 결국 궁정에서도 그는 주변인의 신세로 살아갈 수밖에 없었다. 그와 더불어 관찰자를 자처한 그의 시선은 점차 냉혹한 비판자의 것으로 바뀌어 갔다. 신성하고 위계화된 귀족 중심의 신분질서를 최고의 가치로 여기던 그는 특히 귀족의 순수한 혈통을 오염시키는 부르주아와의 통혼, 그리고 기세등등하게 권력을 전횡하던 천박한 부르주아 출신 관리들에 대한 혐오감을 감추지 못했다.

생시몽은 이 모든 것을 루이 14세의 탓으로 돌렸다. 권력과 영광에 대한 루이 14세의 지독한 탐욕이 전통적인 질서를 파괴하고 프랑스를 파국으로 몰고 갔다는 것이다. 생시몽이 권력으로 가는 통로와는 정반대의 길, 다시 말해 궁정 안의 비밀스런 음모와 파벌에 적극 가담한 것은 바로 그러한 맥락에서 이해될 수 있다.

루이 14세의 치세 말기에 궁정에서는 늙고 독단적인 왕과 정치적 식견이 부족하고 어리석은 세자와는 달리 총명한 왕손 부르고뉴 공작에게 기대를 거는 궁정귀족이 적지 않았다. 그들을 중심으로 출발한 미래지향적인, 그러나 위험천만한 소모임은 점차 비밀스런 파벌로 발전했다. 그 중심에 부르고뉴 공작의 교육을 책임진 사부 보빌리에 공작과 교육을 직접 담당한 당대 최고의 지성 페늘롱이 있었다. 생시몽의 정치적 식견을 높이 평가한 보빌리에 공작은 그를 부르고뉴 공작에게 소개시켜 주었다. 부르고뉴 공작의 신임을 얻은 생시몽은 그의 정치적 자문 역할을 하며 미래를 준비했다. 그럴수록 그는 자신의 야망을 교묘히 숨긴 채 관찰자이자 회고록 저자로서의 사명에 충실했다.

그러나 애석하게도 생시몽은 다시 한 번 인생의 실패를 맛보아야 했다. 부르고뉴 공작이 1712년에 30세의 나이로 사망했던 것이다. 37세의 한창 나이였던 생시몽도 그때까지 자신의 삶의 방향을 규정짓고 지탱해온 것 중 상당부분을 포기해야만 했다. 그의 후견인들과 친구들도 차례차례 사라졌다. 1715년 마침내 루이 14세마저 사망했다. 친구인 오를레앙 공작이 어린 루이 15세의 섭정이 되자 생시몽도 새로운 희망에 부풀었으나 1723년 그마저 사망했다.

오를레앙 공작의 사망을 계기로 생시몽은 완전히 궁정을 떠났다. 그는 공작 겸 중신직을 장남에게 물려준 뒤 영지에서 칩거했다. 1693년부터 기록과 주석달기 과정으로 이어져온 회고록 집필은 그때부터 본격화되었다. 1733년부터는 기록과 주석을 토대로 《회고록》 전체를 재구성하고 검토하는 대대적인 수정작업이 시작되었다. 그런 다음 1740년부터 10년 동안의 재정리작업을 거쳐 오늘날 전해지는 형태의 《회고록》이 완성되었다. 한마디로 생시몽의 《회고록》은 정치적 야망을 품은 그가 궁정을 무대로 고군분투하다 실패를 거듭하고 마침내 포기하는 과정에서 자신이 듣고 경험하고 목격하며 기록한 모든 것들을 완성하기까지 그의 인생 전체를 관통한 셈이다.

생시몽의 《회고록》에 대한 평가

생시몽은 프랑스의 고위 귀족으로 태어나고 죽을 때까지 명예와 특권을 누렸으나 그의 인생은 좌절과 불행의 연속이었다. 그것은 시대적 흐름을 거스르는 그의 정치적 야망에서 연유한다. 그는 절대군주정의 형성기에 귀족이 정치적 자유와 권리를 누리던 과거를 동경한 전통주의자이자 반동주의자였던 것이다. 권력에 대한 집요함과 통찰력에서 루이 14세 못지않았던 그는 실패를 경험할수록 귀족의 신분과 특권에 집착했다. 그것만이 자신을 정당화시켜 줄 수 있는 유일한 보루였기 때문이다.

생시몽이 가장 이상적으로 여기던 시대는 아버지가 활약했던 루이 13세 시대다. 그에게는 그 시대야말로 위계와 신분질서에 의해 지탱되던 시대로 간주되었다. 반면 자신이 살던 루이 14세 시대는 모든 것이 파괴되고 오염된 시대였다. 생시몽에 의하면 루이 14세가 여러 명의 정부를 두고 간통으로 태어난 서출들에게 공작보다 높은 서열과 지위를 부여함으로써 국가와 사회를 타락시켰을 뿐 아니라 더러운 화폐를 받는 대가로 법관들과 재정가들을 국무비서로 변신시켜 주었기 때문이다.

루이 14세가 태생적으로 탁월한 능력을 지닌 자신과 같은 귀족을 배제하고, 무능하지만 아부에 능한 부르주아 출신을 선호한 이유는 도대체 무엇이란 말인가. 생시몽은 이를 자기보다 나은 사람을 인정하지 못하는 루이 14세의 자만심과 허영심 때문이라고 설명한다. 그를 더욱 격분시킨 것은 부유하고 탐욕스런 부르주아 출신 관리들이 관직을 매입해서 출세한 다음 귀족작위마저 사들이고 오랜 귀족가문과 통혼함으로써 귀족의 피를 더럽힌다는 점이다. 이렇듯 생시몽은 부르주아 출신 관리들과 강압적인 군주에 희생당했다고 주장하는 우울한 귀족들의 자화상에 다름 아니다. 그런 루이 14세 치세의 부도덕하고 부당한 행위의 진상을 후세에 전하려는 사명감이야말로 그가 《회고록》을 쓴 동기였으며 기나긴 집필기간 동안 그를 지탱해준 버팀목이었다.

실제로 방대한 분량의 생시몽 《회고록》은 루이 14세를 향한 독설과 비난, 그리고 프랑스 역사를 내리막길로 간주하는 비관적 전망으로 가득 차 있다. 하지만 루이 14세 시대를 파국으로 단정짓고 모든 책임을 루이 14세에게 돌리던 그는 당대인들에게 정치적 낙오자로 취급되기 십상이었다. 생시몽 자신도 이를 예상한 듯 《회고록》을 비밀에 부쳤다. 심지어

1754년에 작성한 유언장에서 그는 회고록의 필사본 전체를 친척인 메스 주교에게 남기면서 그 안에 언급된 모든 사람들이 사망할 때까지 출판을 미루어 달라고 당부했다. 하지만 그의 《회고록》은 살아생전에 이미 무성한 소문을 낳으며 살롱가의 화젯거리가 되었다. 약 30년간 궁정의 모든 것을 관찰하고 기록한 내용은 일부 귀족들에게 공포의 대상이 되기도 했다. 조상의 어리석은 행위나 비화가 만천하에 공개되는 망신을 겪게 되지나 않을까 속 태우는 귀족이 있는가 하면 어떤 귀족은 작위를 사들인 것이 들통 날 것을 우려했다.

생시몽의 《회고록》은 역사가들 사이에서도 줄곧 논란거리였다. 무엇보다 먼저 그의 《회고록》에서는 크고 작은 오류가 발견된다.[10] 이는 자료의 출처에서 비롯된 문제이다. 생시몽은 자신의 기록과 다른 사람의 증언이 사실에 기반한 것임을 확신하며 역사적 사료로서의 가치를 인정했다. 하지만 자신의 목격담이나 다른 사람의 증언을 사실로 인정할 수 있을까? 이런 점에서 생시몽의 《회고록》은 오늘날의 기준에서 보면 역사적 사료의 측면에서 근본적 한계를 지닌 셈이다.[11]

---

10 제도사가이자 엄격한 실증사가인 쉐뤼엘에 의하면 생시몽의 《회고록》은 오류투성이다: A. Chéruel, *Saint-Simon consideré comme historien de Louis XIV*(Paris: Hachette, 1865). 루이 14세 연구자인 쉐뤼엘은 1856~1858년에 생시몽의 《회고록》을 완간하면서 상세한 역주를 첨부했고 부아릴은 8만3천 개의 주석을 붙이며 일일이 수정작업을 했다.

그보다 더 심각한 문제는 생시몽의 왜곡된 시선이다. 그는 냉철한 관찰자이자 비판자임을 자처하며 객관성을 강조했지만 철저하게 자기중심주의적 시각에서 당대인들을 바라보았다. 실제로 《회고록》에서 사람들의 장점과 단점을 과장하고 주관적인 흑백논리로 사람들을 재단하기를 일삼는 생시몽은 역사가들의 불신을 받기에 충분하다. 특히 루이 14세에 대한 그의 신랄한 평가는 늘 해석의 문제를 제기했다. 귀족이 천박한 부르주아에게 희생당했다고 한탄하며 모든 불행을 왕의 허영심 탓으로 돌리는 그의 주장을 어디까지 믿어야 할까?

루이 15세 시대에 살면서 루이 13세 시대를 동경하고 루이 14세 시대를 파국으로 묘사한 생시몽은 시대착오적이며 자기모순적인 욕망에 사로잡힌 인물임에 틀림없다. 더구나 그는 금욕적인 것과는 거리가 먼 격정적이고 예민한 성격의 소유자였다. 《회고록》에서는 분노하며 사람들을 사정없이 할퀴는가 하면 세상을 달관한 듯 독자들에게 세상의 법칙을 한 수 가르치는 그의 숨결이 그대로 느껴진다. 하지만 이는 비단 생시몽만이 아니라 모든 회고록이 지닌 원초적인 한계다. 자신의 행적을 합리화하고 미화하거나 변명하려는 의도에서

—

11 J. Mesnard, "La Quête des valeurs chez les mémorialistes français du xviie siècle", *La Culture du xviie siècle* (Paris: PUF, 1992), p. 497.

출발한 회고록은 애초부터 객관적일 수 없다.

그럼에도 불구하고 생시몽이 오랫동안 루이 14세와 그의 시대의 증인으로 간주되고 그의 《회고록》이 오늘날까지도 인기를 누리는 이유는 무엇일까?

생시몽의 《회고록》을 토대로 루이 14세 치세의 정치, 사회, 경제적 시대상을 정립하는 것은 무리다. 역사적 사건에 대한 그의 설명을 액면 그대로 받아들이는 것 또한 위험하다. 하지만 읽는 방식을 달리 하면 생시몽의 《회고록》이 지닌 무궁무진한 가치를 발견할 수 있다. 우선 궁정사회를 무대로 펼쳐진 그의 《회고록》은 만화경처럼 인간사회의 다양한 군상들을 보여주는 동시에 예리하면서도 섬세한 심리묘사를 통해 심오한 인간 이해의 수준에 도달했다. 1704년 생시몽이 궁정 안의 구석진 방을 차지하게 되면서 《회고록》은 더욱 흥미진진해진다. 직접관찰이 가능해진 그때부터 궁정 안에서 벌어진 구체적인 일화가 등장하고 각 인물들에 대한 생생한 심리묘사가 전개된다.

시간이 지날수록 생시몽의 《회고록》은 한결 치밀해지고 밀도 있게 진행된다. 특히 궁정이 최악의 시련에 직면한 1711년부터 루이 14세가 사망한 1715년까지 《회고록》은 절정을 이룬다. 1711년 이후 불과 3년 사이에 왕세자에 이어 그의 아들 부르고뉴 공작 등 왕실 직계가족 5명이 사망했다. 비극과 탄식이 휘몰아치고 정치적 판세도 급변했다. 그때마다 궁정인들 사이에서는 치열한 눈치싸움이 전개되었다. 물론 이 시기는 생시몽에게도 희비가 엇갈리는 숨 가쁜 순간이었다. 하지만 그는 관찰자로서의 사명에 충실했다.

생시몽이 그 모든 순간을 하나도 놓치지 않고 관찰할 수 있었던 것은 순전히 생시몽 공작부인 덕분이다. 1710년 왕손인 베리 공작이 오를레앙 공작의 딸과 결혼하게 되면서 생시몽 부인이 베리 공작부인의 시녀에 봉해지고, 생시몽 부부에게 왕실가족의 거처에 인접한 곳에 부엌 달린 방 5개짜리 거처를 얻는 행운이 찾아왔던 것이다. 궁정 깊은 곳에 쉽게 접근할 수 있게 되면서 생시몽의 관찰과 인간심리묘사는 이전과 차원이 달라졌다. 특히 1711년 왕세자 죽음 당시, 시체가 그대로 방치된 뫼동 성의 음울한 분위기와는 대조적으로 베르사유에서 축제 분위기에 들떠 새로운 세자 부르고뉴 공작에게 아부하는 궁정인들의 모습, 1715년 죽어가는 왕 앞에서 벌어진 루이 14세 사후의 권력승계 다툼에서 생시몽의 심리묘사는 극에 달한다.

이렇듯 《회고록》에서 생시몽은 각각의 인물을 초상화처럼 정교하고 살아 숨 쉬는 것처럼 생생하게 묘사했다. 그의

《회고록》을 읽다보면 거울의 방과 베르사유 이곳저곳을 산책하는 왕과 그를 에워싼 여러 인물들을 만날 것 같은 착각이 들 정도다. 외적인 신체조건, 성격과 습관, 그리고 지극히 내밀한 심리적 측면까지 파고든 인물묘사를 통해 그는 베르사유에 존재했던 궁정인들을 완벽하게 재현시켰던 것이다. 이런 점에서 생시몽의 《회고록》은 제도사 연구에 치중해온 과거의 정치사가 미처 보지 못한, 그리고 거대한 구조의 흐름을 꿰뚫어보려는 사회사 연구의 그물망이 놓쳐버린 살아 있는 인간의 모습을 복원하려는 최근의 미시사 연구에 퍽 유용한 사료임에 틀림없다.

미시적 차원을 넘어 사회적 관계망의 법칙을 간파한 생시몽의 예리함이 재발견된 것은 비교적 최근의 일이다. 생시몽의 《회고록》에서 묘사된 궁정은 1만여 명이 등장하는 사회이다. 그 사회의 구성원인 궁정인은 다른 구성원들과 함께 부대끼며 거기에서 살아남아야 했다. 왕은 위계와 특권을 미끼로 귀족들에게 충성서약과 궁정예절에 순응하기를 요구하고 귀족들은 그 미끼를 부여잡기 위해 끝없는 경쟁과 질투를 벌였다. 독일의 사회학자 엘리아스는 1969년 바로 그러한 궁정사회의 모습에서 인간들을 움직이는 권력의 게임을 포착해 내고 이론화한 《궁정사회》를 발표했다. 베르사유라는 제한

된 공간을 인간행위의 실험실로 삼아 권력과 문화의 관계를 설명한 엘리아스의 정교한 이론을 통해 생시몽의 《회고록》은 재발견되고 새롭게 역사가들의 주목을 받게 되었다.[12] 이렇게 해서 오랫동안 절대군주정에 대한 역사해석의 정석처럼 굳어져온, 반란에서 패배한 귀족들을 궁정의 그물망 속에 가둔 채 엄격한 궁정예절을 강요하고 과도한 소비를 부추김으로써 길들였다는 루이 14세의 성공신화가 재확인되고 생시몽은 그 나팔수처럼 여겨졌다.

귀족들을 까다로운 궁정예절에 순응하게 만든 것은 권력의 강제일까 아니면 숨겨진 치밀한 계산일까? 궁정에 대한 환상을 가지고 있지 않던 생시몽에게 궁정은 위선과 거짓이 판치는 세상이다. 엘리아스는 권력에 의해 강요된 예절이 심리구조적 변화를 통해 마침내 궁정인의 제2의 천성이 되었다고 주장하지만, 생시몽에게 맹목적 충성을 바치는 궁정인의 얼굴은 가면에 불과하다. 귀족은 결코 희생자의 역할에 머무르지 않았다. 귀족이 복종의 굴레를 기꺼이 받아들인 것은 사실이지만 그것은 권력의 억압과 이해관계의 줄다리기 속에서

---

12 노르베르트 엘리아스, 《궁정사회》, 박여성 옮김(한길사, 2003). 엘리아스의 이론을 토대로 루이 14세의 궁정을 분석한 연구로는 J-M Apostolidès, *Le Roi-machine, spectacle et politique au temps de Louis XIV* (Paris: Les Editions de Minuit, 1981) ; L. Marin, *Le Portrait du roi* (Paris: Les Editions de Minuit, 1981) 참조.

살아남아야 했던 생존전략에 불과하다. 결국 귀족은 자신의 이해관계를 위해 궁정을 이용한 셈이다.[13] 엘리아스는 생시몽의 《회고록》에서 궁정사회를 지배한 게임의 법칙을 발견했지만 막 뒤에서 펼쳐지는 진짜 게임을 놓쳤던 것이다.

엘리아스에게 궁정인들은 특정한 환경에서 구체적 체험을 통해 만들어진 사회적 조형물에 불과하다. 그러나 생시몽이 묘사한 궁정인들은 정치적 야망과 이해관계를 위해 꿈틀거리는 살아 있는 인간이다. 그들이 자질구레한 궁정예절과 서열에 매달린 것은 그 모든 것에 내포된 권력의 함의 때문이다. 이런 의미에서 궁정은 그들에게 권력을 쟁취하기 위한 발판이자 지렛대이다. 하지만 그들의 권력게임은 여간해서 겉으로 드러나지 않는다. 의례화된 모든 일상생활의 절차는 매순간 왕을 중심으로 우아하고 절도 있게 돌아가고 궁정인들의 의복, 자세, 앉는 위치 등 그 모든 것도 왕이 분배한 총애의 등급에 따라 결정되는 것처럼 보인다. 그러나 실제로 궁정의 모든 것을 움직인 것은 그 이면에 존재하던 파벌들 간의 역학

---

13 엘리아스의 이론에 대한 재검토를 위해서는 J. Duindam, *Myths of Power, Norbert Elias and the Early Modern European Court* (Amsterdam University Press, 1994), pp. 181~191; E. Le Roy Ladurie, *Saint-Simon ou le système de la Cour* (Paris: Fayard, 1997), pp. 515~520; 이영림, "문명화의 거미줄에 갇힌 근대인: 엘리아스와 문명화 이론," 〈서양사론〉, 89호 (2006. 6), pp. 245~266 참조.

관계와 맹트농 부인이다. 1683년 왕비의 사망 후 루이 14세와 비밀 결혼한 맹트농 부인이야말로 술탄황제비처럼 우아하고 교묘하게 루이 14세를 조종하며 전권을 행사하던 궁정의 실세였다. 이렇게 되면 당대부터 지금까지 절대군주로 일컬어져온 루이 14세는 측근의 노리개에 불과하다.

생시몽에 의하면 루이 14세는 선천적으로 지극히 평범했으며 무지와 고독 속에서 이기주의자이자 지독한 자기도취주의자로 성장했다. 모든 사물과 사람을 좌지우지하도록 그를 부추긴 잔혹한 권위주의는 그런 성향을 배로 증폭시켰다. 이렇듯 제한된 능력의 소유자인 루이 14세는 결코 진정한 의미의 절대군주가 될 수 없었다. 대신 그는 가장 화려한 무대 위에서 그 역할을 연기함으로써 절대군주를 자처하고 보여주는 데 탁월한 능력을 보였다. 생시몽은 과시된 군주와 실제 군주 사이의 괴리를 예리하게 포착하고 정교하게 묘사했다. 그의 《회고록》이 지닌 진정한 가치는 바로 여기에 있다. 그는 호사스럽고 전지전능한 연극무대 같은 베르사유에서 고립상태에 빠져 있던 루이 14세의 모습을 통해 권력의 본질을 꿰뚫어보는 명쾌한 통찰력을 발휘했던 것이다.

이런 점에서 선입관, 과장, 날조된 인과관계에도 불구하고 생시몽은 믿을 만한 증인임이 확실하다. 실제로 루이 14

세가 구축한 체제가 1789년 혁명에 의해 파국을 맞이함으로써 생시몽의 독설은 단순한 인신공격 수준이 아니라 의미심장한 것임이 증명되었다. 왕 개인보다 앙시앵 레짐 사회 전체에 축적된 모순이 체제 전복에 더 크게 작용했음은 물론이지만 말이다.

이 책의 구성과 내용

이 책은 생시몽의 《회고록》의 지극히 일부에 불과하다. 앞서 언급했듯이 이 책은 발췌·번역본인 《루이 14세와 베르사유 궁정》에서 다시 일부가 발췌된 것이기 때문이다. 따라서 생시몽의 《회고록》에는 궁정사회라는 특수한 사회집단에 속한 약 1만여 명의 온갖 다양한 군상의 귀족들과 관련 인물들이 등장하지만, 이 책은 루이 14세 위주로 발췌되었으며 베르사유에서의 구체적인 일상생활과 루이 14세 치세의 이면을 엿볼 수 있는 부분을 중심으로 재구성되었다.

책은 전부 7장으로 구성되어 있다. 다만 1장은 저자인 생시몽에게 할애되었다. 생시몽이 누구인지, 그리고 그가 왜 《회고록》을 썼으며 특히 루이 14세의 비판자가 되었는지를 보여주기 위함이다. 우선 생시몽의 출생과 가문에 관한 내용이 나온 다음 왕실의 결혼 문제가 다루어진다. 여기서 서출들을 차례차례 방계왕족 및 대귀족과 결혼시킨 루이 14세의 정치적 속셈과, 목적을 위해서라면 수단방법을 가리지 않는 그의 비열함이 폭로된다. 그런 다음 2장에서는 곧바로 루이 14세 치세 말기에 닥친 불행과 루이 14세의 죽음이 언급된다.

루이 14세 치세에 관한 구체적인 내용은 3장부터 시작된다. 우선 1661년 친정을 시작했을 당시 그에게 유리했던 정치적 상황과 그의 야심이 묘사된다. 그러나 그가 화려한 여성편력을 거친 끝에 마침내 맹트농 부인에게 정착하고 그녀의 술수에 빠져 국사가 그녀의 손아귀에 놓이게 되는 과정이 펼쳐진다. 4장과 5장에서는 그처럼 왜곡된 루이 14세 치세가 베르사유를 무대로 어떻게 움직이는지, 그리고 베르사유 건설과 궁정의례, 참사회 등이 상세하게 묘사된다. 6장에서는 루이 14세 치세 말기 프랑스가 처한 위기가 언급된다. 이를테면 루이 14세의 병과 에스파냐 왕위계승전쟁, 기후 불순으로 인한 식량부족 및 기근현상 등을 겪으며 병든 왕처럼 지치고 허약해진 프랑스의 모습이 펼쳐진다. 마지막 7장은 재위 72년 친정 54년 만에 루이 14세가 세상을 떠나며 보인 대왕으로서의 풍모와 그의 사망 후 은둔하며 지낸 맹트농 부인의 최후에 대한 생시몽의 묘사로 끝을 맺는다.

1장

회고록의 탄생과
생시몽의 인생 역정

랑세 신부에게 보낸 편지

이 글은 《회고록》의 일부가 아니라 생시몽이 회고록 집필 초기인 1699년 3월 29일에 랑세 신부에게 보낸 편지다. 1693년부터 회고록 집필을 시작한 그는 평소 존경하던 랑세 신부의 의견을 구하기 위해 이 편지를 썼다. 여기서 그는 왜 회고록을 쓰기 시작했는지 그리고 어떤 자세로 글을 썼는지 자신의 심경을 밝히고 있다.

랑세 신부는 어떤 인물이었을까? 그는 고위 귀족 출신으로 생시몽의 아버지와 절친했던 인물이다. 1657년 신비스런 체험을 한 그는 종교에 귀의하고 1664년에는 모든 재산과 고위 성직을 포기하고 트라피스트 수도원에 들어갔다. 그곳에서 그는 수사들에게 속세와의 인연을 끊고 노동과 침묵의 원칙을 지키도록 했으며 평신도에게도 수사와 같은 신앙생활을 요구했다. 이처럼 엄격한 개혁운동을 실천함으로써 그는 전국적인 명성을 얻었다.

생시몽은 아버지와의 인연 덕분에 랑세 신부를 고해신부로 모실 수 있었다. 그는 랑세 신부와 수시로 편지를 주고받았으며 종종 트라피스트 수도원을 직접 방문하기도 했다. 이렇듯 생시몽의 인생의 길잡이 역할을 한 랑세 신부의 존재는 가톨릭 개혁의 열풍이 분 17세기 프랑스 귀족들의 삶을 보여줄 뿐 아니라 생시몽의 정신세계와 그의 《회고록》을 이해하는 데 도움을 준다.

신부님, 허락하신다면 지난번 방문길에 말씀드렸던 서류를 샤르멜 백작 편에 보내옵니다. 감히 이런 실례를 범하는 것을 신부님께서는 너그러운 마음으로 이해해주시리라 믿습니다. 그때 신부님께 말씀드렸듯이 저는 이미 수년 전부터 저의 인생의 이야기를 담은 일종의 회고록을 쓰고 있습니다. 그 안에는 제 사적 이야기뿐만 아니라 우리 시대의 사건들, 주로 궁정의 일들에 대한 기록이 약간 일반적으로, 그리고 피상적으로 담겨 있습니다.

회고록에서 정확한 진실을 밝혔듯이 저는 이 사람 저 사람에 대해 제게 보이는 대로 좋고 나쁜 이야기를 모두 털어놓았습니다. 그럼으로써 진실이 제게 말하도록 허용한 모든 것을 통해 제 기질과 열정을 충족시키려고 합니다. 또한 저 자신과 대수롭지 않은 제 일생의 이야기에 관련된 일이고 또 제가 죽은 후에도 그럴 것으로 기대하기에 저는 어느 누구도 관대하게 평가하려는 생각을 품지 않았습니다.

하지만 저는 이런 종류의 책이 그냥 하루하루 두툼해져 제

사후에 그 상태로 남겨질 것만 같은 생각이 듭니다. 또 제 삶의 마지막 순간에 그것을 불태워버리고 싶을지도 모를 양심의 가책에 시달리고 싶지도 않습니다. 따라서 처음부터 제가 계획했던 대로, 그보다는 차라리 수천 명의 평판에 흠집을 내는 일이고 더구나 그 안에 담긴 완벽한 사실과 열정적인 문체로 말미암아 더더욱 치명적인 일이기에 당신을 귀찮게 하는 것인 줄 뻔히 알면서도 회고록의 일부를 당신께 보내기로 결심했습니다. 부디 그 내용을 판단하시어 양심의 가책 없이 진실을 말할 수 있는 기준을 가르쳐주시기를 간절히 바라옵니다. 아울러 다른 무엇보다 제게 충격을 준 일들에 대한 것을 쓸 때 고려해야 할 만한 방법에 관해 유익한 충고를 해주시기를 바랍니다. (《루이 14세와 베르사유 궁정》, 31~32쪽[1])

생시몽은 궁정을 세밀히 관찰하며 그 안에서 벌어진 일들과 궁정 사람들에 대한 이야기를 가감 없이 글로 남겼다. 하지만 회고록에 등장하는 인물들이 대부분 생존해 있고 자신과 직접 관련이 있는 사람들인지라 그로서도 수위 조절의 필요성을 느꼈던 듯하다. 그가 《회고록》 전체에서도 가장 신랄

---

1 이하 모두 같은 책의 쪽수를 표시한다.

한 비판을 퍼부은 대목의 일부를 랑세 신부에게 보내며 조언을 구한 것은 바로 그 때문이다.

발췌된 부분에서 언급된 인물은 뤽상부르 원수와 다게소다. 뤽상부르 원수는 루이 14세가 벌인 수많은 전쟁에서 혁혁한 공을 세운 공신이며 공작 겸 중신 지위를 지닌 고위 귀족이었다. 서열이 18위였던 그는 자신이 세운 군사적 공훈의 대가로 자신의 서열을 2위로 올려줄 것을 요구했다. 이 문제는 귀족사회에 커다란 파문을 일으키며 소송으로 번졌다. 철저한 위계사회인 앙시앵 레짐 하에서 귀족들은 맹목적으로 서열에 집착했던 것이다. 당시 서열 12위이던 생시몽도 이 문제에 민감한 반응을 보이지 않을 수 없었다. 뤽상부르 원수의 서열이 올라가면 그의 서열은 자동적으로 13위로 떨어지게 될 것이었으니 말이다. 다른 한편 법복귀족인 다게소는 검찰차장, 검찰총장을 거쳐 왕국 내 2인자인 대상서까지 승승장구한 인물이다.

이처럼 생시몽이 자신과 경쟁관계에 있는 두 사람에 관한 부분을 선택해 랑세 신부에게 보낸 것에서 우리는 생시몽의 《회고록》의 단면을 엿볼 수 있다. 그는 루이 14세 치세에 두각을 나타낸 두 사람을 가까이서 관찰할 수 있었을 뿐 아니라 루이 14세와 베르사유 궁정을 누구보다 생생하게 묘사할 수

있는 적임자임이 분명하지만 자신의 사적 감정에서 자유롭지
못했다.

결국 저는 뢰상부르 원수 부자의 소송사건에 관한 기록을 선
택했습니다. 그 사건으로 수많을 일들을 겪으며 저는 인생에
서 가장 쓰라린 감정을 경험했고 그런 감정을 잘 드러낼 수 있
는 문체로 표현했습니다. 제 생각으로는 그 부분이 회고록에
서 가장 신랄하고 가혹한 것입니다. 하지만 저는 그 부분에서
적어도 진실을 정확하게 밝히기 위해 최선을 다했습니다. 그
부분은 소송이 진행된 시간순으로 여기저기 흩어져 기록된
것을 함께 모아 베껴 쓴 것입니다. 또한 이 복사본에서는 제
회고록에서처럼 노골적으로 언급하는 대신, 제가 필자임이
드러나지 않도록 조심하고 가명을 사용했습니다.
    아울러 견본용으로 인물묘사 글 두 편을 함께 보냅니다. 하
지만 좋은 점보다는 나쁜 점이 더 많이 담긴 이런 종류의 글로
는 아무래도 다게소에 관한 것이 적합할지 모릅니다.
    당신께 보낸 것들을 제가 직접 찾으러 갈 때까지 검토해주시
기를 간곡히 부탁드립니다. 부활절 직후 그런 기쁨을 맛보기를
간절히 기대하며 그때 회고록 중 몇 권을 가져가겠습니다.
    거대하고 훌륭한 수도원을 개혁하시느라 한창 수고가 많으

시고 또 무척 힘이 드시더라도 당신께서는 제가 보낸 글을 검토하는 아량을 베푸실 것으로 기대합니다. 감히 부탁드리건대 신 앞에서 깊이 숙고하시어 당신의 의견과 원칙, 유익한 충고를 내려주시어 그 글들이 결코 제 기억에 어긋나지 않고 제 인생의 의지처가 될 수 있도록 해주십시오.

방 밖에서 글 읽는 소리가 들리지 않도록 목소리를 낮추고 비밀을 지켜달라는 부탁을 굳이 드리지 않아도 될 것이라 생각됩니다. 그 글 자체가 당신께 그 점을 충분히 일깨워줄 것이기 때문입니다. 잠시도 쉴 새 없이 늘 성스럽고 감탄스런 일에 몰두하시는 당신을 귀찮게 해드려 죄송하다는 말을 수백 번 드리는 것 외에는 이제 더 이상 덧붙일 말이 없습니다.

신부님, 저는 이 세상의 누구보다도 당신에 대한 존경과, 사랑, 감사의 마음으로 가득 찬 영원한 충복임을 다짐합니다. (32~33쪽)

생시몽의 인생 출발

생시몽은 피카르디 지방의 유구한 귀족 가문에서 태어났다.
그의 아버지는 루이 13세의 총신으로 공작이자 중신이었다.
권력과 부를 누리던 집안 배경에도 불구하고 그의 어린 시절
은 그리 밝아 보이지 않는다. 그가 태어났을 때 그의 아버지
는 이미 70 노인이었고 어머니와는 40세 이상 나이차가 났
다. 게다가 그는 형제도 없는 무녀독남으로 늘 외롭게 지냈
다. 그의 어머니는 그의 상황을 고려해서 엄하게 교육시키려
고 애썼다.

늘 혼자였던 생시몽은 어려서부터 책에 취미를 붙였다. 17
세기 중엽까지도 문인들의 작품에서는 귀족들의 무지를 조롱
하는 내용이 종종 등장하지만 생시몽은 고전문헌을 즐겨 읽
는 지독한 독서가였다. 특히 그는 역사책을 읽으며 정치적
야심을 키웠다. 생시몽의 《회고록》은 이러한 독서와 정치적
야망의 산물이다.

나는 1675년 1월 15일과 16일 사이의 밤에 프랑스 중신인 아
버지 클로드 생시몽 공작과 그의 두 번째 부인 샤를로트 드 로

베팽의 외아들로 태어났다. 아버지는 첫 번째 부인인 디안 드 뷔도와도 딸 하나만을 두었을 뿐 아들은 없었다. 이복누나는 빌루아 공작부인의 유일한 남동생인 브리삭 공작과 결혼했다. 남편과 서로 맞지 않아 오래전부터 별거생활을 하던 그녀는 1684년에 자식 없이 사망했다. 그녀의 유언으로 나는 그녀의 유산상속인이 되었다. 덕분에 나는 샤르트르 주교대리의 직함을 가졌고 엄청난 보살핌과 관심을 받으며 자랐다.

내 어머니는 덕이 많고 끝없는 지성과 풍성한 감성을 지닌 분이었다. 어머니는 헌신적으로 나를 돌보시며 육체적으로 정신적으로 교육시키셨다. 내가 어린 나이에 출세했다고 우쭐대며 영감행세를 하는 젊은이들의 전철을 밟을까봐 어머니는 무척 걱정하셨다. 1606년생이신 아버지는 오래 사실 수가 없었기 때문에 그런 불행으로부터 나를 지켜주실 수가 없었던 것이다. 그래서인지 어머니는 홀로 세상에 발을 내딛게 되는 젊은이는 무언가 독자적 능력을 갖추어야 한다는 간곡한 당부를 내게 끊임없이 되풀이하셨다.

나는 루이 13세의 총신의 아들이지만 아버지의 친구들은 모두 돌아가시거나 나를 도와줄 만한 위치에 계시지 못했다. 어머니도 어려서부터 친척뻘인 연로한 앙굴렘 공작부인(기즈 공작의 외할머니)의 집에서 자란데다 이미 연로하신 아버지를 만나 결혼했기 때문에 나이 많은 친구들 외에는 아무도 만날 수 없었고 또래의 친구를 사귈 수도 없었다. 어머니는 내가 삼촌, 고모, 사촌 등 아무 친척도 없이 마치 버림받은 사람처럼 홀로 남겨졌다고 말씀하시며 아무런 도움이나 지원 없이 지혜를 터득할 줄 알아야 한다고 강조하셨다. 어머니에게는 변변찮은 남자형제가 둘 있는데 그중 파산한 장남은 가족을 상대로 소송을 벌였다. 아버지의 유일한 형제로는 8년 위의 형이 있지만 그 역시 자식을 두지 못했다.

그와 동시에 어머니는 나를 용감하게 키우려고 애쓰셨으며 나 스스로 어려움을 극복하고 부족함을 채우도록 용기를 북돋아 주셨다. 또한 어머니는 내게 커다란 야망을 심어주는 데 성공하셨다. 공부와 학문에 대한 내 취향이 야망에 도움이 되지는 못했지만 나는 선천적으로 독서와 역사를 좋아했으며 경쟁심이 많아 역사책 속에서 알게 된 사람들처럼 되고 싶어 하고 그런 일들을 하기를 원했다. 이 점이 고전문학에 대한 나의 무지를 메워주었다. 내가 고전에 시간을 덜 빼앗기고 역사를 좀 더 진지하게 공부할 수 있었더라면 정말 특별한 사람이 되었을지도 모른다는 생각이 늘 나를 지배했다.

나는 역사책, 특히 프랑수아 1세 이후 최근의 우리 역사에 관한 사적인 회고록들을 직접 읽었다. 그러면서 장차 내가 목격할 것들을 회고록으로 남기고 싶은 욕망이 생기게 되었고, 나아가 특별한 사람이 되어 가능한 한 우리 시대의 문제

를 더 잘 알고 싶다는 기대와 욕망을 품게 되었다. 머릿속에
갖가지 곤란한 문제들이 떠오르기도 했지만 나 혼자 비밀을
간직하겠다고 굳게 결심하자 모든 문제가 해결된 것 같은 생
각이 들었다. 결국 나는 1694년 7월에 회고록 집필을 시작했
다. (34~36쪽)

17세기 프랑스에서 사회적으로 가장 존경받고 보람 있는 일
은 전투에 참여하는 것이었다. 이는 귀족의 특권이기도 했
다. 오늘날의 시각에서는 이해하기 어렵지만 당시에 군인이
되려면 왕으로부터 연대장의 지위를 부여받고 자비로 휘하의
군대를 마련해야 했다. 이 모두 귀족이 아니면 불가능한 일
이었다.

전사귀족은 젊은 귀족들이 꿈꾸던 이상적 모델이었다. 생
시몽 역시 전사귀족이 되기 위해 아버지를 졸랐다. 생시몽이
군인이 되기로 마음먹은 데는 동갑내기로 친구처럼 지내던
샤르트르 공작의 영향이 컸다. 샤르트르 공작은 루이 14세의
동생인 오를레앙 공작의 아들로 아버지의 뒤를 이어 훗날 오
를레앙 공작이 되고 1715년 루이 15세의 섭정이 된 인물이
다. 그의 존재는 생시몽에게 평생 권력에 근접할 수 있는 중

요한 끈으로 작용했다.

　생시몽이 군인이 되기로 결심한 1692년 당시 프랑스는 아우구스부르크 동맹전쟁이 한창이었다. 1691년 루이 14세는 플랑드르로 진격했고 몽스 봉쇄를 단행했다. 이를 자신의 용기를 뽐낼 수 있는 기회로 여긴 프랑스 젊은 귀족들은 앞다투어 군대에 투신했다. 17세가 된 생시몽 역시 아버지 덕분에 1692년 루이 14세를 알현하는 영광을 누리고 군인이 되는 데 성공했다. 루이 14세는 부왕의 총신인 생시몽의 아버지를 박대하지 않았던 것이다. 17세기 프랑스 귀족들은 대부분 생시몽처럼 가문이나 인맥을 동원해서 입신의 길에 들어섰다.

　1691년에 나는 철학을 공부했고 로슈포르와 메몽 씨의 아카데미에서 승마를 배웠다. 많은 선생님들과 공부에 지친 나는 군대에 가고 싶어 했다. 그해 봄 첫 공격으로 왕은 친히 몽스 봉쇄를 단행했다. 몽스 봉쇄는 첫 출정하는 내 또래의 젊은이들 거의 모두를 유인했다. 가장 나를 자극한 것은 샤르트르 공작도 그때 첫 출정을 했다는 사실이다. 그보다 8개월 어린 나는 그와 함께 자랐다. 젊음을 핑계 삼아 서로 다른 사회적 지위에 있는 우리의 관계를 이런 식으로 표현해도 괜찮다면,

우정은 우리를 하나로 결합시켜주었다.

결국 나는 소년시절에서 벗어나기로 결심했다. 그렇게 되기 위해 내가 어떤 술책을 썼는지는 말하지 않겠다. 우선 어머니에게 말했다. 하지만 나는 곧 어머니가 내 관심을 다른 데로 돌리려고 하신다는 것을 깨달았다. 이번에는 아버지에게 호소했다. 올해에 이미 대봉쇄작전을 감행했기 때문에 왕이 내년에는 휴식을 취하고 전쟁을 벌이지 않을 것이라고 아버지를 설득했다. 나는 실행에 옮길 때까지 내가 꾸민 일을 어머니가 모르시게 하고 아버지가 설복되지 않도록 조심하며 어머니를 속였다.

군복무하려는 사람들이라면 방계왕족[2]들과 왕의 서자들을 제외한 누구든지 왕의 총사중대compagnie de mousquetaire 둘 중 원하는 곳에서 1년을 보내야 했다. 그것은 군복무자가 기병이나 보병연대의 구입을 승인받기 전에 각자의 희망에 따라 기병중대의 선두나 왕이 각별히 아끼는 보병연대의 부관이 되어 얼마 동안 복종심을 배우게 하기 위해서였다. 왕은 이 의무사항에서 빼달라는 요구를 완강히 거부했다.

아버지는 나를 베르사유로 데려가셨다. 아버지는 블라유

---

2 방계왕족(*prince du sang*) : 루이 성왕의 후손으로 왕위계승권을 지닌 왕족들을 가리키지만 절대군주정의 성장과 더불어 점차 범위가 축소되어 왕의 3대손에서 출발해서 그 이후 5대까지를 포함하게 되었다.

에서 돌아오신 후 아직 베르사유에 가시지 못했다. 아버지는 블라유에서 돌아가실 뻔했는데 어머니가 역마차를 타고 가셔서 심하게 앓던 아버지를 데려오셨다. 그러니 아버지는 그때까지 왕을 만날 수 없었다. 아버지는 나를 총사로 만들기 위해 생시몽 생쥐드의 날(10월 28일) 낮 12시 30분에 참사회를 마치고 나오는 왕에게 경의를 표한 후 나를 인사시켰다.

전하는 영광스럽게도 아버지를 세 번 포옹했다. 나에 관한 문제가 나오자 왕은 작고 허약해 보이는 내 모습을 보고는 아버지에게 내가 아직 어리다고 말했다. 아버지는 그만큼 더 오랫동안 왕에게 봉사할 것이라고 대답하셨다. 그러자 왕은 아버지에게 나를 두 중대 중 어느 곳에 보내고 싶은지 물었다. 아버지는 첫 번째를 선택하셨다. 왜냐하면 아버지의 친한 친구인 모페르튀가 중대장이었기 때문이다. 아버지는 내게 약속했던 것 이상으로 신경을 쓰셨다. 아버지는 왕이 중대장들, 특히 모페르튀에게 소속 중대의 젊은이들에 관해 상세히 물어본다는 사실, 그리고 그들의 증언이 왕이 젊은이들에 대해 갖는 첫인상에 얼마나 중요한 영향을 미치며 그 결과가 오래 지속된다는 사실을 세심하게 놓치지 않으셨다. 아버지의 판단은 틀리지 않았다. 모페르튀 덕분에 나는 왕에게 좋은 인상을 심어줄 수 있었다. (36~38쪽)

샤르트르 공작의 결혼

생시몽은 친구이자 정치적 지인인 샤르트르 공작의 일거수일
투족에 늘 관심을 보였다. 특히 그의 결혼문제는 생시몽에게
최대의 관심사가 아닐 수 없었다. 그러나 루이 14세가 그를
자신의 서출 딸과 결혼시키려 한다는 소문은 생시몽뿐 아니
라 궁정 전체를 충격에 휩싸이게 하기에 충분했다.

화려한 여성 편력자였던 루이 14세는 모두 13명의 서출을
두었다. 1692년 당시에는 그중 다섯 명만이 남았다. 왕은 그
들을 방계왕족과 결혼시키기 위해 안간힘을 썼다. 거기에는
서출들에 대한 혈육애보다는 방계왕족을 통제하기 위한 정치
적 계산이 더 크게 작용했다.

몽테스팡 부인과의 사이에서 태어난 둘째 딸을 자신의 조
카인 샤르트르 공작과 결혼시키려는 루이 14세의 계획은 오
래전에 시작되었다. 문제는 당시 귀족들, 특히 고위 귀족일
수록 서출과의 결혼을 꺼린다는 점이었다. 왕족들은 더더욱
그랬다. 동생인 대공의 가족으로부터 결혼 승낙을 얻기 위해
루이 14세는 비상대책을 강구하지 않을 수 없었고 이미 오래
전부터 은밀히 작업을 해왔다. 이제 왕실의 정략결혼이 얼마
나 비열하고 교묘한 술책에 의해 이루어지는지 살펴보자.

서출들의 혼사문제에 몰두한 왕은 그들의 지위를 서서히 높여주었다. 왕은 이미 두 딸을 방계왕족과 결혼시켰다. 그중 하나인 왕과 라발리에르 부인의 외동딸 콩티 공비는 미망인인데다 슬하에 자식도 두지 못했다. 다른 하나인 왕과 몽테스팡 부인의 장녀는 콩데 공작과 결혼했다. 맹트농 부인은 오래전부터 왕보다 훨씬 더 그녀들 양육문제에 신경썼다. 왕과 맹트농 부인은 몽테스팡 부인의 둘째딸인 블루아 옹주를 샤르트르 공작과 결혼시키고 싶어 했다. 샤르트르 공작은 적출이자 왕의 유일한 조카였으며 더구나 그는 국왕 방계비속[1]일 뿐 아니라 아버지인 대공이 차지한 궁정으로 인해 그의 지위는 다른 방계왕족들보다 한참 위였다. 앞서 언급한 두 방계왕족의 결혼 때도 세상은 추문으로 떠들썩했다. 왕도 그 사실을 모르지 않았고 그 두 경우보다 훨씬 더 파격적인 결혼이 초래할 결과를 짐작했다.

왕이 그 결혼을 염두에 두기 시작한 것은 이미 4년 전이며 그동안 기본적 조치들을 취해 놓았다. 하지만 그 일은 매우 어려웠다. 왜냐하면 대공은 자신의 품위에 관련된 모든 것에 끝없이 집착하는 사람이고 대공비는 서출 신분과 신분차 나는

---

1 국왕 방계비속(*petit fils de France*) : 왕의 2대손으로 왕의 직계비속과 방계왕족 사이의 중간에 위치한다. 예컨대 루이 13세의 아들인 대공은 왕의 직계비속이지만 그의 아들인 샤르트르 공작은 방계비속이고 그의 아들부터는 방계왕족이 된다.

결혼을 혐오하는 나라 사람이었기 때문이다. 게다가 대공비는 성격상 이 결혼에 찬성하도록 설득당할 사람도 아니었다.

수많은 난관을 극복하기 위해 왕은 오랫동안 친하게 지내온 마사시랑감Le Grand Ecuyer에게 부탁해서 대공의 마음을 사로잡고 있는 그의 동생 로렌 기사를 매수하기로 했다. 로렌 기사는 매력적으로 생겼다. 대공은 여성에게는 관심이 없었고 그것을 감추려 하지도 않았다. 그런 취향 때문에 대공은 로렌 기사를 자신의 정부로 삼았고 평생 그런 관계를 유지했다. 두 형제는 이렇게 민감한 문제를 통해 왕의 비위를 맞추며 약삭빠르게 그 기회를 이용할 뿐 더 이상의 요구를 하지 않았다. 그 작업은 1688년 여름에 시작되었다.

성령기사단의 기사자리가 기껏해야 12자리도 남지 않았고 사람들은 각자 더 이상 진급을 미룰 수 없다고 생각했다. 로렌 형제는 공작들보다 먼저 기사단의 기사가 되고 싶어 했다. 왕은 그런 무리한 요구를 받아들일 수 없었기 때문에 로렌 형제 중 누구도 기사단에 들어가지 못했다. 그것은 왕으로서도 해결하기 어려운 문제였다. 그러나 두 형제는 완강하게 버텼다. 결국 그들이 이겼다. 이렇듯 선수금을 챙긴 로렌 기사는 그 답례로 대공에게서 결혼승낙을 받아내고 대공비와 샤르트르 공작도 무릎 꿇게 할 방책을 찾아냈다. (39~41쪽)

동성애자인 대공의 약점을 이용해서 대공으로부터 결혼 승낙을 얻어낸 루이 14세는 이번에는 샤르트르 공작을 무력화시킬 차례였다. 여기서 샤르트르 공작의 가정교사였던 뒤부아의 활약이 눈에 띈다. 의사의 아들인 그는 샤르트르 공작의 신임을 얻었을 뿐 아니라 궁정 내부에 비밀스런 사적 인맥을 구축하는 데 성공했다. 그런 능력과 밑천을 토대로 그는 훗날 샤르트르 공작이 루이 15세의 섭정이 되자 재상직을 차지하고 프랑스 정국을 장악할 것이었다. 여기서는 그가 어떻게 궁정에 발을 내딛고 권력의 핵심에 파고들 수 있었는지 살펴보기로 하자.

그 어린 공작은 유모 품을 벗어나면서 생로랑의 손에 맡겨졌다. 생로랑은 하찮은 인물이었다. 대공 저하의 의전담당관 보조였던 그는 외모도 볼품없었다. 그러나 한마디로 왕자를 키우고 위대한 왕을 교육시키는 데에는 당대에 최고로 적합한 인물이었다. 낮은 출신성분으로 말미암아 그는 교육자로서의 지위를 얻지는 못했다. 그러나 비할 수 없는 장점으로 그는 공작의 유일한 스승이 되었다. 관례에 따라 공작이 사부를 두어야 할 때가 되었으나 사부는 형식에 불과했고 생로랑이 계속해서 신임을 받으며 이전과 같은 권위를 누렸다.

생로랑은 생퇴스타슈 본당 주임신부의 친구였는데 그 역시 매우 훌륭한 사람이었다. 그 신부에게는 뒤부아라는 이름의 하인이 있었다. 그전에 뒤부아는 랭스 대주교인 르텔리에의 자문역을 맡았던 박사의 하인 노릇을 했는데, 그는 뒤부아의 명민함을 간파하고는 그를 공부시켰다. 그래서 뒤부아는 인문학과 역사에 정통하게 되었다. 그럼에도 그는 하인에 불과했고 첫 번째 주인이 죽자 생퇴스타슈 본당 주임신부의 집에 들어오게 되었다. 신부는 이 하인을 마음에 들어 했지만 그를 위해 아무것도 해줄 수 없었다. 결국 신부는 그를 생로랑에게 보냈다. 생로랑이 자신보다 그를 더 잘 도와줄 수 있기를 기대했기 때문이다.

생로랑은 그를 순순히 받아들이고 서서히 샤르트르 공작의 문구류를 정리하도록 했다. 그를 좀더 중용하기를 원한 생로랑은 촌티를 벗겨내기 위해 그에게 평 칼라의 사제복을 입도록 했다. 그런 뒤 그를 공작의 서재로 보내 학과공부 준비와 작문, 사전에서 단어 찾기를 돕도록 했다. 어린 시절에 샤르트르 공작과 놀면서 나는 수없이 그를 보았다. 훗날 생로랑이 몸이 불편하게 되자 뒤부아가 공작을 공부시켰다. 그는 어린 공작에게 공부를 아주 잘 시키면서도 동시에 그를 즐겁게 해주었다.

그러다가 갑자기 생로랑이 사망했다. 뒤부아는 임시로 공부 가르치는 일을 계속했다. 거의 신부직을 얻게 될 무렵 뒤부아는 절친한 친구 사이인 로렌 기사와 대공의 수석 마사시랑인 에피아 백작 두 사람의 환심을 살 수 있는 방법을 터득했다. 특히 에피아 백작은 대공의 신임이 두터운 인물이었다.

뒤부아를 가정교사로 만드는 일은 단번에 이루어질 수 있는 일이 아니었다. 하지만 두 후원자들은 가정교사 후보자 한 사람을 쫓아냈다. 그리고는 사람을 바꾸지 않고 계속해서 뒤부아에게 공작을 가르칠 기회를 주기 위해 그들은 공작의 학업이 발전한 점을 이용했다. 결국 그들은 전격적으로 뒤부아가 가정교사로 발탁되도록 만들었다. 나는 그처럼 유쾌한 사람도 또 그보다 더 합리적인 사람도 본 적이 없다. 두 사람에게 감사하는 마음에서, 나아가 그 자리를 지키기 위해 뒤부아는 점점 더 두 사람과 가까워졌다. 로렌 기사가 샤르트르 공작에게서 결혼승낙을 얻어내기 위해 이용한 사람이 바로 뒤부아였다.

뒤부아는 공작의 신임을 얻었다. 아직 어리고 지식도 경험도 부족한 공작으로 하여금 왕과 대공을 두려워하게 만들고 대신 다른 곳에서는 제멋대로 하도록 만드는 일은 뒤부아에게 식은 죽 먹기였다. 그럼에도 불구하고 뒤부아가 이룬 성과는 공작이 대놓고 결혼을 거부하지 못하도록 설득한 것이 고작이었다. 하지만 그것만으로도 거사는 충분히 성공한 셈이었다.
뒤부아는 샤르트르 공작에게 시간이 임박해서야 비로소 말을
했다. 대공은 이미 허락한 상태였다. (41~42쪽)

이제 남은 것은 대공비를 설득하는 일이었다. 하지만 팔츠
공작의 딸인 그녀는 아들의 결혼을 호락호락 승낙할 인물이
아니었다. 프랑스에 비해 독일의 귀족들은 평민과의 통혼에
훨씬 더 엄격했다. 상대적으로 자본주의가 덜 발달하고 부르
주아층이 미성숙한 탓도 있지만 독일 귀족들은 중세 게르만
족 후예로서의 자부심이 남달리 컸기 때문이다. 더구나 그녀
는 베르사유의 엄격한 궁정의례를 못마땅해 했으며 궁정생활
에 적응하지도 못했다.
    하지만 대공비는 결국 루이 14세의 작전에 말려들어 아들
의 결혼을 반대하지 못했다. 이 대목에서는 아직 어리고 마
음 약한 샤르트르 공작과 궁정의 외톨이였던 대공비를 후려
쳐서 자신의 목적을 성취하고야 만 루이 14세의 노련한 솜씨
가 압권이다.

왕은 뒤부아의 답변을 들은 순간부터 갑작스럽게 일을 서두르기 시작했다. 하루나 이틀 전 대공비는 어디선가 그 소문을 들었다. 그녀는 아들에게 필사적으로 그 결혼이 얼마나 수치스런 것인지 설명하고는 절대로 결혼에 동의하지 않겠다는 다짐을 받았다. 이렇듯 가정교사에게도 약하고 어머니에게도 마음이 약했던 공작은 한쪽에게는 반감이, 다른 한쪽에게는 두려움이 뒤엉킨 당혹스런 상태에 빠져버렸다.

점심식사 후 얼마 지나지 않아 2층 회랑을 지나가면서 나는 샤르트르 공작이 난처하고 슬픈 표정을 지으며 대공 근위대 소속 수행원 하나를 데리고 거처 뒷문을 빠져나가는 것을 보았다. 마침 그곳에 있던 나는 이 시간에 그토록 바쁘게 어디를 가느냐고 물었다. 그는 불쾌하고 괴로운 표정으로 왕이 불러서 가는 길이라고 대답했다. 함께 가는 것이 적절치 않다고 생각한 나는 사부에게 가려고 돌아서면서, 그에게 아마 결혼문제일 것이며 사건이 터질 것이라고 말했다. 이미 며칠 전부터 그런 소문들이 내 귀에 들렸던 것이다. 큰 소동이 벌어질 것이 뻔했기 때문에 나는 호기심에 가득 차 주위에 귀를 기울이며 긴장했다.

샤르트르 공작은 왕의 부속실에서 왕이 대공과 단둘이 있는 것을 발견했다. 그는 그곳에서 아버지를 만나리라고는 조금도 상상하지 못했다. 왕은 샤르트르 공작을 다정하게 맞이하고는 그의 결혼을 도와주고 싶다고 말했다. 도처에서 전쟁이 일어나 그에게 어울리는 공주들을 앗아가 더 이상 그 또래의 공주가 남아 있지 않다, 그러니 다른 두 딸도 이미 방계왕족들에게 시집간 만큼 자신으로서는 막내딸을 소개하는 것 외에는 달리 관심을 표현할 길이 없다, 그렇게 되면 그는 조카에다 사위 자격까지 갖추게 된다고 말했다. 그러나 그가 이 결혼에 대해 어떤 감정을 갖든 왕 자신은 조금도 그를 강요하고 싶지 않으며 그의 자유의사에 맡기고 싶다고 덧붙였다.

왕답게 위엄을 갖춘 이 말에 소심하고 언변이 부족한 공작은 완전히 판단력을 잃어버렸다. 그는 대공과 대공비를 핑계대며 어물쩍 넘어가기 위해 더듬거리는 말투로 왕이 우리의 지배자이시지만 자신의 의견은 부모님께 달렸다고 대답했다.

왕이 대답하기를, "좋은 말일세. 하지만 자네가 동의한다면 자네 아버지와 어머니는 반대하지 않으실 걸세." 그러고 나서 왕은 대공에게 돌아섰다. "그렇지, 아우?" 대공이 왕의 말에 동의하며 자신은 이미 왕과 이 문제를 결론지었다고 말했다. 왕은 곧 대공비 외에는 더 이상 아무 문제가 없다며 즉석에서 그녀를 찾으러 사람을 보냈다. 그동안 왕은 대공과 한담을 나누었다. 두 사람 모두 샤르트르 공작이 당황하고 실망스러워 하는 것을 조금도 눈치 채지 못한 것처럼 말이다.

대공비가 도착하자마자 왕은 대공이 원하고 샤르트르 공

작이 찬성한 이 문제를 그녀가 반대하지는 않으리라고 믿는다고 말했다. 그것은 바로 샤르트르 공작과 블루아 옹주의 결혼문제인데 자신은 이 결혼을 몹시 원한다고 솔직히 털어놓았다. 그러고는 대공비가 이 결혼을 반대하지는 않더라도 적어도 달가워하지 않는다는 것을 확신하는 듯 강압적인 표정으로 조금 전 샤르트르 공작에게 했던 것과 똑같은 말을 짧막하게 덧붙였다.

자신에게 결혼을 거절하겠다고 약속했던 아들의 말을 믿었던 대공비는 그가 비겁하게 얼버무리는 데 그쳤음을 알고는 얼어붙은 듯 말을 하지 못했다. 그녀는 화가 난 눈초리로 대공과 샤르트르 공작을 쏘아보며 두 사람이 찬성한 이상 자신은 아무 할 말이 없다고 말한 뒤 간단하게 인사하고는 거처로 돌아갔다. 아들이 얼른 뒤쫓아갔으나 그녀는 사태를 설명할 틈도 주지 않은 채 울면서 그에게 욕설을 퍼붓고 그를 내쫓아버렸다.

조금 뒤 대공은 왕의 처소에서 나와 대공비에게 갔다. 그를 내쫓지만 않았을 뿐 그녀는 아들에게 했던 것과 똑같이 대했다. 따라서 그는 한마디도 말할 틈을 얻지 못한 채 황망하게 그녀의 방을 떠났다.

(…)

다음 날 궁정 안의 모든 사람들이 대공과 대공비, 샤르트르 공작을 방문했지만 아무 말도 하지 않았다. 사람들은 경의를 표하는 데 그쳤다. 이 모든 일이 완전한 침묵 속에서 이루어졌다. 곧이어 사람들은 평소처럼 참사회 소집과 왕의 미사시간을 기다리러 갔다. 대공비도 갔다. 샤르트르 공작도 평소처럼 어머니의 손에 입을 맞추기 위해 그녀에게 다가갔다. 그순간 대공비는 몇 걸음 떨어져서도 분명히 들릴 만큼 세게 그의 뺨을 후려쳤다. 그녀는 궁정사람들 모두 앞에서 그 불쌍한 공작을 당혹스럽기 짝이 없게 만들었을 뿐만 아니라 나를 포함해서 무수한 관객들을 경악의 도가니에 빠뜨렸다.

같은 날, 엄청난 액수의 지참금이 발표되었다. 다음 날 왕은 대공과 대공비를 방문하러 갔다. 그날은 매우 우울하게 지나갔지만 그날 이후 사람들은 결혼식 준비 외에는 더 이상 아무 생각도 하지 않았다. (42~48쪽)

생시몽의 결혼

샤르트르 공작과는 차원이 다르지만 생시몽의 결혼 역시 정략결혼의 대표적인 예이다. 1693년 연대장의 지위를 획득한 그는 어머니의 독려로 결혼을 고려하게 되었다. 당시 부르주

아층에서는 이미 사랑과 결혼이 일치하는 근대적 결혼이 나타나기 시작했지만 귀족들은 여전히 치밀하게 계산된 정략결혼을 선호했다. 특히 가난한 귀족들 사이에서는 화려한 귀족생활을 유지하기 위해 부유한 부르주아의 딸과 결혼을 하는 것이 크게 유행했다. 17세기 프랑스는 여전히 신분사회였지만 자본주의의 발달과 더불어 경제적 조건이 상당히 중요한 사회적 변수로 작용했던 것이다.

생시몽은 가문이 번성하지 못하고 경제적으로도 어려운 처지였음에도 불구하고 신분차 나는 결혼을 경멸했다. 전통 귀족인 그는 신분적 위계질서에 집착했다. 그런 그가 첫 번째 결혼상대로 선택한 것은 보빌리에 공작 가문이었다. 그것은 자신의 신념을 지켜주는 동시에 자신을 곤란한 처지에서 구해줄 수 있는 묘수처럼 보였던 것이다.

보빌리에 공작은 생시몽 못지않은 고위 귀족인데다 루이 14세의 총애를 받던 인물이다. 더구나 그는 왕손들의 사부로 미래를 보장받았다. 생시몽이 그의 사위가 되었더라면 그의 인생은 어떻게 달라졌을까. 생시몽의 결혼작전은 실패로 끝났지만 그의 결혼작전을 통해 우리는 당시 귀족들의 결혼 풍속도를 엿볼 수 있다.

내가 전쟁터에 나가 있는 동안 줄곧 내 걱정을 하셨던 어머니는 결혼하지 않으면 다시는 나를 전쟁터에 보내지 않겠다고 굳게 다짐하셨다. 이렇게 해서 어머니와 나 사이에 결혼이 가장 중대한 문제가 되었다. 비록 아직 어렸지만 나도 결혼에 대한 거부감이 없었다. 다만 마음에 내키는 결혼을 하고 싶었을 뿐이다. 나는 상당한 지위를 지녔지만 경제력과 영향력이 다른 무엇보다도 우선시되는 나라에서 늘 외톨이처럼 느껴졌기 때문이다.

아버지는 루이 13세의 총신이고 어머니는 오직 아버지만을 위해 살아오신 분인데다 아버지와 결혼할 때는 어머니도 이미 젊은 나이가 아니었다. 나이 탓에 두 분은 모두와 소원해졌고 나는 삼촌도 아주머니도 사촌도 가까운 친척도, 또 아버지와 어머니의 유익한 친구도 없는 아주 외로운 처지가 되었다. 그러니 나로서는 수백만 리브르에 현혹되어 신분이 낮은 사람과 결혼할 수가 없었다. 유행도 경제적 곤궁도 나를 굴복시키지 못했던 것이다.

보빌리에 공작은 내 아버지와 자기 아버지가 친구였으며, 나이와 생활, 사회적 지위의 차이가 허용하는 한 자신도 아버지와 친하게 지냈음을 늘 잊지 않았다. 왕손들의 사부[2]인 그

---

2 사부(師傅, gouverneur): 왕족의 학문적 지식과 도덕적 지식을 함양시키는 역할을 맡았다. 하지만 사부는 대체로 궁정의 시랑감이나 대신 등 고위직을 겸직한 대귀족이었기 때

는 그들의 거처에 있을 때 내가 그들의 환심을 살 수 있도록 늘 세심하게 배려해주었다. 따라서 이미 언급했듯이 아버지가 돌아가셨을 때와 그 후 연대 승인문제가 생겼을 때 내가 상의한 사람은 바로 그였다. 온화하고 인격적이며 세련된 그의 모든 점이 내 마음에 들었다. 당시 그에 대한 왕의 총애는 절정에 달했다. 루부아의 사망 이후 그는 국무대신직을 맡고 있었다. 게다가 그 이전에 이미 빌루아 원수의 뒤를 이어 젊은 나이에 재정참사회의 우두머리가 되었으며 아버지로부터 왕의 수석 침전시랑premier gentilhomme de la chambre직을 물려받았다.

또한 보빌리에 공작부인에 대한 평판과 늘 화목한 부부생활도 나를 감동시켰다. 곤란한 문제는 바로 재산이었다. 극도로 뒤죽박죽인 내 경제상태를 해결하려면 큰돈이 필요했기 때문이다. 그런데 보빌리에 공작은 아들 둘에 딸이 여덟이나 되었다. 그럼에도 불구하고 나는 내 기질대로 밀고 나갔고 어머니도 내 뜻을 허락해주셨다.

일단 결심이 서자, 둘러대거나 제3자를 개입시키지 않고 내가 직접 밀어붙이는 편이 더 나을 것이라는 생각이 들었다. 어머니는 내 재산과 빚, 직위, 송사에 관련된 정확하고 구체적인 자료를 내게 넘겨주셨다. 나는 그것을 가지고 베르사유로 갔다. 그리고는 보빌리에 공작에게 은밀하고 편안하게 이

___
문에 그 밑에 직접 교육을 담당한 시강학사 혹은 부시강학사를 두었다.

야기를 나눌 수 있는 시간을 내달라고 부탁할 사람을 찾았다. 루빌 후작이 그 일을 맡아주었다.

그는 훌륭한 가문 출신이었고 그의 어머니도 마찬가지였다. 그의 집안은 나의 아버지와 늘 절친하게 지냈다. 왕의 총애를 받던 시절에 아버지는 세뉼레 후작의 뒤를 이어 오랫동안 그 집안을 보호해주었다. 루빌 후작도 아버지와의 각별한 친분 덕택에 출세했다. 국왕 보병연대의 중대장이던 그는 아버지가 보빌리에 공작에게 추천해준 덕분에 왕손인 앙주 공작의 수행귀족 자리를 차지했다. 보빌리에 공작은 루빌 후작의 먼 친척이었지만 아버지를 통해서야 비로소 그를 알게 되고 또 인정하게 되었던 것이다. 게다가 그는 매우 재치 있고 상상력이 풍부해서 늘 참신한 느낌을 주었을 뿐 아니라, 심각한 문제를 이해하고 분석해주며 확실하고 현명한 충고를 주는 탁월한 동료이기도 했다.

결국 나는 저녁 8시에 보빌리에 부인이 사용하는 곁방에서의 만남을 약속받았다. 보빌리에 공작은 부인을 동반하지 않고 혼자서 나를 만나러 왔다. 나는 우선 의례적인 인사말을 한 뒤 내가 온 이유에 대해, 그리고 이런 문제의 경우 보통 다른 사람들처럼 중개자를 통해 말하는 대신 왜 내가 직접 말하고 싶어 하는지를 설명했다. 그에게 내 뜻을 전한 후 재산과 경제력에 관한 정확하고 구체적인 서류를 넘겨주고는 따님을 행복하게 해주기 위해 덧붙일 것이 있으면 알려달라고 간청했다. 그때 내가 이야기하고 싶었던 것은 모든 조건들에 대해서였기에 나는 다른 문제에 관한 토론도 이러저러한 문제에 관해서도 듣고 싶지 않았다. 나는 부디 딸을 내게 주는 호의를 베풀고 원하는 대로 결혼계약서를 작성해달라고 간청했다. 그러면 어머니와 나는 무조건 서명하겠노라고 말했다. (60~62쪽)

생시몽은 보빌리에 공작의 딸과 결혼하고 싶어 했으나 정작 그가 원한 것은 그의 가문과 결합하고자 하는 것이었다. 이는 물론 그의 외로운 집안 배경 탓이었겠지만 당시 귀족사회의 결혼에서는 당사자보다는 가문이 우선시되었음을 말해준다. 실제로 생시몽은 보빌리에 공작의 딸 8명 중 그 누구와 결혼해도 상관이 없다고 생각한 듯하다.

그러나 불행히도 보빌리에 공작의 딸들은 수녀가 되기를 원했기에 생시몽의 소원은 이루어질 수 없었다. 다른 나라에 비해 뒤늦은 17세기 초부터 가톨릭개혁의 열풍이 분 프랑스에서는 내적 신앙심을 고취시키기 위한 운동의 일환으로 수도원과 수녀원이 세워지고 활성화되었다. 그와 더불어 여성교육의 기회가 확대되었다. 당시 귀족층에서는 딸들을 수녀

원에 보내서 공부시키는 것이 유행했다. 보빌리에 공작도 마
찬가지였다. 그럼에도 불구하고 그의 경우는 퍽 이례적이다.
수녀원에서 교육받던 그의 딸들 대부분이 수녀가 되기를 바
랐으니 말이다.

내가 말하는 동안 공작은 내게서 잠시도 눈을 떼지 않았다.
그는 내 의지와 솔직함, 그리고 신뢰에 감동한 사람처럼 대답
했다. 그는 우선 이 문제를 보빌리에 부인에게 말하고 어떻게
해야 할지 함께 의논하기 위해 잠시 시간이 필요하다고 말한
뒤 가족상황을 설명했다. 딸 여덟 중 첫째가 14~15세이며
둘째는 기형아라 결혼할 만한 상태가 아니고, 셋째는 12~13
세이다. 나머지는 아직 어린아이들인데 몽타르지에 있는 베
네딕토 수녀원에 있다. 가까운 수녀원이면 딸들을 보러 자주
가고 싶을 것 같아서 그는 가까운 수녀원보다 그곳을 선호했
으며 그곳에서 딸들이 덕과 신앙심을 쌓기를 원했다. 큰딸은
수녀가 되고 싶어 한다는 것이었다. 그러고 나서 그는 지난번
에 퐁텐블로에서 만났을 때 그녀의 결심이 확고한 것 같아 보
였다고 덧붙였다.
　재산에 관해 말하자면 자신은 재산이 많지 않다고 말했다.
그 점에서 자신이 적당하지 않을 것 같은데 설사 그렇더라도 솔

직히 자신은 나를 위해 개선해 볼 여지가 전혀 없다고 말했다.

나는 내 제안을 잘 검토해보고 내가 그에게 끌렸던 것은 재산이나 한 번도 본적 없는 그의 딸 때문이 아님을 알아달라고 대답했다. 나를 매혹시킨 사람은 바로 보빌리에 공작 자신이며 보빌리에 공작부인과 더불어 하나로 결합하고 싶은 사람도 바로 당신이라고 말했다.

그가 "하지만 내 딸이 반드시 수녀가 되겠다면?"하고 묻자 "그렇다면 셋째 딸을 원합니다"라고 응답했다. 이 제안에 대해 그는 두 가지 이유를 들며 반대했다. 우선 나이가 문제이고 만약 셋째가 결혼한 뒤 큰딸의 마음이 바뀌어 더 이상 수녀가 되고 싶어 하지 않는다면 큰딸에게도 똑같이 지참금을 주는 것이 공평한데 그렇게 되면 자신이 경제적으로 곤란한 지경에 빠진다는 것이었다.

첫 번째 반대이유에 대해 나는 그의 처제의 예를 들며 고(故) 모르트마르 공작과 결혼했을 때 그녀는 더 어린 나이였다고 대답했다. 두 번째 이유에 대해서는 큰딸이 결혼할 때와 같은 조건으로 셋째 딸을 내게 달라고 했다. 언젠가 큰딸이 종신서언을 하면 그가 미리 마련했던 지참금의 나머지를 내게 주고, 만약 큰딸이 마음을 바꿔 결혼한다면 동생의 결혼 몫으로 만족하고 그녀가 나보다 더 좋은 사람을 만난 것을 기뻐할 각오가 되어 있다고 말했다.

그러자 공작은 하늘로 눈을 치켜뜨고는 흥분해서 이렇게 어처구니없는 싸움은 처음이라며 이제부터 내게 딸을 주지 않기 위해 전력을 다해야 할 판이라고 대꾸했다. 그는 장황하게 자신과 나의 인연에 관해 늘어놓으며 그 일이 성사되건 아니건 앞으로 나를 아들처럼 대하고 모든 면에서 돕겠다고 맹세했다. 또한 내가 그에게 상기시킨 도리 때문이라도 이제부터는 아낌없이 나를 위해 봉사하고 충고하겠노라고 말했다. 실제로 그는 아들처럼 나를 포옹해주었다.

(…)

이틀 후 왕의 기상의례 시간에 보빌리에 공작이 내게 자신의 거처 끝에 있는 새 익랑건물[3]의 회랑과 궁정 부속성당 특별석 사이에 있는 어두컴컴한 통로로 멀리서 따라오라고 말했다. 그 통로는 대접견실에서 왕이 신축을 희망한 궁정 부속성당으로 갈 수 있도록 만들어진 것이었다. 그곳에서 보빌리에 공작은 내 재산서류 뭉치를 돌려주면서 말했다. 서류를 통해 내가 다른 점에서도 그렇지만 재산상으로도 대영주임을 확인했다. 하지만 내가 결혼을 미루어서는 안 된다고 말했다.

---

3 새 익랑건물(l'aile neuve) : 정원을 향해 있는 본관 건물 오른편, 다시 말해 북쪽에 위치한 건물로 북쪽 익랑건물(l'aile du Nord)로도 불렸다. 1682년에 왼쪽 편에 지어진 건물은 옛 익랑건물 혹은 남쪽 익랑건물(l'aile du sud, aile du Midi 또는 des Princes)로 불렸으며 왕족의 거처로 사용되었다. 1689년에 완성된 이 새 익랑건물은 55개의 거처로 이루어졌으며 궁정귀족들에게 분배되었다.

그리고는 또 다시 안타까움을 토로하면서, 장차 자신의 딸을 아내로 맞이할 신만이 유일하게 나보다 먼저 선택되었을 뿐이며 만약 왕세자가 자신의 딸과 결혼하기를 원했더라도 아마 왕세자보다는 신이 선택되었을 것이라고 다짐했다. 만약 훗날 딸이 마음을 바꾸고 또 내가 홀로 있다면 누구보다 나를 선호할 것이며 그렇게만 된다면 자신은 소원이 없겠다고 말했다.

또한 자신의 재정에 부담이 가지 않는 범위 내에서 내 부채 8만 리브르를 갚도록 내게 돈을 빌려주거나 아니면 보증을 서서 빌려주도록 하겠다는 것이다. 그리고 내가 결혼상대를 찾는 데 충고를 하고 대변인 역할을 하겠다고 자처하며 이후부터 내 일은 모두 자신의 일로 간주하겠다고 덧붙였다.

나는 몹시 상심한 나머지 내게 가장 절실한 문제는 그의 딸과 결혼하려고 막내까지 기다리는 불상사가 일어나지 않도록 나 자신을 다그치는 일이라고 대답했다. 그의 딸 모두가 수녀가 될 리는 없으니 사실상 그것은 내 마음에 달린 문제였다. 서로에 대한 관심과 깊고 영원한 우정을 다짐하는 맹세를 하며 우리는 대화를 끝냈다. (62~68쪽)

생시몽이 보빌리에 공작의 딸들과 결혼하는 데 실패한 이후 다른 혼담이 여러 차례 오갔다. 공작인 그에게 풍족한 생활을 보장해 줄 만한 혼처도 있었다. 그러나 그가 원한 것은 자신이 의지할 만한 가문이었다. 2년 후인 1695년 마침내 생시몽에게 적절한 혼처가 나타났다. 로르주 원수의 장녀야말로 그가 찾던 아내감이었다. 생시몽은 무엇보다도 그녀의 아버지가 번성한 귀족 가문 출신의 장군이며 프랑스의 위대한 군인 튀렌 장군의 조카라는 점을 높이 샀다. 더구나 로르주 원수부인은 부유한 재정가 프레몽의 딸이었으니 경제적으로도 나무랄 데가 없었다.

지난겨울 내내 어머니는 오직 좋은 혼처를 찾으시느라 정신이 없으셨다. 먼저 있었던 일 이후 어머니는 내가 결혼하지 못한 것에 무척 상심하셨다. 나는 외아들이며 남들에게 충분하다고 여겨질 만한 사회적 지위와 기반을 가졌다. 아르마냑 양과 라트레무유 양의 이야기가 거론되었지만 헛수고였으며 그 밖의 여러 번의 경우들도 마찬가지였다.

(…)

그러던 와중에 내 결혼이 추진되었다. 이미 작년부터 나와 로르주 원수의 장녀문제가 거론되었다. 그 이야기는 나오자마자 끊겨버렸는데 양쪽 모두 그 문제를 다시 진행시키고 싶어 했다.

로르주 원수는 아무것도 가진 게 없었고 그로부터 얻는 가장 큰 대가는 프랑스 최고의 영광인 원수의 지위였다. 경제적으로 무절제한 그는 프레몽의 딸과 결혼했다. 국고에 관여하던 프레몽은 콜베르 밑에서 엄청난 부를 축적했고 가장 유능한 자문역할을 한 재정가였다.

로르주 원수는 결혼하자마자 로슈포르 원수의 사망으로 공석이 된 근위중대를 맡았다. 그는 군복무 동안 항상 명예와 용기, 탁월한 능력으로 명성이 자자했고 성공적으로 부대를 통솔했다. 튀렌과 그의 일가를 향한 루부아의 대물린 증오심[4]이 그 위대한 장군의 사랑스런 조카이자 제자인 그의 출세를 방해했을 텐데도 말이다.

나는 성실하고 강직하며 솔직한 로르주 원수의 성품이 무척 마음에 들었다. 그의 부대에서 복무하는 동안 나는 비교적 가까이에서 그를 지켜보았다. 우리 부대원 전체가 그를 존경하고 사랑했다. 그는 궁정에서도 존경받았고 어디에서건 품위 있게 처신했다. 그 자신이 고결한 집안 태생이며 가까운 인

---

4 루부아의 아버지 르텔리에 원수와 튀렌 원수는 루이 14세 치세의 장군으로 오랜 경쟁관계였다.

척들도 상당히 높은 지위의 가문과 결혼관계를 맺었기 때문에 그것으로 그 가문 최초로 어쩔 수 없이 치른 결혼(프레몽의 딸과의 신분차 결혼_옮긴이)의 결함도 메워졌다. 그의 형(뒤라스 원수_옮긴이) 역시 매우 존경받는 인물이었다. 절묘하게도 두 사람은 명예와 사회적 지위, 수입 면에서 동등했다. 특히 두 형제, 나아가 지체 높고 번성한 일가붙이들 모두가 친밀하게 지냈다. 하지만 나로 하여금 그 결혼을 강력하게 원하게 만든 것은 무엇보다도 로르주 원수의 보기 드문 선량함과 진실한 됨됨이였다. 그 혼사를 통해 나는 드디어 출세하기 위해, 그리고 사랑스런 가정과 수많은 빼어난 일가붙이들 속에서 행복하게 살기 위해 필요한 모든 것을 발견했다는 생각이 들었다.

로르주 원수부인의 덕과 재능 역시 흠잡을 데가 없었다. 그녀는 루부아와 남편을 화해시키는 능력을 발휘했으며 화해의 대가로 그녀의 남편은 공작이 되었다. 그 모두가 궁정에서 거주하는 젊은 여자가 갖추어야 할 품행으로 추천될 만한 점들이었다. 궁정에서 그녀는 세련되고 현명하며 우아한 품행으로 존경과 칭찬을 한 몸에 받았다. 그녀는 결코 아무나 사귀지 않았으며 저명인사들에게만 문호를 개방했다. 또한 매우 겸손하게 행동하면서도 남편의 체면을 손상시키는 법이 없었다. 그녀는 자신의 출신성분을 아예 잊어버리게 만들었다. 로르주 원수의 집안, 궁정, 사교계에서 그녀는 완벽한 평판과 개인적 존경심을 얻었다. 게다가 그녀는 오직 남편과 자식을 위해 헌신했고 그들은 그녀를 전적으로 신뢰했다. 로르주 원수는 아내 및 그녀의 일가를 다정하게 대하며 세심하게 배려했고 그로 인해 그는 더욱 칭송을 받았다. (77~80쪽)

생시몽의 결혼은 매우 성공적인 편이다. 생시몽은 집안 배경을 보고 로르주 원수의 장녀 로르주 양을 택했으나 그는 그녀를 무척 마음에 들어 했고 두 사람은 평생 좋은 관계를 유지했다. 물질적 측면에서도 결혼은 생시몽에게 많은 것을 선사했다. 생시몽의 아내가 가져온 지참금 40만 리브르는 당시 귀족사회에서도 상당한 액수였다. 게다가 결혼이 성사되는 과정에서 중요한 역할을 한 처외삼촌 도뇌유의 존재도 예사롭지 않다. 당시 그는 청원심사관(maître des requêtes)이었는데 왕의 곁에서 사법처리를 보좌하는 요직인 그 자리는 관직 보유자들이 출세를 위해서는 반드시 거쳐야 할 코스였다.

로르주 원수 부부는 끔찍이 사랑하는 열두 살짜리 외아들과 다섯 딸을 두었다. 위의 두 딸은 콩플랑의 베네딕토 수녀원에

서 어린 시절을 보냈는데 원수부인의 어머니인 프레몽 부인
의 자매가 그 수녀원의 원장이었다. 2~3년 전부터 원수의
두 딸은 외할머니의 집에서 지내고 있다. 두 집은 서로 가까
이 있으며 자주 왕래했다. 큰딸은 17세이고 둘째는 15세였
다. 외할머니는 잠시도 그녀들에게서 눈을 뗀 적이 없었다.
그녀는 매우 현명하고 완벽한 덕성을 지닌 분이었으며 젊었
을 때에는 매우 아름다웠고 미모의 흔적이 여전히 남아 있었
다. 게다가 아주 독실한 신자인 그녀는 자선활동에 열심이었
고 손녀딸의 교육에 전력을 기울였다. 그녀의 남편은 오래전
부터 온몸의 마비와 온갖 질병으로 고통받았지만 여전히 정
신이 맑고 재치가 있으며 자신의 일을 스스로 처리할 만했다.
원수는 그들에게 무한한 애정과 의무감을 지녔으며 그들과
함께 살았다. 그들 역시 원수를 존경하고 사랑했다.

　그들 세 사람은 은근히 로르주 양을 편애한 반면 원수부인
은 둘째인 캥탱 양을 편애했다. 매사가 원수부인의 생각과 의
지에 달렸더라면, 그녀는 아마 그 귀염둥이 딸을 더 잘 결혼시
키기 위해 큰딸 로르주 양을 수녀원으로 보냈을 것이다. 둘째
는 갈색머리에 아름다운 눈을 가졌다. 첫째는 흠잡을 데 없는
용모와 체격에 금발머리였다. 그녀의 얼굴은 매우 사랑스럽
고 태도는 매우 우아하며 겸손했다. 꾸밈없이 온화하고 덕성
스런 표정이면서도 어떻게 그토록 위엄 있게 보일 수 있는지

나로서는 도저히 상상할 수가 없었다. 두 사람을 처음 본 순간 내 마음은 비교할 것도 없이 그녀에게 쏠렸다. 그때부터 나는 오직, 그리고 전적으로 그녀와의 행복한 인생을 꿈꾸었다. 그녀가 내 아내가 된 이상 그녀에 대한 이야기는 여기에서 그치기로 하자. 다만 그녀가 내게 가져온 모든 것과 내가 그녀에게 기대했던 모든 면에서 그녀는 항상 당초 약속했던 것 이상이었다는 점만 지적하고 넘어가기로 하자.

어머니와 나는 프레몽 부인의 올케인 다몽 부인을 통해 세세한 모든 정보를 입수하고 있었다. 인물이 좋은 다몽 부인은 그들과 사이가 좋았기 때문이다. 또한 그렇게 지체가 낮은 부류의 여인들에 비해 그녀는 사교생활에 퍽 노련했다. 그녀는 어머니의 친구이고 나 역시 그녀를 매우 좋아했으며 아버지의 친구이기도 했다. 줄곧 그 결혼을 기대하고 간절히 바랐던 그녀는 언젠가 직접 로르주 양의 의사를 타진한 적도 있었다. 어쨌거나 결혼을 교섭하고 담판지은 것은 바로 그녀였다. 그녀는 인생의 중대사를 가로막기 마련인 난관을 요령 있고 당당하게 극복해내고 마침내 결혼을 성사시켰던 것이다. (…) 마침내 조금도 에누리 없이 현금 40만 리브르와, 궁정과 군대에서의 유지비를 무제한 지급한다는 조건으로 모든 난관이 극복되었다.

마침내 종려주일(3월 27일) 전 목요일 우리는 로르주 원수

의 저택에서 결혼계약서에 서명한 뒤 왕에게 그 서류를 가져
갔다. 이틀 뒤부터 나는 매일 저녁 로르주 원수 집에 갔다. 각
자 자기 방식대로 생각하다 생긴 오해로 느닷없이 결혼이 완
전히 취소된 적도 있었다. 그 문제로 좌충우돌하고 있을 때 다
행히도 원수부인의 하나밖에 없는 오빠인 청원심사관, 도뇌
유가 지방순찰을 마치고 돌아와 자신의 비용으로 난관을 해결
했다. 나는 그에게 경의를 표했을 뿐만 아니라 늘 감사하게 생
각했다. 신은 이렇듯 예기치 못한 수단으로 뜻하는 바를 이루
신다. (80~83쪽)

마침내 생시몽은 1695년 4월 8일 결혼식을 올렸다. 1693년 5
월 3일 그의 아버지가 사망한 지 2년이 채 지나지 않아 아직
상중이었지만 그의 어머니는 결혼을 서둘렀다. 당시의 복상
기간은 2년이었기에 그의 어머니는 아직 상복을 입어야 했다.
　결혼식은 당시의 관례에 따라 신부의 집에서 결혼계약서
의 서명과 피로연을 치른 다음 종교의식이 이어졌다. 루이
14세도 생시몽의 결혼을 축하하기 위해 그의 가족을 베르사
유로 초대했다. 이제 공작부인이 된 그의 아내는 처음으로
타부레(Tabouret)를 부여받았다. 타부레는 팔걸이와 등받이

가 없는 의자로 궁정에서는 왕이 왕족과 공작부인, 그 밖의 특별한 지위에 있는 귀부인들에게 부여하던 물건이다. 따라서 타부레를 부여받는다는 것은 왕 앞에서 앉을 수 있는 영광을 누릴 수 있는 지위에 있음을 의미한다.

결혼식은 4월 8일에 로르주 원수 저택에서 무사히 거행되었다. 그날은 내 인생에서 가장 행복한 날로 손꼽힐 만하다. 어머니는 이 세상에서 최고의 어머니다운 태도로 나를 대하셨다. 우리는 카지모도의 날 전 목요일 저녁 7시경에 로르주 원수의 저택에 도착했다. 결혼계약서에 서명한 뒤 양측의 가까운 친척들이 모인 자리에서 대연회가 베풀어졌다. 자정이 되어 생로슈 주임사제가 와서 미사시간임을 전하자 우리는 저택 안의 부속성당에서 결혼식을 올렸다. 그 전날 어머니는 로르주 양에게는 40만 리브르 상당의 보석류를, 내게는 그런 경우에 여자의 환심을 사기 위해 필요한 온갖 종류의 물건으로 가득 찬 선물 바구니에다 6백 루이를 넣어 보내셨다.

우리는 로르주 원수 저택의 본채 건물에서 잠을 잤다. 다음 날 맞은편에 사는 도뇌유 씨가 우리에게 성대한 만찬을 베풀었다. 그런 다음 신부는 침실에서 모든 방문객을 맞이했다.

수많은 무리가 도리와 호기심 때문에 몰려들었다. 그중에서도 브라치아노 공작부인과 두 조카딸이 가장 먼저 찾아왔다. 어머니는 아직 제 2기 복상 중이셨기 때문에 거처에 검은색과 회색빛 휘장을 쳐 놓으셨다. 우리가 로르주 원수 저택에서 손님을 맞기로 한 것은 바로 그 때문이었다.

우리는 단 하루만 손님을 맞고 다음 날 베르사유로 갔다. 왕은 저녁시간에 맹트농 부인의 처소에서 새 신부를 만나기를 원했다. 그곳에서 어머니와 장모가 맹트농 부인에게 신부를 인사시켰다. 맹트농 부인의 처소로 가는 도중 왕은 내게 농담을 걸었다. 그는 그녀들에게 찬사를 늘어놓으며 친절하게 대했다. 그러고 나서 그녀들은 저녁식사를 하러 갔다.

식탁에서 새 공작부인은 타부레를 받았다. 식탁에 다가서자 왕은 "앉으시지요, 부인?"하고 말했다. 왕의 냅킨이 펼쳐졌다. 왕은 공작부인들과 대귀족부인들이 아직도 서 있는 것을 보고는 의자에서 일어나 생시몽 부인에게 "부인, 앉으시라니까요"라고 말했다. 착석권을 지닌 모든 여자들이 자리에 앉았다. 생시몽 부인은 어머니와 장모 사이에 앉았다.

다음 날 아내는 아르파종 공작부인 거처의 침실에서 모든 궁정 손님을 맞이했다. 그 방은 1층에 있기 때문에 훨씬 편리했다. 로르주 원수와 나, 두 사람만이 왕실가족을 맞이하기 위해 그곳에 있었다. 다음 날 그녀들은 생제르맹 성에 이어 파리로 갔다. 저녁에 나는 집에서 결혼 피로연을 열고 대연회를 베풀었다. 다음날에는 아버지의 옛 친구들 중 아직 살아계신 분들과 사적으로 저녁식사를 했다. 내 결혼이 공공연히 세상에 알려지기 전에 나는 그분들에게 미리 소식을 전했으며 그들이 사망할 때까지 정성껏 모셨다. (83~85쪽)

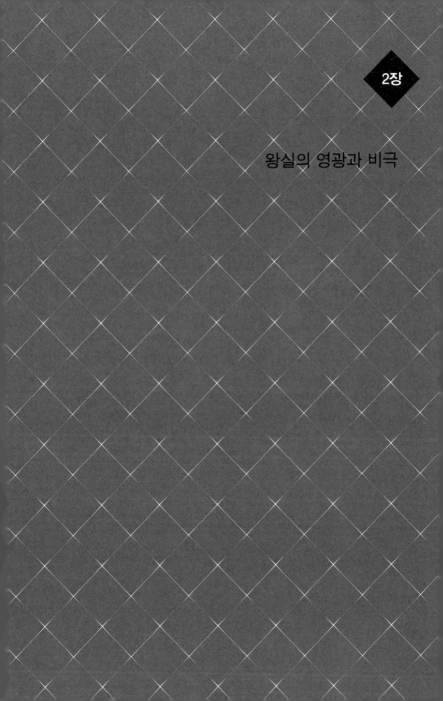

2장

왕실의 영광과 비극

에스파냐 왕의 선포

1700년 루이 14세의 손자인 앙주 공작이 에스파냐 왕이 되었다. 에스파냐의 왕위가 어떻게 해서 프랑스 왕실로 돌아갔을까?

　1665년 5세의 나이로 즉위한 카를로스 2세는 병약한데다 반복된 근친혼으로 인한 유전적 질병에 시달렸다. 게다가 그는 자식을 두지 못했기에 에스파냐 왕위계승 문제는 당시 유럽에서 최대의 관심사였다. 특히 루이 14세와 신성로마황제 사이에서 보이지 않는 알력 다툼이 계속되었다. 왜냐하면 카를로스 2세의 두 이복누이가 각각 프랑스의 루이 14세와 오스트리아의 레오폴트 1세와 결혼했기 때문이다. 에스파냐 왕실도 둘을 놓고 저울질을 했다. 당시에는 에스파냐 왕위가 같은 합스부르크 가문인 오스트리아 왕실에 돌아갈 것이라는 예측이 지배적이었다.

　에스파냐의 왕 카를로스 2세의 사망을 앞두고 영국 왕과 루이 14세는 지나치게 광대한 에스파냐의 영토를 놓고 조정과 분할협약을 거듭했다. 만약 에스파냐의 왕위가 오스트리아의 합스부르크 가로 돌아갈 경우 유럽에 또다시 대제국이 등장할 것을 우려했기 때문이다. 분할협약에 의하면 신성로마황제의 아들인 칼 대공에게 에스파냐, 서인도제도, 저지대 지방을 넘기는 대신 이탈리아의 영토는 루이 14세의 왕세자에게, 그리고 로렌 지방과 사보이아 지방은 프랑스에 합병하기로 되어 있었다. 아메리카에 대한 지배권을 놓고 프랑스와 경쟁하던 영국은 프랑스의 관심을 유럽대륙에 국한시키기 위해 프랑스에게 유리한 외교정책을 펼쳤던 것이다.

그러나 예측은 빗나갔다. 영토분할을 우려한 에스파냐의 대귀족들은 죽어가는 왕을 설득해서 에스파냐의 왕위를 프랑스에 넘기도록 했다. 이렇게 해서 합스부르크 왕조는 끝나고 부르봉 왕조가 에스파냐를 지배하게 되었다. 에스파냐 대사로부터 소식을 들은 루이 14세는 손자이자 왕세자의 둘째아들인 앙주 공작을 에스파냐 왕 펠리페 5세로 선언하며 기쁨을 감추지 못했다.

11월 16일 화요일에 왕은 기상의례를 끝내고 에스파냐 대사를 집무실로 들여보내도록 했다. 뒤편에는 앙주 공작을 배석시켰다. 왕은 에스파냐 대사에게 앙주 공작을 가리키면서 그에게 자신에게 하듯이 인사해도 좋다고 말했다. 그는 에스파냐식으로 무릎을 꿇고 에스파냐어로 장황하게 인사했다. 왕은 손자가 아직 에스파냐어를 알아듣지 못하므로 손자를 대신해 대답하겠다고 말했다. 그리고는 곧바로 관례와는 달리 집무실의 문 두 짝을 활짝 열게 하고 근처에 모여 있던 모든 사람들에게 한꺼번에 들어오라고 명령했다.

그러고 나서 위엄 있는 태도로 수많은 사람들에게 시선을 던진 뒤 앙주 공작을 내세우며 "신사 여러분, 여기 에스파냐 왕을 주목하십시오. 그는 혈연에 의해 에스파냐 왕에 봉해졌습니다. 선왕도 그렇게 유언했을 뿐만 아니라 온 국민이 그를 간절히 원하며 짐에게 하루 속히 그를 보내달라고 간청했습니다. 이는 하늘의 명령이며 짐은 기꺼이 그 명령을 따르렵니다"라고 말했다. 그리고는 손자에게 돌아서서 "훌륭한 에스파냐 인이 되시게. 그것이야말로 현재 그대가 지켜야 할 첫 번째 의무라네. 하지만 두 국민의 결합을 위해 그대가 프랑스 출신임을 기억하시게. 그것이 두 국민을 행복하게 만들고 평화를 보존하는 방법일세"라고 했다. 이어 손가락으로 손자를 가리키며 에스파냐 대사에게 "그가 내 충고를 따른다면 그대는 곧 대귀족이 될 것이오. 그로서는 그대의 의견을 좇는 것보다 더 좋은 것은 없을 것이오"라고 말했다.

궁정인들의 첫 번째 환호가 가라앉았을 때 다른 두 손자가 나타났다. 세 사람은 다정하게 부둥켜안으며 여러 차례 눈물을 흘렸다. 빈에서 일어난 경사소식을 들은 신성로마황제의 사절 친첸도르프가 영문도 모른 채 알현을 요청했다. 그는 여전히 아무것도 모르고 의전관이 그를 찾으러 올 때까지 아래층 외교사절의 방에서 기다렸다. 그는 황제의 손자인 대공의 탄생을 알리기 위해 온 것이었는데 그는 곧바로 사망했다. 결국 그는 무슨 일이 벌어졌는지 전혀 모른 채 올라왔다. 왕은 새 에스파냐 왕과 대사를 뒤쪽의 집무실로 보내고 나서 친첸도르프를 들어오게 했다. 그는 방에서 나간 뒤에야 비로소 자신이 곤란한 처지에 놓였음을 알게 되었다. (121~123쪽)

1700년 에스파냐 왕이 되었을 때 앙주 공작은 불과 17세였다. 그러나 에스파냐의 왕으로 선포된 순간부터 그에 대한 예우는 완전히 달라졌다. 그에게는 공식적으로 침전시랑과 시종, 공적 처소가 부여되었으며 모든 궁정의례에서 프랑스 왕과 동급의 대접을 받았다. 실제로 그는 미사시간과 식사시간 등 매순간 62세인 할아버지와 동등한 대접을 받았다.

그러고 나서 왕은 평상시처럼 미사에 참석하러 부속성당 특별석으로 갔다. 하지만 이번에는 에스파냐 왕이 그의 오른편에 있었다. 왕의 손자까지만 포함되는 이른바 왕실가족은 특별석에서 왕의 발밑에 있는 바닥깔개 위에 나란히 자리 잡았다. 그곳에는 기도대가 없었기 때문에 그들은 왕처럼 양탄자로 덮인 의자 버팀대에 기대었다. 왕만이 유일하게 긴 의자 위에 네모난 방석을 깔고 앉았고 그들은 바닥깔개와 같은 천으로 덮여 접혀 있는 긴 의자 위에 무릎을 꿇고 앉았다. 성당에 도착해서 방석이 자신의 것 한 개만 있는 것을 발견한 왕은 그것을 집어서 에스파냐 왕에게 주었다. 에스파냐 왕이 방석을 받으려 하지 않았기 때문에 방석을 옆에 놓아둔 채 두 사람은 방석 없이 미사를 보았다. 하지만 그 후부터 두 사람이 함께 미사를 보러 갈 때에는 항상 방석이 두 개 있었다. 이후 그런 일이 수시로 벌어졌다.

미사에서 돌아오면서 왕은 공적 처소 안에 침대가 있는 방에서 멈추고는 에스파냐 왕에게 앞으로는 그곳이 그의 거처가 될 것이라고 말했다. 그날 저녁부터 에스파냐 왕은 그곳에서 잠을 잤다. 그는 그곳에서 자신을 축하하러 오는 궁정사람들의 무리를 맞이했다. 아버지인 오몽 공작으로부터 왕의 수석 침전시랑을 승계받은 빌키에가 에스파냐 왕의 시중을 들라는 명령을 받았다. 또한 왕은 에스파냐 왕에게 자신의 부속실들 중 그 침대 방으로 연결된 방 두 개를 양도했다. 그것은 에스파냐 왕이 사적인 시간을 갖고 싶은 경우를 위해서이며 또한 반드시 공적 처소를 통과하도록 되어 있는 두 익랑건물을 아무도 모르게 지나가도록 하기 위함이었다.

　왕이 에스파냐 왕을 선포하기로 정한 시간을 전해들은 왕세자는 정시에 뫼동에 있는 사람들에게 그 사실을 알렸다. 퐁텐블로를 떠날 때 이미 은밀히 그 사실을 알게 된 대공은 사람들에게 알리지 못해 조바심을 하며 시계추처럼 왔다갔다했다. 선포시간 몇 분 전 그는 도저히 참을 수가 없어 궁정사람들에게 이제 엄청난 소식을 듣게 될 것이라고 말했다. 마침내 시계 바늘이 정시에 도착하여 말하는 것이 허용되자마자 그는 사람들에게 소식을 전했다. 부르고뉴 공작과 앙주 공작, 그리고 에스파냐 대사는 지난 금요일부터 이 사실을 알고 있었다. 그들은 표정과 태도를 전혀 바꾸지 않고 철저히 비밀을 지켰다. 부르고뉴 공작부인은 퐁텐블로에 도착하기 전에, 베리 공작은 월요일 아침에 그 사실을 알았다. 이별의 고통에 휩싸이기도 했지만 그들의 기쁨은 극에 달했다. 세 왕손은 매우 다정하게 지냈다. 감정이 격하던 어린 시절에 이따금 첫째와 셋째가 사소한 일로 흥분할 때면 두 사람을 화해시키는 것은 늘 천성적으로 현명하고 차분하며 냉정한 둘째 앙주 공작이었다. (123~125쪽)

왕세자는 아들이 에스파냐 왕이 된 것을 무척 기뻐하며 매사에 그를 앞장세우고 왕으로 대우했다. 실제로 앙주 공작은 에스파냐 왕으로 봉해진 이후 아버지인 왕세자보다도 상석권을 누렸다. 하지만 40세의 나이에 아버지와 아들을 왕으로 둔 그의 입장이 편치만은 않았으리라.

1700년 당시 프랑스에는 또 한 명의 왕이 있었다. 바로 1688년 명예혁명 후 프랑스에 망명 중인 제임스 2세였다. 새로 왕위에 즉위한 오라녜 공을 영국 왕으로 인정하지 않은 루이 14세는 제임스 2세를 영국 왕으로 예우해주었다. 자연히 앙주 공작은 영국 왕과도 동등한 대접을 받았다.

점심식사 후 에스파냐 왕은 왕세자를 만나러 뫼동으로 갔다. 왕세자는 마차 문 앞에서 그를 맞이하고 안내했다. 또한 어디서건 항상 그를 먼저 지나가도록 하고 그에게 전하라는 존칭을 사용했다. 공식적인 자리에서 그들은 둘 다 서 있었다. 왕세자는 기뻐서 정신을 못 차리는 것처럼 보였다. 그는 자기처럼 "아버지도 왕이고 아들도 왕"이라는 말을 할 수 있는 처지에 있는 사람은 없을 것이라고 되풀이해서 말했다. 만약 그가 태어났을 때 누군가 했던 "왕의 아들이자 왕의 아버지이지만 결코 왕이 되지 못할 것"이라는 예언을 들었더라면, 그리고 세상 사람들 모두가 그 말을 수천 번이나 들었다는 것을 알았더라면, 그 예언이 아무리 허무맹랑한 것이었다고 할지라도 그 순간 그가 그토록 기뻐하지는 않았을 것이다.

왕으로 선포된 이후 에스파냐 왕은 영국 왕과 같은 대우를 받았다. 그는 저녁식사용 안락의자와 왕의 오른편에 식기함을 갖게 되었다. 왕세자와 나머지 왕실가족은 평소처럼 식탁 끝과 거기에 붙은 탁자에서 접이식 간이의자에 앉았다. 또한 에스파냐 왕을 위해서는 컵받침과 뚜껑 덮인 컵이 준비되었으며 왕처럼 독극물 시험접시가 제공되었다. 왕과 에스파냐 왕의 모습이 공개적으로 드러난 것은 오직 궁정 부속성당에서와 성당에 갈 때와 돌아올 때, 저녁식사 때, 그리고 왕이 그를 회랑의 문까지 배웅하는 출구에서뿐이었다. 에스파냐 왕은 베르사유와 생제르맹에서 영국 왕과 왕비를 만났다. 그들은 모든 면에서 서로를 에스파냐 왕과 영국 왕으로 대우했다. 하지만 어디서건 세 명의 왕이 함께 나타나는 법은 없었다.

사적인 곳에서, 예컨대 부속실과 맹트농 부인의 처소에서 왕과 함께 있을 때 에스파냐 왕은 앙주 공작으로 지냈다. 첫 번째 저녁식사에서 왕은 에스파냐 대사에게로 몸을 돌리며 아직도 모든 것이 꿈만 같다고 말했다. 왕은 부르고뉴 공작부인과 다른 왕손들을 자신의 처소와 그들의 거처에서 단 한 번씩

의례적으로 바라보았을 뿐이다.

영국 왕이 처음 왔을 때와 똑같은 방문일정이 이어졌다. 이번에도 역시 에스파냐 왕은 대공 부부와 함께 파리로 갔다. 그가 나오고 다시 들어갈 때면 근위대가 넓은 공터에 도열해서 북을 울렸다. 한마디로 모든 면에서 왕과 동등한 대접을 받았던 것이다. 두 사람이 함께 미사에 오가면서 공적 처소를 지나갈 때 왕이 오른편을 차지했지만 마지막 방에 오면 그 자리를 에스파냐 왕에게 양보했다. 왜냐하면 그 방은 더 이상 왕의 것이 아니었기 때문이다.

에스파냐 왕은 매일 저녁 맹트농 부인의 처소를 지나, 왕과 맹트농 부인이 함께 있는 방과는 분리된 곳으로 갔다. 그곳에서 그는 온갖 놀이를 즐겼는데, 다른 왕손들과 어린아이들처럼 숨바꼭질놀이를 가장 많이 했다. 에스파냐 왕을 즐겁게 해주려고 애쓰던 부르고뉴 공작부인과 그곳에 출입을 허락받은 몇몇 귀부인들도 그들과 함께 놀았다.

에스파냐 왕이 선포되고 나서 얼마 후, 교황 특사와 베네치아 대사가 군중을 헤치고 나타나 왕과 새 왕에게 경의를 표했다. 그 모습은 상당히 주위의 이목을 집중시켰다. 신중한 자세를 견지하던 다른 나라 대사들의 얼굴에서 당황한 표정이 역력했다. 하지만 알현을 마치고 나와 접견실에 잠시 머물러 있던 친첸도르프의 입장이야말로 완전히 기이하고 야릇했다.

내 생각에 그는 때마침 파리에 머물러 있었다는 뼈 있는 충고 한마디를 들었을 것이다. 곧이어 사보이아 대사와 이탈리아 군주들의 특사들이 에스파냐 왕에게 축하인사를 하기 위해 들어왔다. (125~127쪽)

대공의 죽음과 그의 성격

1700년 말 축제 분위기에 휩싸였던 궁정의 분위기는 오래 지속되지 않았다. 에스파냐의 왕위가 프랑스 왕실에 돌아가자 유럽에는 또 다시 전운이 감돌기 시작했다. 에스파냐 영토 분할협약은 물거품이 되고 영국과의 일시적 밀월관계도 끝이 났다. 프랑스와 에스파냐의 합병을 우려한 유럽 국가들은 동맹을 체결하고 프랑스와 전쟁을 벌였다. 기쁨과 영광의 순간은 잠시뿐 루이 14세는 에스파냐 왕위계승전쟁(1701~1713)으로 혹독한 대가를 치러야 했다. 말년의 루이 14세를 더욱 불행에 빠뜨린 것은 연이은 가정적 비극이었다. 1701년 대공의 죽음이 그 첫 번째 신호탄이었다.

루이 14세에게는 형제가 하나밖에 없었다. 그보다 2살 아래인 대공은 평생 형에게 비굴할 정도로 순종적이었으며 두 사람은 무척 사이가 좋았다. 그런데 1701년 4월 대공이 난생처음으로 루이 14세에게 대들었다. 그의 태도가 급변한 것은 아들 때문이었다. 샤르트르 공작은 블루아 옹주와 결혼했으나 루이 14세는 샤르트르 공작을 모든 중요한 직책에서 교묘하게 배제시켰다. 대공은 아들이 변변한 직위도 없이 떠도는 것을 늘 불만스럽게 여겼다. 4월 초 루이 14세가 장손인 부르고뉴 공작을 독일에 파견된 빌루아 원수의 군대에 합류시킨다는 포고문을 발표하자 그 자리를 원했던 샤르트르 공작은 크게 실망했다. 그 순간 그때까지 참아왔던 대공의 분노가 폭발했다. 이후 대공은 웬만하면 베르사유에 가지 않고 생클루에 있는 자신의 성에 머물렀다. 6월, 오랜만에 만난 두 형제는 또다시 지독한 말싸움을 벌였다.

6월 8일 수요일, 대공은 왕과 점심식사를 하기 위해 생클루에서 마를리로 왔다. 그는 국무참사회가 끝나자 평소처럼 왕의 부속실로 들어갔다. 딸의 속을 썩인 샤르트르 공작에게 왕이 직접 화를 내지는 못하고 무척 서운해 하고 있음을 대공은 간파했다. 샤르트르 공작이 대공비의 들러리시녀인 세리 양과 사랑에 빠져 소란을 떨었던 것이다. 왕은 샤르트르 공작의

행실을 문제삼아 대공을 혹독하게 몰아세웠다. 그렇지 않아
도 화난 상태였던 대공은 살 만큼 산 아비에게는 자식을 통제
할 만한 능력도 권위도 거의 없다고 신경질적으로 대답했다.
대공의 답변에 부담을 느낀 왕은 화제를 돌려 딸의 심적 고통
에 대해 언급하며 적어도 두 사람을 딸의 시야에서 멀어지게
해야겠다고 말했다. 입에 채워졌던 재갈이 풀린 듯 대공은 왕
의 행적을 상기시키며 신랄하게 퍼부었다. 여러 명의 정부를
두었던 왕이 왕비를 대했던 태도, 심지어 그녀들을 왕비의 마
차에 함께 태웠던 일까지 말이다. 왕이 대공보다 더 흥분했고
두 사람은 모두 고래고래 소리를 질렀다.

$$(\cdots)$$

이성을 잃은 대공은 왕에게 여러 이야기를 했다. 결혼 당시
샤르트르 공작은 엄청난 선물을 약속받았지만 아직 총독 자
리 하나도 얻지 못했다. 자신은 아들을 그런 풋사랑에서 떼어
놓기 위해서라도 그 직책이 아들에게 맡겨지기를 간절히 바
랐다. 또한 왕이 더 잘 알다시피 아들 역시 그 자리를 원했기
에 왕에게 호의를 베풀어달라고 간곡하게 간청하기도 했었
다. 왕이 그의 요구를 들어주지 않았으니 심사를 달래려고 쾌
락에 빠진 그를 말리지 못하는 것은 어쩌면 당연하다는 것이
었다. 그리고 나서 대공은 아들의 결혼이 혜택을 부여하기는
커녕 오직 불명예와 치욕만 줄 것이라는 사람들의 예견이 적

중했다는 것을 깨달았을 뿐이라고 덧붙였다. 점점 더 화가 치민 왕은 대공에게 전쟁 때문에 곧 여러 비용을 삭감하지 않을 수 없다고 대꾸했다. 그러고는 대공이 왕에게 호의적이지 않다는 사실이 드러난 이상, 왕 자신의 비용을 삭감하기 전에 대공의 연금부터 삭감하기 시작해야겠다고 말했다.

그러고 나서 왕은 식사가 준비되었다는 전갈을 받았다. 잠시 후 그들은 곧 식탁으로 가기 위해 방에서 나왔다. 대공의 얼굴은 시뻘개졌고 두 눈은 분노로 이글거렸다. 식탁에 있던 귀부인들 중 누군가와 뒤쪽의 궁정인들은 대공의 흥분한 얼굴을 보고는 사혈을 해야 할 것이라고 말했다. 얼마 전 생클루에서도 사람들이 똑같은 말을 한 적이 있었다. 잠시 후 거의 견디기 어려운 지경이 되자 대공은 그 필요성을 인정했다. 가시 돋친 언쟁을 주고받았음에도 불구하고 왕도 여러 차례 사혈을 재촉했다. 수석 외과의사인 탕크레드는 너무 늙어서 사혈에 서투르고 또 실패한 적도 있었다. 대공은 그에게 사혈을 시키고 싶어 하지 않았다. 또한 그의 마음을 상하게 하지 않기 위해 갸륵하게도 다른 사람의 시술마저 거부한 결과 그는 거의 죽을 지경이 되었다. 왕은 거듭 사혈을 거론하며 어떻게 해야 그를 침실로 데려가 적시에 사혈을 시킬 수 있을지 모르겠다고 덧붙였다.

점심시간은 평소와 다름없이 지나갔다. 대공은 다른 두 끼처럼 엄청나게 많이 먹었다. 아침에 먹은 많은 양의 초콜릿과, 부속실 탁자와 주머니에 항상 가득 채워 놓고 오전 내내 단숨에 삼켜버린 과일과 과자, 잼, 그리고 온갖 종류의 사탕에 대해서는 아무 말도 하지 않은 채 말이다. 식사가 끝나고 왕은 혼자, 왕세자는 콩티 공비와, 부르고뉴 공작은 혼자, 부르고뉴 공작부인은 여러 귀부인들과 각각 영국 왕 부부를 만나러 생제르맹으로 갔다. 왕과 점심식사를 하러 생클루에서 샤르트르 공작부인을 데려왔던 대공은 그녀를 데리고 생제르맹으로 갔다. 그런데 왕이 생제르맹에 도착하자 대공은 생클루로 되돌아갔다. (136~138쪽)

이미 베르사유에서부터 상태가 좋지 않았던 대공은 생클루로 돌아온 뒤 뇌졸중으로 쓰러졌다. 대공은 뚱뚱한데다 엄청난 대식가였다. 온갖 쾌락을 즐기며 방탕한 생활을 하던 그는 이미 주변에서 경고를 받은 바 있으며 그 자신도 건강에 불안감을 느끼던 터였다.

루이 14세는 생클루로 달려갔으나 대공은 결국 일어나지 못했다. 마음속 깊이 동생을 사랑하던 왕은 매우 슬퍼하며 샤르트르 공작을 따뜻하게 위로했다.

저녁식사 후 왕은 베르사유에서처럼 왕세자와 공주들과 함께 부속실에 있었다. 그때 생피에르가 생클루로부터 샤르트르 공작의 전갈을 가지고 도착했다. 부속실에 들어서자 그는 왕에게 대공이 저녁을 먹다가 실신했다고 말했다. 또한 사혈 후에 대공의 상태가 많이 좋아지기는 했지만 구토제를 복용시켰다고 전했다. 실은 대공이 생클루에 있는 귀부인들과 평소처럼 저녁을 먹었다는 것이다. 앙트르메를 먹을 때쯤 대공이 부용 공작부인에게 포도주를 따라 주었는데 그때 사람들은 그가 말을 더듬고 무언가 손짓을 하는 것을 알아차렸다. 대공이 이따금씩 에스파냐어로 말하곤 했기 때문에 귀부인들 일부는 그에게 무슨 뜻이냐고 물었고 다른 사람들은 깜짝 놀라 소리쳤다. 모든 일이 순식간에 벌어졌다. 대공이 뇌졸중으로 쓰러져 샤르트르 공작에게 덮치자 공작이 그를 붙들었다. 사람들은 그를 구석진 곳으로 데려가서 흔들고 걷게 하고 또 사혈을 많이 했으며 강한 구토제를 복용케 했으나 거의 소생의 기미가 보이지 않았다.

(…)

왕이 잠든 지 한 시간 반 후 롱그빌이 샤르트르 공작의 전갈을 가지고 도착해서 왕을 깨웠다. 구토제가 아무 효과가 없고 대공이 악화되었다는 것이었다. 왕은 벌떡 일어나 출발했다. 가는 도중에 그는 자신에게 보고하러 오는 제브르 후작을 만났다. 그는 왕을 멈추게 하고는 똑같이 새로운 소식을 전했다. 독자는 그날 밤 마를리에 퍼진 소문과 소란, 그리고 쾌락의 궁정인 생클루를 감싼 공포를 충분히 상상할 수 있을 것이다. 마를리에 있던 모든 사람들은 되는 대로 생클루로 달려갔다. 사람들은 빨리 준비되는 대로 마차에 탔다. 사람들은 남자와 여자를 가리지 않고 또 아무 격식도 차리지 않은 채 마차에 몸을 던져 서로 빽빽하게 겹쳐졌다. 왕세자는 콩데 공작부인과 함께 갔다. 간신히 외출할 정도의 상태에 있던 그는 몹시 충격을 받았다. 마침 그곳에 있던 콩데 공작부인의 마사시종이 그를 질질 끌고 거의 부축하다시피 해서 옮겨 놓은 마차 안에서 그는 심하게 몸을 떨었다. 왕은 새벽 3시 전에 생클루에 도착했다. 쓰러진 이후 대공은 잠시도 의식을 찾지 못했다. 아침에 트레부 신부가 미사를 보러 왔을 때 잠깐 의식이 돌아왔다. 하지만 그 이후 그는 두 번 다시 의식을 회복하지 못했다.

(…)

왕은 무척 슬퍼보였다. 천성적으로 쉽게 눈물을 흘리는 편인 그는 온통 눈물범벅이 되었다. 왕은 대공을 매우 사랑했었다. 두 달 전부터 서로 불편한 사이가 되었지만 그렇게 슬픈 순간이 되니 애정이 되살아났다. 왕은 아마 오전에 벌인 언쟁이 그의 죽음을 재촉했다고 자책했을지도 모른다. 왕보다 두 살 밑의 동생인 대공은 평생 왕만큼, 그리고 왕보다 더 건강 상태가 좋았다.

왕은 생클루에서 미사를 보았다. 아침 8시경, 대공이 아무런 희망이 없어 보이자 맹트농 부인과 부르고뉴 공작부인은 더 이상 그곳에 머무를 필요가 없다고 왕을 설득했다. 세 사람은 마차를 타고 돌아갔다. 출발하면서 왕은 샤르트르 공작을 다정하게 대했다. 두 사람은 함께 눈물을 흘렸다. 샤르트르 공작은 그 순간을 놓치지 않고 왕의 다리를 껴안으며 말했다.

"전하, 저는 어떻게 될까요? 대공을 잃었고 전하께서 저를 좋아하지 않는 것을 저는 잘 압니다."

깜짝 놀라고 또 마음이 뭉클해진 왕은 그를 포옹하며 최대한 부드럽게 말했다. (138~141쪽)

대공은 평생 루이 14세의 그늘에서 살았다. 그는 모든 면에서 루이 14세와 대조적인 인물이었다. 무엇보다도 그는 순종적이며 사교적이었다. 그것은 아마도 궁정에서 2인자로 살아남아야 했던 그가 터득한 처세술이었는지도 모른다. 그는 루이 14세의 동생으로 처신하며 사는 데 만족했다. 루이 14세는 그런 동생을 아끼며 그에게 파리의 팔레루아얄 성을 결혼 선물로 주었으며 베르사유 근처 생클루 성에서의 풍족한 삶을 보장해주었다.

베르사유 궁정이 화려하면서도 엄격한 의례에 따라 움직였다면 생클루는 자유와 방종의 공간이었다. 생클루에서 대공은 점점 무기력해졌다. 방탕한 생활 외에 그에게 허용된 일이 없었기 때문이다.

대공비와의 냉랭한 관계도 대공의 방탕에 일조했다. 비사교적인 성격인 대공비는 베르사유의 엄격한 궁정생활에 적응하지 못한 채 자신의 방에 칩거하는 날이 많았다. 그녀에게 위안이 된 것은 고향인 팔츠의 가족들과의 편지 왕래였다. 약 9만여 통에 달하는 대공비의 편지는 루이 14세의 궁정을 살펴볼 수 있는 귀중한 사료로 여러 차례 출판되었다.[1]

대공과 함께 궁정의 커다란 부분이 떨어져 나갔다. 궁정에서 기분전환과 활기, 여흥을 주도한 것은 바로 그였다. 그런 그가 궁정을 떠나자 모든 것이 생기와 활력을 잃어버린 것 같았다. 고집스러울 정도로 왕족의 혈통에 집착한 그는 서열과 편애, 차별을 좋아했다. 그는 가능한 한 그런 것들을 보호했으며 모범을 보였다. 그는 커다란 사교모임을 좋아했으며 상냥

---

[1] *Lettres de la princesse palatine*, éd. par O. Amiel (Paris: Mercure de France, 1981).

하고 정중해서 수많은 사람들이 그에게 몰려들었다. 또한 그는 지위에 따라 사람을 구별지을 줄 알았고 또 구별짓기에 소홀하지 않았는데 그 때문에 사람들은 더 몰려들었다. 사람을 접견할 때와 진지하건 건성이건 누군가에게 관심을 보일 때, 그리고 이야기할 때 그는 끊임없이 출생과 서열, 나이, 재주, 그리고 사회적 지위의 차이를 구별지었다. 그러한 차이에는 태생적 고결함뿐만 아니라 매 순간 쌓아올린 능력이 포함되었다. 그는 친숙하게 행동했으며 거부감을 주지 않으면서도 타고난 위엄 있는 태도를 간직했다. 그렇다고 지나치게 경솔하지도 않았다. 도리를 지켜야 할 곳이면 그가 직접 방문하거나 사람을 보냈다. 궁정을 존중하는 마음과 궁정의 품위를 손상시키지 않는 한 그는 자신의 거처에서 사람들로 하여금 완벽한 자유를 누리도록 했다. 그는 모후로부터 궁정 운영술을 배웠고 또 명심했던 것이다. 그는 궁정이 사람들로 가득 차기를 원했고 또 그렇게 하는 데 성공했다. 그렇게 해서 팔레루아얄은 늘 수많은 무리들로 붐볐다.

대공의 가족 전체가 모여 사는 생클루에는 많은 귀부인들이 거주했다. 그녀들은 사실상 다른 곳에서는 거의 받아들여지지 않았던 사람들이다. 하지만 그녀들 중 상당수는 명문가 출신이었고 지독한 도박꾼들이었다. 사람들은 그곳에서 온갖 종류의 도박과 빼어나게 아름다운 경치를 즐겼다. 1천여 대의

4륜 포장마차들이 게으른 사람들을 산책길로 편안하게 모셨던 것이다. 게다가 음악과 맛있는 음식은 그곳을 위엄과 웅장함을 갖춘 지상낙원으로 만들었다.

이 모두가 대공비의 도움 없이 이루어졌다. 그녀는 시녀들 및 대공과 식사를 하고 이따금 몇몇 사람들과 마차를 타고 산책을 나갔다. 그녀는 일행들에게 자주 짜증을 냈다. 냉정하고 비사교적인 기질 때문에, 그리고 가끔은 자신이 한 이야기 때문에 그녀는 괴로워했다. 어떤 날은 하루 종일 방안에 틀어박혀 지내기도 했다. 그녀가 좋아하던 그 방은 창문이 땅에서 10피트 이상 되는 곳에 달려 있었다. 팔츠와 다른 독일 왕족들의 초상화로 뒤덮인 그 방에서 그녀는 물끄러미 초상화들을 바라보고 매일같이 자신의 생활을 묘사한 엄청난 양의 편지를 썼으며 자신이 지닌 편지들을 직접 베껴 쓰기도 했다. 대공은 그녀를 세속적인 삶에 적응시키는 데에 실패했으며 그런 다음에는 그녀 마음대로 하도록 내버려두었다. 그리고는 그녀에게 관심을 쏟지도 않고 사적으로 거의 아무런 관련을 맺지도 않은 채 겉으로만 예의를 지키며 살았다. (146~147쪽)

베르사유에서 대공은 누구보다도 왕에게 아부하며 자신의 지위를 보존하는 한편 형제애를 과시했다. 그런 대공도 젊은 시절 한때 전장에서 용맹함을 발휘한 적이 있었다. 그러나 그는 점차 전투에서 멀어지고 쾌락에 젖어 살았다. 그것은 왕의 경쟁심과 견제에서 살아남기 위한 본능적인 자구책이었을 것이다. 하지만 그는 태생적인 지적 호기심이 부족했으며 마음이 약하고 변덕스런 성격적 결함을 지닌 인물이었다. 그의 동성애적 취향은 그의 삶을 더욱 왜곡시켰다. 앞서 언급했듯이 로렌 기사는 그의 그런 약점을 최대한 이용해서 온갖 부귀영화를 누린 대표적인 인물이다.

왕을 대할 때 대공보다 더 순종적이고 줏대 없이 굴기도 어려웠을 것이다. 심지어 그는 왕의 대신들에게, 그리고 이전에는 왕의 정부들에게조차 아첨할 정도였다. 그래도 그는 왕에게 존경과 아울러 형제다운 표정과 자유롭고 거리낌 없는 태도를 보였다. 사적인 곳에서 그는 더욱더 마음대로 처신했다. 항상 안락의자에 앉아 있었으며 왕이 앉으라는 말을 하기를 기다리지도 않았다. 왕이 저녁식사를 마친 후 부속실에 있을 때 대공 외에 다른 왕족들은 아무도, 심지어 왕세자조차도

앉지 않았다. 하지만 시중을 들기 위해 왕에게 가까이 다가가거나 물러설 때 아무도 대공에게 따로 예의를 차리지 않았으며 그도 평상시 행동하던 대로 자연스럽게 인사하고 예우했을 뿐이다. 그래도 왕에게 이러저러한 가시 돋친 말을 하기도 했지만 오래가지는 않았었다.

(…)

그는 가문과 출생, 결혼관계에 관해 정확하고 폭넓은 지식을 갖추었지만 생각하기보다는 사교를 좋아하고 전혀 책을 읽지 않았기 때문에 아무것도 할 수가 없었다. 대공보다 더 정신적으로나 육체적으로 무기력하고 허약하며 소심한 사람은 없었다. 그보다 더 잘 속고 조종당하는 사람도 없었다. 게다가 그처럼 자신의 총신들에게 경멸당하고 자주 학대당한 사람도 없었다. 그는 까다롭고 어떤 비밀도 지키지 못했으며 의심 많고 또 경계심도 많았다. 수선을 피고 무언가 알아보기 위해, 흔히는 단지 재미로 종종 싸움을 벌였다.

　게다가 이 사람 저 사람의 말을 옮겼다. 덕의 결핍이라는 인간적 결함뿐만 아니라 그에게는 고약한 취미가 있었다. 일시적 욕망에서 가까이 했던 사람들에게 하사금과 재물을 주고는 이를 떠들고 다녀 추문이 나게 했던 것이다. 그 고약한 취미는 시도 때도 없이, 그리고 끝도 없이 되풀이되었다. 그 상대방들도 그를 쏙 빼닮았다. 그들은 종종 그를 아주 무례하게 대했다. 또한 지독한 질투심에서 비롯된 사소한 불화로 그에게 곤란한 부탁을 하기도 했다. 그들은 각자 파벌을 형성하고 있었기 때문에 작은 궁정에 한바탕 폭풍우를 일으키기도 했다. 대공 궁정의 확실한 일원이었던 여자들 간의 싸움을 차치하고라도 말이다. 그녀들은 대부분 악랄하거나 악랄한 수준 이상이었는데, 대공은 그녀들의 싸움을 즐기고 또 온갖 파렴치한 일에 개입했다.

(…)

대공은 탁월한 기개로 카셀 전투를 승리로 이끈 적이 있었으며 봉쇄에 참여할 때마다 타고난 강인함을 보여주기도 했었다. 그런 대공에게 여성적인 나쁜 기질이 있었다.

　대공은 키가 작고 배가 불룩 나왔다. 뽐내기를 좋아하는 그는 굽 높은 구두를 신고 여자처럼 늘 반지, 팔찌, 보석 등으로 치장했으며 검은색으로 분칠한 가발을 앞으로 길게 늘어뜨렸다. 뿐만 아니라 매달 수 있는 곳이면 어디든 리본을 매달았으며 모든 종류의 향수를 뿌리고 온갖 깔끔함을 다 떨었다. 게다가 살짝 루주를 칠한 그를 놓고 사람들은 입방아를 찧었다. 그는 코가 아주 길고 입과 눈이 아름다웠으며 얼굴은 통통하지만 아주 길었다. 그의 초상화들은 전부 그와 흡사하다. 그 위대한 왕자의 초상화들을 보면서 그가 루이 13세의 아들이라는 사실을 상기하면 나는 현기증을 느낀다. 루이 13세와는 전혀 딴판으로 생겼으니 말이다.

로렌 기사와 샤티옹은 생클루에서 외모 덕분에 크게 출세한 인물들이다. 그들의 외모가 다른 누구보다 대공을 사로잡았던 것이다. 돈도 센스도 재기도 없던 샤티옹은 덕분에 일약 출세하고 돈도 벌었다. 또 다른 사람인 로렌 기사는 '기즈 가의 사람답게' 무슨 일이 닥쳐도 부끄러워하는 기색이 없었으며, 대공의 일평생을 아주 험난하게 조종했다. 또한 그는 분에 넘칠 정도의 돈과 성직록을 부여받았으며 가문을 위해서라면 무슨 일이든 했고 대공의 거처에서는 항상 공공연하게 주인행세를 했다. 기즈 가로부터 높은 지위와 함께 술수와 기질을 물려받은 그는 왕과 대공 사이에서 처신하는 방법을 터득했다. 그 결과 그는 왕도 대공도 두려워하지 않게 되었으며 대공과 왕 두 사람의 각별한 배려와 특혜, 그리고 신망을 누렸다.

따라서 그는 대공의 죽음에 큰 충격을 받았다. 그것은 대공을 잃어버려서라기보다는 자신을 위해 크게 이용가치가 있는 수단을 잃어버렸기 때문이었다. 대공이 부여한 성직록과 원할 때마다 재주껏 대공에게서 직접 뜯어낸 돈, 그리고 대공의 거처에서 이루어지는 모든 거래에 압력을 가해 갈취하는 뇌물 외에도, 대공은 그에게 1만 에퀴의 연금과 팔레루아얄과 생클루에서 가장 아름다운 숙소를 제공했다. 샤르트르 공작의 간청 덕분에 그는 그 숙소들을 계속 보유하게 되었다. 하지만 명예롭게 연금을 부여받았던 것처럼, 그는 연금을 계속 받는 것만큼은 명예롭게 거절했다. (148~151쪽)

왕세자의 죽음과 궁정 파벌

궁정에 닥친 두 번째 비극은 왕위계승 1순위인 왕세자의 죽음이다. 1711년 4월 초 루이 14세의 아들인 왕세자가 천연두에 걸리자 베르사유는 극도로 긴장했다. 병의 정확한 원인도 치료법도 모르던 당시 천연두는 흑사병과 더불어 죽음의 전령처럼 여겨졌다.

왕세자의 건강상태가 위험하다는 전갈을 받자 루이 14세는 왕세자가 살던 뫼동 성으로 달려갔다. 왕의 이동은 궁정의 이동을 의미했다. 그와 더불어 국무대신들과 궁정귀족들도 뫼동으로 향했다. 그러나 전염을 우려한 루이 14세는 천연두를 앓은 경험이 없는 사람들에게는 가급적 오지 못하도록 하는 신중함을 보였다. 특히 왕세자의 아들인 부르고뉴 공작 부부에게 뫼동 근처에 얼씬 하지 말라는 엄명을 내렸다.

부활절 축제가 끝난 다음 날 왕세자는 뢰동으로 가던 길에 샤빌에서 우연히 신부를 만났다. 그는 병자를 위한 예수 상을 가지고 있었다. 왕세자는 부르고뉴 공작부인과 함께 마차에서 내려 무릎을 꿇고 성호를 그었다. 그는 신부에게 그것을 어떤 병자에게 가져다주는 것인지 물었다. 그리고는 천연두 환자임을 알게 되었다. 도처에 천연두 환자들이 널려 있었다. 어렸을 때 잠시 천연두를 가볍게 앓았던 적이 있는 왕세자는 그 병을 몹시 두려워했다. 그 일로 충격을 받은 그는 저녁에 주치의인 부댕에게 자신이 천연두에 걸리더라도 깜짝 놀라지 말라고 말했다. 그날은 그럭저럭 평소처럼 지나갔다.

다음 날인 9일 목요일, 왕세자는 사냥하러 가기 위해 잠자리에서 일어났다. 하지만 옷을 입다가 졸도해서 의자에 쓰러졌다. 부댕은 그를 다시 침대로 옮겼다. 왕세자의 맥박상태는 하루 종일 사람들을 불안하게 만들었다. 파공으로부터 대수롭지 않다는 보고를 받은 왕은 아무 일도 아니라고 생각하고 점심식사 후 마를리로 산책하러 갔다. 그곳에서 수차례 뢰동의 소식을 들었다. 부르고뉴 공작 부부는 뢰동에서 점심식사를 했으며 잠시도 그곳을 떠나려 하지 않았다. 공작부인은 며느리로서의 의무감뿐 아니라 진심으로 온갖 성의를 다 보이며 왕세자를 자신의 손으로 직접 돌보았다. 앞날을 예상하면 실제로 마음이 그렇게 아프지는 않았을지도 모른다. 하지만 그녀는 눈에 띄게 신경을 쓰고 헌신했으며 얼굴 표정에는 가식도 꾸밈도 없었다. 순진하고 경건하며 자신의 의무에 충실한 부르고뉴 공작의 헌신은 지나칠 정도였다. 이미 천연두라는 의심이 짙어지고 부르고뉴 공작이 한 번도 천연두를 앓은 적이 없었지만 그들은 한순간도 왕세자 곁을 떠나려 하지 않았다. 단지 왕과 저녁식사를 하기 위해 잠시 자리를 비웠을 뿐이다.

다음 날인 10일 금요일, 그들의 이야기를 듣고 왕은 명령서를 보내 뫼동에 구체적 내용을 지시했다. 눈을 뜨자마자 왕세자의 상태가 위험하다는 전갈을 받았던 것이다. 그 전날 마를리에서 돌아오면서 왕은 이미 다음 날 아침 뫼동에 가서 왕세자의 병 상태가 어떻든 간에 그가 아픈 동안 그곳에 머무르겠다고 선언한 바 있었다. 실제로 왕은 미사가 끝나자마자 뫼동으로 떠났다. 출발하면서 그는 왕손들과 옹주들에게는 그곳에 오는 것을 금했다. 또한 천연두를 앓지 않은 사람은 누구건 오는 것을 금하는 세심한 배려를 보였다. 천연두를 앓은 적이 있는 사람은 뫼동으로 문안을 오든가 아니면 두렵거나 형편이 여의치 않으면 오지 않아도 된다고 말했다.

(…)

왕은 평소처럼 저녁에 참사회를 열고 대신들과 함께 일했다. 그는 매일 아침과 저녁, 그리고 오후에는 여러 번 왕세자를 보러 와서는 침대 옆에서 한참 머물렀다. 내가 도착한 월요일에 왕은 일찍 점심을 먹고 마를리로 떠났다. 부르고뉴 공작부인은 왕을 만나러 마를리로 갔다. 베르사유 정원 가장자리를 지나면서 왕은 손자들이 그를 마중하러 나와 있는 것을 보았다. 하지만 왕은 그들을 가까이 오지 못하게 하고 큰 소리로 인사를 하고는 지나갔다. (167~170쪽)

뫼동 성의 안주인은 슈앵 양이었다. 오래 전부터 왕세자의 정부로 공인받은 그녀는 왕세자와 한침실을 사용하며 왕비 행세를 했다. 하급귀족인 슈앵 남작의 딸인 그녀는 콩티 공비의 시녀로 궁정에 발을 디디게 되었다. 콩티 공비는 그녀를 왕세자에게 소개했고 그녀는 아내를 잃고 일찍부터 혼자가 된 왕세자의 정부가 되는 데 성공했다.

콩티 공비가 왕세자에게 슈앵 양을 소개한 이유는 무엇일까? 루이 14세와 라발리에르 부인의 딸인 그녀는 1680년에 방계왕족인 콩티 공과 결혼했으나 곧 남편을 잃었다. 서출인데다 일찍 남편을 잃는 바람에 기가 꺾인 그녀는 이복오빠인 왕세자에게 의지하며 미래를 도모했던 것이다. 그녀만이 아니라 또 다른 옹주 콩데 공작부인도 베르사유보다는 뫼동을 선호했다. 이렇듯 뫼동에는 베르사유에서 푸대접을 받던 사람들, 예컨대 서출과 방계왕족, 귀족, 특히 여자들이 몰려들었다. 그녀들은 슈앵 양의 비위를 맞추며 친구가 되었다.

왕세자가 병에 걸리자 슈앵 양은 중이층에 있는 작은 침실로 거처를 옮겼다. 그만큼 그녀의 지위는 불안정한 것이었다. 그녀의 존재를 인정하지 않았던 루이 14세는 뒤늦게 후회하며 맹트농 부인을 시켜 그녀에게 위로의 말을 전하려 했다.

뫼동은 사람들로 북적거렸고 그런 가운데 대조적인 모습들이 나타났다. 슈앵 양은 다락방에 처박혀 있었다. 반면 콩데 공작부인과 릴본 양, 에피누아 부인은 왕세자의 침실을 떠나지 않았다. 숨어 있던 슈앵 양은 왕이 없을 때와 콩티 공비가 없을 때에만 왕세자의 침실을 찾았다.

콩티 공비는 열심히 왕세자 침실을 지켰다. 그녀는 자신이 왕세자를 너그럽게 대하고 무척 호의를 베풀었지만 지나치게 부담스럽게 만들었을지도 모른다고 자책했다. 그녀는 왕이 도착하기 전부터 그곳에서 잠을 잤다. 왕이 도착한 날 아침 일찍부터 그녀는 왕세자에게 자신은 이미 오래 전부터 뫼동에 있는 모든 것에 익숙하다고 말했다. 또한 그 성을 떠나서는 불안해서 살 수가 없었는데 자신이 이렇게 뫼동 성에 애착을 느끼는 것을 귀찮아하는 것은 말도 안 된다고 했다. 그러면서 자신을 편하게 대하고 언제든지 마음 내키는 대로 내보내라고 간청했다. 또한 왕세자를 보러 침실에 들어올 때는 세심하게 신경을 써서 방해가 되지나 않는지 알아보겠노라고 했다. 그처럼 깊은 배려에 왕세자는 한없이 흡족해했다. 콩티 공비는 실제로 그 약속을 충실히 지켰다. 왕세자가 대화 중이면 그녀는 콩데 공작부인 및 로렌 가의 두 여자의 의견에 따라 섭섭한 표정도 거북한 표정도 짓지 않고 밖으로 나갔다. 그리고는 조금 후 알맞은 시간에 경박하다는 느낌을 주지 않으며 다시 들어왔다. 그 점에서 그녀는 참으로 칭찬받을 만했다. (172~173쪽)

(…)

왕세자의 병이 위태로운 동안에는 아직 슈앵 양의 모습이 보였고 또 그녀는 하루에도 여러 번 왕세자를 만났다. 왕은 그 사실을 알았을 뿐만 아니라 맹트농 부인에게 그녀를 만날 것을 요구했다. 그러나 맹트농 부인은 다른 곳에서만이 아니라 뫼동에서도 아무도 만나지 않았다. 그녀는 아마 왕세자의 거처에 두 번도 가지 않았을 것이다.

그런 상황이 되면 항상 여자를 내보내는 게 관례였다. 그런데도 왕이 슈앵 양을 성에서 내보내기는커녕, 맹트농 부인에게 슈앵 양을 만났는지 물어보고 또 그녀가 슈앵 양을 만나지 않은 것을 잘못된 일로 여겼다는 점이야말로 그녀가 왕세자와 결혼했다는 증거이다. 만약 두 사람이 혼배성사를 치르지 않았더라면, 왕과 결혼한 처지인데다 정숙하고 독실한 체하는 맹트농 부인과 왕은 아무런 관심도 배려도 하지 않았을 것이다. 그러니 두 사람의 결혼은 더욱 기정사실인 듯했다. 그 어느 때도 슈앵 양의 존재가 그토록 사태를 곤란하게 만든 적은 없었다. 왕세자의 애정관계는 도저히 납득할 수 없었으며 왕의 것과 아주 흡사했는데 아마 바로 그 점이야말로 아들이 아버지를 닮은 유일한 부분일 것이다. (203~204쪽)

왕세자가 병에 걸리자 베르사유와 뫼동에는 각각 정반대 부류의 사람들이 몰려들었다. 베르사유는 궁정과 파리의 주요 인물들로 가득 찼다. 루이 14세의 명령으로 뫼동에 가지 못하고 베르사유에 남은 부르고뉴 공작이 궁정의 새 주인처럼 그들을 맞이했다. 사람들은 그에게 아부하기 위해 경쟁을 벌였다. 미래의 왕이 될 시간이 조금 더 가까워졌으니 당연한 일 아닌가.

그 시간 뫼동에서는 청어장수 여인들이 북새통을 이루었다. 왕세자의 건강을 염려하던 파리의 하층민 여인네들이 뫼동으로 몰려들었던 것이다. 연극, 특히 희극을 좋아한 왕세자는 왕과는 달리 자주 파리를 방문했다. 그때마다 중앙시장에서 생선이나 야채를 파는 여인들은 왕세자를 열렬히 환영하며 좋아했다. 1701년 왕세자가 소화불량으로 쓰러지자 파리의 여인네들이 뫼동으로 몰려든 적도 있었다.

우리가 생각하는 것과는 달리 당시 베르사유는 폐쇄적인 곳이 아니었다. 궁전에는 늘 놀랄 만큼 많은 군중이 몰려들었다. 특히 왕실 결혼식 날이나 외국의 특사들을 접견하는 날이면 궁전 밖에는 계단이 설치되었으며 그곳을 차지하려는 사람들 사이에서 주먹질이 벌어지거나 사고가 나기도 했다.

이렇듯 베르사유와 뫼동의 엇갈린 사람들과 분위기가 퍽 이색적이다.

베르사유에서는 다른 광경이 펼쳐졌다. 부르고뉴 공작 부부는 그곳에서 공공연하게 사람들을 불러 모았다. 궁정은 새 시대가 개막하는 것 같았다. 모든 궁정인들이 그곳으로 모여들었고 모든 파리인들이 넘쳐흘렀다. 마치 신중함과 조심성이란 프랑스인들의 덕목이 아니라는 듯, 뫼동 전체가 그곳으로 옮겨왔다. 사람들은 그날 왕세자의 거처에 가지 않았다고 맹세했고 그 말은 그대로 믿어졌다.

기상의례와 취침의례, 귀부인들과의 점심 및 저녁식사, 식사 후의 공개적 담소, 산책 등은 아부의 시간이었다. 궁정의 거처들은 군중을 주체하지 못했다. 우편배달부들이 15분마다 도착해서 왕세자의 소식에 대한 관심을 상기시켰다. 왕세자의 병세는 바라는 바대로였으며 충분히 희망과 믿음을 가질 만했다. 모두가 새로운 궁정의 환심을 사려는 욕망과 열의를 보였으며, 젊은 왕손 부부에게서는 근엄함과 경쾌한 위엄이 풍겼다. 두 사람은 모든 방문객을 환대하고 각자에게 말을 걸어주는 등 세심하게 신경을 썼다. 궁정의 무리들은 호의적이었으며 모두가 만족했다. 그 속에서 베리 공작 부부는 거의 아무런 존재도 아니었다. 그런 가운데 닷새가 지났다. 그러면서 사람들은 끊임없이 각자 구체적인 앞날에 대해 생각하고 미리부터 모든 사태에 적응하려고 애썼다.

(…)

왕세자의 충실한 친구들인 파리의 청어장수 여인네들이 왕세자에 대한 열정의 제2탄을 보여주었다. 소화불량에 걸린 왕세자의 병이 뇌졸중으로 잘못 알려졌을 때도 그녀들은 이미 눈에 띄는 행동을 한 적이 있었다. 그날 아침 그녀들은 여러 대의 삯마차를 타고 뫼동에 도착했다. 왕세자는 그녀들을 만나고 싶어 했다. 그녀들은 왕세자의 침대 밑에 엎드려 침대에 수없이 입을 맞추었다. 왕세자의 상태가 좋아졌다는 소식을 듣고 그녀들은 몹시 기뻐하며 파리 전체에 기쁜 소식을 전하고 테데움Te Deum[2]을 울려 퍼지게 하자고 외쳤다. 민중들의 경애의 표현에 감동한 왕세자는 아직은 때가 아니라고 말했다. 그는 그녀들에게 감사의 말을 한 뒤 궁정 구경을 시켜주고 점심식사를 대접했으며 돈을 주어 돌려보냈다. (173~175쪽)

어느 정도 차도를 보이던 왕세자의 병세가 갑자기 위급해지자 뫼동과 베르사유 모두 일시에 조용해졌다. 뫼동에 머물며 국사를 챙기던 왕은 무척 슬퍼했다. 왕실가족들과 궁정귀족들도 마찬가지였다. 여기서 특기할 만한 점은 끊임없이 주변 사람들에게서 무엇인가 읽어내려는 생시몽의 눈초리다. 그 중에서도 그의 시선은 부르고뉴 공작 부부를 놓치지 않았다.

그처럼 베르사유와 뫼동에서는 모두가 평온했는데 갑자기 모든 것이 완전히 바뀌어버렸다. 왕은 낮 동안 여러 차례 왕세

---

2 초기 기독교 교회에서부터 불리던 종교음악으로 테데움은 "신이여, 찬미하나이다"라는 의미를 지닌 라틴어이다. 16세기 이후 왕세자 탄생이나 왕실 결혼 등 국가적 축일이나 전승을 기념하는 국가의전 음악으로 자리 잡았다.

자를 만나러 갔고 왕세자는 왕의 애정과 배려에 감동했다. 오후에 공문서참사회 전에 방문했을 때 왕은 왕세자의 얼굴과 머리가 이상하게 부은 것을 보고 깜짝 놀랐다. 잠시 머물던 왕은 왕세자의 침실을 나서면서 눈물을 흘렸다. 사람들은 가능한 한 왕을 안심시켰다. 공문서참사회가 끝나고 왕은 정원에서 산책했다.

그러는 동안 왕세자는 이미 콩티 공비를 알아보지 못할 지경이 되었다. 그것을 보고 부댕은 경악했다. 왕세자 자신도 놀랐다. 궁정사람들 모두가 차례로 왕세자를 보러왔다. 가까운 사람들은 밤낮으로 그 곁을 떠나지 않았다. 왕세자는 이 병에 걸리면 대체로 감각이 자신의 상태처럼 되는지 사람들에게 끊임없이 물었다. 사람들이 그를 안심시키려고 한 말에 고무된 왕세자는 관장으로 생명과 건강을 회복할 수 있다고 기대했다. 어느 날인가 왕세자는 콩티 공비에게 얼마 전부터 통증을 느껴왔지만 드러내고 싶지 않았다는 이야기를 무심코 털어놓았다. 지난 성 목요일(4월 2일_옮긴이)에는 이미 미사동안 기도서를 손으로 들고 있을 수 없을 정도로 몸이 약해진 상태였다는 것이다.

(…)

왕이 대기실에 들어간 이후 거의 한 시간 동안 왕세자의 혼수상태가 지속되었다. 콩데 공작부인과 콩티 공비는 죽어가는 왕세자와 왕을 교대로 돌보며 왕의 곁을 지켰다. 반면 의사들은 당황하고 시종들은 제정신을 차리지 못했다. 궁정사람들은 낮은 목소리로 수군거렸으며 서로서로 밀치고 다니며 끊임없이 움직였지만 위치가 바뀌는 법은 거의 없었다. 마침내 최후의 순간이 도래했다.

(…)

뇌동이 공포에 가득 찬 반면, 베르사유는 완전히 고요하고 공포의 낌새는 전혀 보이지 않았다. 그때 우리는 저녁식사를 끝냈다. 잠시 후 일행은 자리를 떴다. (…) 곧 베리 공작부인에게 달려갔다. 그곳에는 이미 아무도 없었다. 사람들은 모두 부르고뉴 공작부인의 거처로 갔던 것이다. 나도 서둘러 그들을 쫓아갔다.

그곳에는 베르사유 사람들 전체가 모였거나 아니면 도착하는 중이었다. 귀부인들은 모두 외출복을 벗고 대부분 잠자리에 들 준비가 된 상태였다. 문이란 문은 전부 열려 있었다. 사람들은 모두 혼란에 빠져 있었다. 나는 왕세자가 종부성사를 받았고 무의식 상태이며 소생가능성이 없다는 사실을 알게 되었다. 또한 왕이 부르고뉴 공작부인에게 전갈을 보내 마를리로 가는 길이니 자신을 만나려면 두 마사 사이의 대로에서 기다리도록 했다는 사실도 알게 되었다.

(…)

나는 눈앞의 광경에 모든 관심을 송두리째 빼앗긴 채 머릿속이 복잡해졌고 온갖 상념들이 한꺼번에 떠올랐다. 두 왕손과 두 공작부인은 침대간 뒤의 소접견실 안에 있었다. 평소 부르고뉴 공작부인의 침실 안에는 잠자리용 화장대가 있었는데 그때는 온갖 궁정사람들로 가득 차 혼잡스러웠다. 부르고뉴 공작부인은 왕이 지나가는 길로 갈 시간을 기다리며 소접견실과 침실 사이를 왔다갔다했다. 그녀는 평소와 다름없이 우아한 태도를 보였으며 슬픔과 연민의 표정을 지었다. 사람들은 그녀의 표정이 고통 때문에 그런 것으로 착각하는 것 같았다. 이 사람 저 사람들 앞을 지나치며 그녀는 겨우 몇 마디 말을 하거나 답변을 했다.

주변에 있던 모든 사람들은 그야말로 의미심장한 표정을 짓고 있었다. 사람들의 얼굴에 쓰인 욕망을 간파하려면 궁정에 대한 지식이 아니라 오직 눈만이 필요했다. 반면 아무 욕망이 없는 사람들의 얼굴은 무표정했다. 어떤 사람들은 침착 그 자체였고 다른 사람들은 슬픔에 가득 찼으며 아니면 기대감과 기쁨을 감추기 위해 심각하고 긴장한 표정을 짓기도 했다.

(…)

잠시 후 나는 멀리서 부르고뉴 공작이 소접견실의 문 근처에 있는 것을 보았다. 그는 매우 혼란스럽고 고통스러운 표정을 짓고 있었다. 하지만 그를 언뜻 바라보니 온화한 기색은 전혀

찾아볼 수 없고 깊은 생각에 빠진 심각한 모습이었다. (177~
184쪽)

4월 16일 마침내 왕세자가 사망했다. 궁정 사람들은 반응은
천차만별이었다. 사람들은 왕세자의 죽음을 저마다 자신의
처지에서 받아들였다. 우선 왕세자의 죽음을 슬퍼한 사람들
은 누구일까? 가장 먼저 그의 두 아들을 들 수 있다. 첫째인
부르고뉴 공작은 비교적 의연한 태도를 보였지만 막내인 베
리 공작은 슬픔을 이기지 못하고 실신했다. 왕세자를 가까이
에서 모신 시종들과 하인들, 시녀들도 그의 죽음을 안타까워
했다. 그들 못지않게 왕세자의 죽음을 애통해 한 사람들은
그를 중심으로 은밀히 정치 세력을 형성한 파벌이다. 은밀히
미래를 도모하던 계획이 완전히 물거품이 되자 그들은 속속
뫼동을 떠났다. 마침내 끝까지 버티던 슈앵 양도 떠나고 뫼
동은 곧 텅 비었다.

　두 왕손들 옆에 앉아 있던 두 왕손비들은 그들을 위로했다.
그들 네 사람의 모습은 모두의 주목을 받았다. 부르고뉴 공작

은 진심으로 슬퍼하며 조용히 흐느꼈다. 그의 표정은 온화하고 꾸밈이 없었으며 자연스럽고 경건했다. 그는 억지로 참으며 울었다. 베리 공작도 그와 마찬가지로 진심으로 슬퍼하며 눈물을 펑펑 쏟았다. 하지만 그의 눈물은 피눈물 같다고 표현할 정도였다. 그만큼 그의 고통은 깊어 보였다. 그는 단지 흐느낀 것이 아니라 소리치며 울부짖었다. 이따금 아무 소리도 들리지 않았지만 그것은 숨이 막혔기 때문이고 곧 이어 다시 아주 큰 소리로 울음을 터뜨렸다. 깊은 절망에서 터져 나오는 트럼펫소리 같은 그 울음소리가 어찌나 컸던지 대부분의 사람들은 괴로워서건 아니면 예의 때문이건 더욱 슬픔에 복받친 울음을 터뜨렸다. 얼마 후 사람들은 그 자리에서 그의 옷을 벗기고 의사들에게 치료를 준비하도록 했다.

하인들과 시녀들은 진작부터 미친 듯이 울부짖었다. 그들의 슬픔은 그런 부류의 사람들이 모든 것을 잃게 되었다는 증거이다. (…) 왕세자는 사라졌다. 모두가 그 사실을 알고 말했으며 그 점에서는 더 이상 재고의 여지가 없었다. 첫 순간에는 심경변화가 있는 그대로 드러났다. 적어도 그 순간만큼은 모든 정치적 고려에서 해방되었기 때문이다. 그렇지만 그 파란만장한 밤의 혼란과 동요, 경악, 사람들의 무리와 어수선한 광경 속에서도 그들은 절도 있는 태도를 보였다. 침실 바깥의 첫 번째 방에서는 시종들의 숨죽인 신음소리가 들렸다. 자신들을 각별히 대해주던 주인을 잃고 그들은 절망에 빠졌다. 그들은 불안하게 또 다른 죽음(루이 14세의 사망_옮긴이)을 예견하며 안도했었는데 이 죽음(왕세자의 죽음_옮긴이)으로 그들 자신이 몰락하게 되었던 것이다. 시종들의 무리 중에서는 궁정 핵심세력들의 시종들도 눈에 띄었다. 아주 명민한 그 시종들은 소식을 얻으러 왔는데 그들의 태도에서 그들을 보낸 주인이 누구인지 여실히 드러났다.

저 멀리 온갖 부류의 궁정인들이 있었다. 그들 중 많은 사람들, 말 그대로 어리석기 짝이 없는 인간들은 땅이 꺼져라 한숨을 내쉬며 메마르고 멍청한 눈으로 왕세자를 칭송했다. 하지만 그들의 칭찬은 언제나 한 가지, 선량하다는 것이었으며 그토록 착한 아들을 잃은 왕을 동정했다. 그들 중 명민하거나 사려 깊은 사람들은 벌써부터 왕의 건강을 염려했다. 그들은 이런 혼란 속에서 그토록 냉정한 판단력을 지닌 자신들을 자랑스럽게 여기며 같은 말을 반복함으로써 아무도 그 점을 의심하지 못하게 했다.

정말로 애통해 하는 또 다른 부류의 사람들이 있었다. 강한 충격을 받은 그 일당들은 처절하게 울거나 울음을 참았다. 참으려고 애쓰는 그들의 모습은 오열하는 것이나 마찬가지로 금방 눈에 띄었다. 마음이 강한 사람들이나 약은 사람들은 바닥에 눈을 고정시킨 채 구석에 처박혀 거의 예상치 못했던 이번 사태의 결과와 자신들의 미래에 대해 깊은 생각에 잠겼다. 애통해 하는 여러 종류의 사람들은 전혀 혹은 거의 말을 하지 않았으며 대화도 없었다. 다만 어쩌다가 고통스럽게 터져 나오거나 옆 사람의 고뇌에 답하는 외마디 탄식소리가 거의 15분 간격으로 들렸다. 그들의 눈빛은 침울하거나 멍했으며 자기도 모르게 손을 자주 움직였고 그 나머지는 거의 미동도 하지 않았다. (184~190쪽)

(…)

뢰동은 공포에 짓눌렸다. 왕이 출발하자마자 그곳에 있던 모든 궁정사람들이 왕의 뒤를 따랐다. 그들은 마차가 도착하는 대로 마차 안에 차곡차곡 몸을 실었다. 뢰동은 한순간에 텅 비어버렸다. 릴본 양과 믈륑 양은 슈앵 양의 거처로 갔다. 다락방에 틀어박힌 슈앵 양은 그제야 극도의 불안감에 빠지기 시작했다. 그녀는 아무것도 모르고 있었다. 어느 누구도 그녀에게 슬픈 소식을 알려주는 성의를 보이지 않았던 것이다. 그녀는 사람들의 울부짖는 소리를 듣고 나서야 비로소 자신의 불행을 깨달았을 뿐이다. 두 친구가 요행히 삯마차를 발견하고는 그녀를 마차에 태워 파리로 데려갔다. (196~197쪽)

왕세자가 사망하자 궁정 전체가 슬픔에 잠겼다. 그러나 권력의 측면에서 보면 반드시 그런 것만은 아니었다. 왕위계승서열 1위였던 왕세자의 사망은 권력의 무게중심의 이동을 의미했고 그것은 누군가에게는 상실의 순간이지만 또 다른 누군가에게는 기회의 순간이었으니 말이다. 왕세자의 죽음을 반긴 사람들은 과연 누구일까?

관찰자로서 생시몽의 면모가 부각되는 것은 바로 이 대목에서다. 1710년 베리 공작의 결혼과 함께 생시몽 공작부인이 베리 공작부인의 시녀가 되면서 생시몽은 베르사유 궁전에서 그럴 듯한 거처를 얻었다. 덕분에 그는 궁정인들의 일거수일투족을 관찰하기에 유리한 위치에 있었다. 그는 이곳저곳에서 슬픔의 가면을 쓰고 있던 사람들의 부산한 눈초리와 호기심 어린 표정을 놓치지 않고 관찰자로서의 즐거움을 만끽했다. 나아가 부르고뉴 공작의 파벌의 일원이었던 그는 사람들 앞에서는 기쁨을 드러내지 못했지만 속으로는 뛸 듯이 기뻐한 사람들의 속내에 공감하며 승리감에 도취되었다.

단순히 호기심에 가득 찬 사람들과 그나마 무관심한 사람들은 무표정하게 있었다. 오직 어리석은 사람들만이 수다를 떨고 질문을 해댐으로써 애통해 하는 사람들의 절망을 배가시키고 다른 사람들을 성가시게 했다. 이번 사태를 유리하게 생각한 사람들은 슬프고 근엄한 태도를 취하며 심각한 척했지만 아무 소용이 없었다. 그 모두가 투명한 베일 같아서 모든 표정을 간파하고 식별해내는 예리한 눈까지 가로막지는 못했던 것이다. 그들은 슬픔에 젖은 사람들만큼 끈기 있게 자리를 지켰고 여론과 호기심, 자기만족, 몸가짐 등 매사를 경계했다. 하지만 몸을 거의 움직이지 않는 대신 그들의 눈은 부산히 움직였다. 거의 자리가 없거나 서 있기가 불편해서인지 그들은 수시로 자세를 바꾸었다. 어떤 사람들은 서로 눈길을 피하려고 애썼고 심지어 우연히 눈을 마주치지도 않으려고 했다. 우연히 눈길이 마주치다가 순간적으로 예기치 못한 일이 벌어지기도 했다. 그들의 모든 거동에서는 뭔지 모를 여유로움이 느껴졌다. 그들은 스스로 자제하고 절도 있는 태도를 보이려고 노력했다. 하지만 그런 노력에도 불구하고 그들 주변에서 풍기는 일종의 눈부신 빛과도 같은 활기로 말미암아 그들의 존재는 눈에 두드러졌다.

(…)

모든 사실이 드러났음에도 불구하고 나는 여전히 의혹을 떨쳐내지 못했다. 나로서는 믿을 만한 사람의 말을 듣지 않고는 그 사실을 충분히 받아들이고 안심할 수가 없었다. 나는 우연히도 후작을 만나 그에게 물었고 그는 내게 사실을 숨김없이 말해주었다. 그것을 알고 나서 나는 기뻐하는 모습을 드러내지 않으려고 애썼다. 그렇게 보이는 데 성공했는지 아닌지 나는 잘 모른다. 다만 분명한 것은 기쁨도 슬픔도 내 호기심을 누그러뜨리지는 못했다는 사실이다. 나는 적절하게 예의를 지키려고 조심하면서도 슬퍼하는 척할 생각은 없었다. 이제는 죽은 왕세자가 뫼동에서 되살아날 걱정도 그의 무자비한 뫼동 군대에게 탄압받을 위험도 사라진 것이다.

왕이 마를리로 가기 전보다 한결 마음이 가벼워진 나는 수많은 일행들을 훨씬 여유 있게 관찰했다. (…) 활기찬 인간 군상들과 의미심장한 사건들에 대한 잡다한 지식은 그것을 파악할 줄 아는 사람에게 즐거움을 준다. 비록 일시적이기는 하지만 그것이야말로 우리가 궁정에서 누릴 수 있는 가장 커다란 기쁨 중의 하나이다.

나 자신도 완전히 그런 기쁨에 빠져들었다. 진심으로 해방감을 느끼며 눈물을 한 방울도 흘리지 않는 주요 인사들과 가깝고 긴밀한 관계를 맺게 되면 될수록 나는 더욱 기뻤다. 나는 그들이 무조건적인 승리를 거두게 되어 무척 기뻤다. 그들이 만족하자 나도 더욱 만족했고 앞날에 대한 기대로 부풀고 안심하게 되었다. 그 사건이 일어나기 전, 나는 거의 아무런 가능성이 없는 상태였기 때문에 미래에 대한 불안이 끊이지 않았었다.

다른 한편, 나는 왕세자의 사망으로 상처를 입은 파벌의 적이자 그 유력자들과 개인적 원한관계에 있었기 때문에 그들의 손아귀에서 사라진 모든 것과 그들을 절망시킨 모든 것을 한눈에 예리하게 간파해내며 형언할 수 없는 기쁨을 느꼈다. 내 머릿속에는 이미 다른 파벌들과 그들의 분파 및 끄나풀들, 각 파벌의 유력자들과 그들의 장악력 및 경력, 동기, 다양한 이해관계에 관한 지식 등이 상세히 입력되어 있었다. 그러니 며칠 더 숙고한다고 해서 그 사람들의 얼굴을 처음 보았던 그 순간보다 더 분명하게 모든 것을 파악하고 깨닫지는 못했을 것이다. 더구나 그 첫 순간에 본 사람들의 얼굴은 그 자리에 보이지 않는 사람들의 얼굴까지 연상시켰으며 쏠쏠하게 음미하는 즐거움을 주었다. (189~195쪽)

왕세자의 죽음으로 인한 충격은 그리 오래 지속되지 않았다. 베르사유에서 그의 존재감은 그만큼 크지 않았기 때문이다. 평범하고 소심한 성격의 소유자였던 그는 여러 면에서 아버지 루이 14세와는 대조적인 인물이었다. 대식가에다 정부를 두었다는 점만 빼면 두 사람은 전혀 달랐다. 무엇보다 먼저 왕세자는 지적 호기심을 보이지 않았다. 그는 먹는 것과 사낭을 좋아했고 특히 늑대사냥에 광적으로 집착했다. 당대 최고의 학자인 보쉬에가 그에게 군주로서의 의무와 통치술을 가르쳤지만 역효과를 냈을 뿐이다.

왕세자는 키가 작은 편이기보다는 큰 편이었으며 살이 찌기는 했지만 지나치게 비대하지는 않았다. 그의 태도는 거칠기는 했지만 매우 고상하고 품위 있었다. 어렸을 때 고(故) 콩티 공과 함께 놀다가 맞아 코가 깨지지만 않았더라면 아마 그의 인상은 매우 상냥해 보였을 것이다. 왕세자는 아름다운 금발 머리에 얼굴은 볕에 그을린 붉고 동그란 모양이었다. 하지만 전혀 개성이 없는 얼굴이었다. 그의 다리는 세상에서 가장 아름다웠지만 발은 유독 작고 볼품이 없었다. 걸을 때 그는 늘 주변을 기웃거렸고 신중하게 발을 내딛었다. 또한 항상 말에서 떨어질까 두려워했고 곧게 쭉 뻗거나 하나로 연결된 길이 아니면 항상 누군가에게 도움을 청했다. 그는 말을 매우 잘 탔고 맵시도 좋았지만 대담하지는 못했다. 사냥터에서 카조는 왕세자 앞에서 달려갔다. 카조가 눈에 보이지 않으면 왕세자는 몹시 불안해했다. 그는 전속력으로 달리는 적이 거의 없었다. 그는 종종 나무 밑에서 사람들이 사냥하는 것을 기다렸으며 천천히 사냥꾼 일행을 따라갔다가 되돌아왔다.

그는 식탐이 아주 심했다. 그렇다고 해서 저속할 정도는 아니었다. 소화불량을 뇌졸중으로 착각했던 일이 있은 후 왕세자는 하루 한 번만 정식으로 식사했으며 무척 자제했다. 모든 왕실가족들처럼 그 역시 엄청난 대식가였음에도 불구하고 말이다. 그의 초상화는 대부분 그와 아주 비슷하게 그려졌다.

왕세자는 성격이 무미건조했다. 에스파냐 왕의 유언문제에서 드러났듯이[3] 그는 직관력을 지니기는 했지만 명석하지는 못했다. 타고난 성품과 당당한 풍채, 그리고 왕을 모방한 탓에 그는 고상하고 품위 있었다. 그는 막무가내로 고집을 피웠으며 기질적으로 옹졸해서 인생의 행적 전체가 옹졸함으로 똘똘 뭉쳤다. 나태함과 어리석음은 그를 유하게 만들었다. 그는 본래 냉혹한 사람이었지만 유독 부하들과 하인들에게는 겉으로 선량한 태도를 보였으며 저속한 질문만 했다. 왕세자는 그들을 놀라울 정도로 친근하게 대했다. 반면 그 밖의 다른 사람의 고통과 불행에는 아주 냉담했다. 이는 아마도 타고난 성품이 나빠서라기보다는 무관심과 모방심 때문이었던 것 같다.

또한 그는 상상할 수 없을 정도로 말수가 적은 탓에 결과적으로 비밀을 잘 지키는 사람으로 통했다. 심지어 그때까지 국

---

3 카를로스 2세의 유언문제를 놓고 논란이 벌어졌을 때 왕세자는 평소 그의 모습과는 달리 단호한 어조로 유언을 받아들일 것을 주장했다.

사에 관해서는 슈앵 양에게 한마디도 한 적이 없을 거라고 사람들이 상상할 정도였다. 만약 그랬다면 아마도 두 사람 모두 국사에 대해 아는 것이 없었기 때문일 것이다. 한편으로는 우둔함이 다른 한편으로는 두려움이 이 왕자를 유례가 없을 정도로 신중하게 만들었던 것이다. 그와 동시에 왕세자는 극도로 거만했으며, 왕세자에 대해 이런 말을 하는 것은 웃기는 일이지만 존경심에 집착했고 어디서건 자신의 권리에 대해서는 유난히 신경을 쓰고 민감한 태도를 보였다.

언젠가 슈앵 양이 왕세자에게 왜 말이 없느냐고 묻자 왕세자는 다음과 같이 대답했다. 자신처럼 책임이 막중한 사람들이 말조심을 하지 않으면 큰 대가를 치러야 하기 때문에 자신은 말하기보다는 침묵을 지키는 편이 훨씬 좋다고 했다. 그는 자신의 태만함과 무관심을 변명하기 위해 이전에도 이미 그런 말을 한 적이 있다. 비록 과장되기는 했지만 그 탁월한 격언은 틀림없이 그가 최선을 다해 지켰던 왕이나 사부인 몽토지에 공작의 가르침들 중 하나였을 것이다.

왕세자는 사적인 비용을 아주 꼼꼼히 처리했다. 그는 자신에게 관련된 모든 지출내역을 직접 기록했다. 건물과 가구, 온갖 종류의 보석, 뫼동에서의 여행, 특히 스스로 사냥을 좋아한다고 으스대며 늑대사냥장비에 무한정 돈을 썼음에도 불구하고 그는 자질구레한 것의 가격까지 알고 있었다. 또한 왕세자는 판돈이 큰 도박이면 무엇이건 열광했다. 하지만 건축을 시작한 뒤부터 그는 액수가 낮은 도박으로 바꾸었다. 게다가 몇몇 시종이나 신분이 낮은 하인에게 주는 연금처럼 아주 드문 경우 외에는, 품위에 어울리지 않을 정도로 인색했다. 하지만 사제와 뢰동의 카푸친회에는 충분할 만큼 자선을 베풀었다.

그토록 사랑한 슈앵 양에게도 왕세자는 상상할 수 없을 정도로 적은 돈을 주었다. 그것은 3개월마다 금화 4백 루이를 넘지 않았다. 물론 1년에 총 1천6백 루이면 상당한 액수이기는 했지만 말이다. 왕세자는 그 돈을 그녀의 손에 직접 건네주었다. 잘못해서 1피스톨도 더 주는 법이 없었으며 기껏해야 1년에 보석상자를 하나 혹은 둘 주면서도 아주 인색하게 굴었다.

지금까지 설명했듯이 왕세자는 타고난 기질 때문에 몽토지에 공작과 모 주교인 보쉬에, 님므 주교인 플레쉬에로부터 받은 탁월한 문화적 영향을 잘 활용하지 못했다. 아는 것이 있었다 해도 미미한 수준이었는데 그나마 강압적이고 엄격하며 금욕적인 교육을 통해 오히려 사라져버렸다. 억압적인 교육은 천성적으로 소심한 왕세자에게 극도의 부담을 주었고 일과 공부만이 아니라 모든 종류의 지적 즐거움을 혐오하게 만들었다. 그 결과 왕세자의 고백에 의하면, 스승들에게서 해방된 이후 그는 평생 동안 〈가제트 드 프랑스〉에서 파리 관련 기사를 읽었을 뿐인데 그것도 부고와 결혼광고를 보기 위해서였다고 한다. (200~204쪽)

왕세자는 한마디로 군주로서의 자질을 갖추지 못했다. 물론 선천적 측면도 무시할 수 없겠지만 루이 14세의 존재 자체도 왕세자의 성격과 태도에 커다란 영향을 미쳤다. 루이 14세는 아들을 사랑했다. 그러나 강한 성격의 아버지와 소심한 아들의 관계는 그들이 비록 평범한 사람들이었을지라도 그리 순탄하지만은 않았을 것이다. 하물며 권력의 한복판에 있던 두 사람의 관계는 여러 가지 요인에 의해 악화될 수밖에 없었다.

무엇보다도 루이 14세는 권력의 누수를 방지하기 위해 늘 왕세자를 견제하고 감시했다. 왕세자는 국사에서 완전히 배제되었고 아무도 그에게 접근하지 못했다. 더구나 몽테스팡 부인의 아들인 멘 공작이 두 사람의 틈새를 비집고 들어오면서 루이 14세와 왕세자의 관계는 돌이킬 수 없을 지경이 되었다. 멘 공작은 루이 14세를 독점하다시피 했고 그럴수록 왕세자는 아버지에게 가까이 다가가지 못했다. 왕세자로서 자신의 처지를 받아들이고 순응하는 것 외에 다른 도리가 없었다.

천성적 소심함, 엄격한 교육의 굴레, 완벽한 무지와 지식의 결핍 등 이 모두가 왕 앞에서 왕세자를 주눅들게 하는 데 일조했다. 왕세자의 입장에서 보면 왕은 평생 철저하게 자신을 공포에 떨게 한 장본인이다. 왕은 왕세자와 있을 때 거의 한 번도 아버지다운 태도를 보인 적이 없었다. 아니면 아주 드물게 왕세자가 왕의 독설을 피했을지라도 두 사람 사이는 순수한 부자관계가 아니었으며 왕권과 연루되지 않은 적이 없었다. 가장 사적이고 내밀한 순간에도 마찬가지였다. 그럴 때조차 단둘이 있는 경우는 드물었으며 거의 항상 서출 출신들과 시종들이 배석했다. 그런 자리는 부자유스럽고 불편했으며 항상 강압적이었고 감히 대담한 행동을 하거나 권위를 침해하기는커녕 늘 경의를 표해야 했다.

한편 왕과 멘 공작의 관계는 아주 순조로워 보였다. 부르고뉴 공작부인은 사적인 시간을 항상 왕과 함께 지내는 편이었으며 친근하게 농담을 주고받고 이따금 도가 지나칠 정도로 친근하게 굴기도 했다. 왕세자는 아무도 몰래 그들에게 일종의 질투심을 느꼈지만 그로 인해 자신을 계발시키지도 못했다. 재기가 없기로는 멘 공작도 왕세자나 마찬가지였다. 게다가 멘 공작은 왕실의 핏줄이 아니라 상당한 격차가 있었는데도 그런 것은 고려대상이 아니었던 것이다. 또한 왕세자는 더 이상 부르고뉴 공작부인처럼 어리광과 애교를 부리는 철부지로 통할 나이도 아니었다. 그에게는 오직 아들과 왕위계승자로서의 자격만 남은 셈이었다. 그것이야말로 사실상 왕을 긴장시키고 왕세자를 굴레에 묶어 놓는 원인이었다. 따라서 그에게는 왕과의 신뢰문제가 유일한 불행의 원인은 아니었다.

왕세자가 누군가에게 호의를 보이기만 해도 그 당사자는 그로 인해 악영향을 받는다는 것을 충분히 느낄 수 있었다. 왕이 악착같이 왕세자의 무능력을 입증하는 데 집착했기 때문에 왕세자는 자신에게 아부하려고 애쓰는 사람들을 위해, 심지어 자신의 시종들을 위해 아무것도 하지 못했다. 왕에 의해 선택되고 임명된 왕세자의 시종들이 그를 모시는 데 최선을 다하지 않는 것을 왕 스스로 매우 부당하게 여겼으면서도 말이다.

(…)

대신들은 감히 왕세자에게 접근하려 하지 않았다. 왕세자 역시 한 번도 그들에게 무언가를 요구해서 위험을 자초한 적이 없었다. 대상서, 수석 마사시랑 아르쿠르, 위셀 원수 등처럼 대신이나 상당한 지위에 있는 궁정인들은 왕세자와 친해지게 되더라도 그 사실을 아주 조심스럽게 감추었고 왕세자도 그렇게 했다. 만약 그 사실이 발각되면 왕은 그것을 음모로 취급했다. 그 당사자는 음모를 꾸민 혐의를 받고 자취를 감추었다. 뤽상부르 원수가 전격적으로 제거된 것도 바로 그런 이유였다. 직책상 중요한 그의 위치[4]도 군 지휘자로서의 필요성도 전장에서 거둔 공훈도 온갖 아부와 아첨도 사태를 되돌리지는 못했다. 왕세자 역시 자신이 누군가에게 관심을 갖게 되면 자신 때문에 모든 것을 잃을지도 모른다고 그에게 솔직하게 말하곤 했다.

(…)

수년 전부터 왕세자는 국가의 모든 기밀사항에 관여하기는 했지만 국사에 아무런 영향력을 미치지는 못했다. 그는 국사를 알고 있었고 그것이 전부였다. 아마도 총명함이 부족한 탓도 있겠지만 어쨌든 그런 무관심은 왕세자를 최대한 국사에서 멀어지게 했다. 그럼에도 불구하고 그는 국무참사회에 열심히 참석했다. 왕세자는 재정참사회와 공문서참사회에도 참석권을 지녔지만 그 두 곳에는 거의 가지 않았다. 왕의 사적 문제의 경우에도 왕세자는 관여하지 않았다. 중대한 소식 외에는 어느 대신도 그에게 보고하러 오는 법이 없었다. 군 장성들이 그를 찾는 경우는 훨씬 적었고 외지에서 근무하다 돌아온 사람들도 찾아오지 않았다.

그처럼 왕세자는 따뜻한 말과 세심한 배려를 거의 받지 못한 데다 죽을 때까지 왕에게 보고하지 않고는 궁정 밖으로 한 발자국도 나갈 엄두를 내지 못했다. 왕의 허락을 얻어야 외출

---

4 뤽상부르 원수는 당시 근위대 중대장직을 맡고 있었다.

이 가능할 정도의 인신적 속박상태로 말미암아 왕세자는 궁정을 몹시 불편해 했다. 그는 아들로서, 그리고 궁정신하로서 의무를 정확하고 규칙적으로 준수했다. 하지만 거기에 아무것도 덧붙이지 않은 채 항상 똑같았으며 다른 어떤 신하보다도 정중하고 절도 있는 태도를 보였다. (204~207쪽)

1661년생인 왕세자는 50세가 될 때까지 줄곧 2인자로 살았다. 그는 왕의 견제와 냉대를 피해 주로 뫼동에 머물렀다. 시간이 흐르고 왕의 나이가 많아지면서 왕의 눈을 피해 뫼동을 찾는 무리들이 늘어났다. 뫼동은 특히 루이 14세의 견제를 받던 방계왕족들의 집결지 역할을 했다. 물론 그 핵심에 슈앵 양과 그녀의 친구들이 포진하고 있었으며 왕의 서출 딸인 콩티 공비와 콩데 공작부인도 맹활약을 했다. 그녀들은 같은 서출 출신의 방계왕족인 방돔 공작을 끌어들였다. 그밖에 이러저러한 사적인 연고로 귀족들이 왕세자의 주변에 꼬이면서 뫼동을 중심으로 왕세자의 파벌이 형성되었다. 그들은 어리석은 왕세자를 조종하며 대담하고도 위험한 도박을 벌이고 음모를 꾸몄다.

그 모든 상황이 왕세자로 하여금 뫼동에 칩거하게 만들었으며 그곳에서 그는 달콤한 자유를 맛보았다. 왕이 그토록 자주 헤어져 지내는 것을 가슴 아파한다는 사실을 간파한 사람은 오직 왕세자뿐이었다. 이별 그 자체도 문제지만 특히 전쟁으로 궁정에 사람이 많지 않은 여름철의 이별이 왕을 힘들게 했다. 그럼에도 불구하고 왕세자는 아무것도 모르는 체했고 여행 횟수도 기간도 전혀 바꾸지 않았다. 그는 베르사유에 거의 머물지 않았고 마를리에서 지나치게 오래 머물게 될 경우에는 중간에 뫼동에 가서 여러 날을 보냈다. 그 모든 것을 통해 우리는 마음 약한 사람이 어떻게 행동하는지 짐작할 수 있다. 왕세자가 최선을 다해 실천한 존경과 숭배, 찬사, 모방은 모두 과시용이었고 오래 지속되지 않았다. 그것은 왕에 대한 공포와 두려움, 그리고 일종의 처세술에 불과했다.

(…)

왕세자는 슈앵 양 외에도 릴본 양을 무척 신뢰했다. 릴본 양과 각별한 사이였던 그는 그녀와 자매지간인 에피누아 부인도 믿었다. 거의 매일 아침마다 왕세자는 초콜릿을 마시러 슈앵 양의 처소로 갔다. 아주 은밀한 그 시간에는 아무도 접근할 수 없었는데 오직 에피누아 부인만이 예외였다. 그 나머지 일, 예컨대 콩티 공비를 예우하고 교제하는 일과 콩데 공작부인과의 관계도 왕세자 자신이 아니라 그녀들이 떠맡았으며

슈앵 양의 거처에서 왕세자가 즐기던 여흥이 유지된 것도 그
녀들 덕분이었다.

그때부터 왕세자는 콩티 공보다 방돔 공작을 편애하게 되
었으며 콩티 공이 죽었을 때 왕세자는 무례할 정도로 무관심
한 태도를 보였던 것이다. 비록 어린 시절의 우정이 유지되었
다고 할지라도, 비범한 콩티 공의 존재는 형편없는 교육과 평
생 계속된 습관에 찌든 왕세자가 장차 왕이 될 경우 그에게 무
거운 짐이 될 것이었다. 두 자매는 왕세자를 지배하기 위해 은
근히 그를 격리시켰다. 앞서 언급했듯이 그 무서운 음모가 꾸
며진 것도 바로 같은 이유에서였다.

(…)

아마도 고위 귀족 중에서 왕세자가 경제적으로 도와준 사람
은 당탱이 유일할 것이다. 왕세자가 겉으로 그를 가까이한 것
은 여러 가지 비밀들 때문이었다. 예를 들어 왕세자는 여러
명의 정부를 두었는데 왕은 그런 왕세자를 용인하지 않았던
것이다. 왕세자는 그녀들과 정사를 즐기기보다는, 사실 그럴
능력도 없었지만 그녀들에게서 일시적이고 대수롭지 않은 위
안을 얻었을 뿐이다.

(…)

마지막 순간에는 위셸 원수가 왕세자의 총애를 받았다. 아르
쿠르, 대상서, 수석 마사시랑과 마찬가지로 그도 왕세자와의

관계를 숨겼다. 그는 슈앵 양을 왕세자에게 처음 접근시켰던 장본인이다. 슈앵 양은 그에 대한 의리를 지켜 그가 세상에서 가장 유능한 사람이라고 왕세자를 설득했다.

슈앵 양에게는 애지중지하는 암캐 한 마리가 있었는데 위셸 원수는 날마다 그가 살던 가이옹 성문에서 슈앵 양이 사는 르 프티생탕투안 근처로 구운 토끼 머리를 날라다 주었다. 그는 그곳에 자주 들렀고 예언자 같은 대접을 받았다. 토끼 머리의 운반은 왕세자가 죽은 바로 다음 날부터 중단되었다. 그 이후 슈앵 양은 두 번 다시 그를 만나지도 그에 대한 말을 듣지도 못했다. 나중에 그녀는 정신을 차리고 나서야 그 사실을 깨달았다. 그를 믿을 만하다고 여겼던 그녀는 그에 대한 불평을 늘어놓았다. 왕세자의 호의와 신뢰를 얻도록 자신이 나서서 도와주었다고 말이다.

그도 그 사실을 알았다. 하지만 그는 조금도 당황하지 않고 차갑게 대답했다. 그녀가 하려는 말이 무엇인지 잘 모르겠으며 자신은 그녀를 매우 드물게 그것도 아주 일반적인 경우가 아니면 만난 적이 없고 왕세자도 잘 아는 사이가 아니었다고 말했다. 그는 왕세자를 조종할 수 있는 사람들 모두에게 은밀히, 그러나 누구보다 비굴하고 탐욕스럽게 접근했으며 유익하지 않은 인간관계를 맺기 싫어했던 인물이다. 그의 부인에도 불구하고 그 일은 모두 알려지고 그에게 불명예를 안겨주

었다. (207~216쪽)

왕세자는 가정적으로 퍽 불행한 사람이었다. 아버지로부터 애정과 관심을 받지 못했을 뿐 아니라 아들인 부르고뉴 공작과도 불편한 사이로 지냈으니 말이다. 권력의 요체인 궁정에서 왕세자와 아들인 부르고뉴 공작은 부자 관계라기보다는 왕위계승서열을 놓고 경쟁하는 사이였다. 왕세자의 파벌은 왕세자에게 영향력을 휘두르기 위해 두 사람 사이에서 이간질을 일삼으며 부자관계를 더욱 악화시키려고 안간힘을 썼다. 1708년 궁정을 떠들썩하게 한 플랑드르 사건이 대표적인 예이다.

1708년 루이 14세는 부르고뉴 공작을 플랑드르 원정군 총사령관에 임명했다. 에스파냐 왕위계승전쟁의 고비였던 이 전투에서 프랑스군은 동맹군에게 패배했다. 그러자 전투에 참전했던 방돔 공작은 측근들을 동원해서 패전을 부르고뉴 공작의 탓으로 돌리는 편지들을 궁정에 보내 부르고뉴 공작을 곤궁에 빠뜨렸다. 왕세자의 파벌은 방돔 공작의 편을 들며 부르고뉴 공작을 비난했다. 무기력한 왕세자는 아들을 두둔하지 않고 우유부단한 태도를 취함으로써 그들의 음모를 방조했다. 《회고록》에서 생시몽은 시종일관 그런 왕세자의 어리석음을 신랄하게 꼬집었다. 왕세자의 파벌과 경쟁관계에 있던 생시몽으로서는 당연한 일이겠지만 왕세자에 대한 그의 평가는 지나칠 정도로 인색해 보인다.

왕세자와 부르고뉴 공작 사이의 불화는 궁정 전체에서 잘 알려진 사실이었다. 아들의 단정한 품행과 독실한 신앙심, 배움에 대한 열의, 탁월한 재주와 재치 등은 아버지에게 매우 만족스러운 것인 동시에 단점으로 작용했다. 왜냐하면 그런 장점의 가치를 잘 아는 아버지로서는 그가 정치에 참여할지도 모른다는 두려움을 가질 만했기 때문이다. 아들이 얻은 평판은 또 다른 두려움의 원인이 되었다. 루이 14세가 그를 대하는 태도도 그런 질투심의 일종이었으며 모든 것이 점점 더 구체적으로 나타났다. 어린 왕손은 성장하면서 모두를 존중하고 편안하게 대하는 온유함을 지니게 되었다. 그는 오직 타인을 통해서만 바라보고 느끼는 아버지와는 완전히 달랐다.

부르고뉴 공작은 아들의 입장에서보다는 궁정신하로서 왕세자를 바라보았다. 둘 사이에는 사적인 것이 없었고 단둘이서 대화를 나누지도 않았다. 사람들은 부르고뉴 공작이 의무 수행 외에는 왕세자를 찾아가지 않으며 왕세자 옆보다는 다른 곳에 있는 것을 더 좋아한다는 것을 곧 눈치챘다.

콩데 공작부인은 두 사람 사이를, 특히 베리 공작의 결혼 이후 더 멀어지게 했다. 물론 왕세자는 이미 그전부터 릴 전투 동안에, 그리고 특히 방돔 공작이 마를리에서 추방되고 나서 부터 부르고뉴 공작부인을 덜 자상하게 대하기 시작했다. 그러나 베리 공작의 결혼 이후 그 정도가 더 심해졌다.

(…)

플랑드르 사건에 관해 독자는 이미 잘 알고 있을 것이다. 그 일당들이 부르고뉴 공작부인을 왕세자 곁에서 떼어내고 부르고뉴 공작을 무기력하게 만들기 위해 꾸몄던 끈질기고 간악무도한 음모 말이다. 뿐만 아니라 그들은 치밀하게 베리 공작에 대한 왕세자의 애정을 부추겼다. 왕세자는 품행과 취향 면에서 자기를 닮은 베리 공작에게 강한 애정을 품었으며 앞날을 고려하더라도 베리 공작은 왕세자에게 조금도 우려할 만한 대상이 아니었다. 주지하다시피 그들은 모두 베리 공작의 결혼에 무척 분개했으면서도 왕세자로 하여금 베리 공작부인을 친절하게 대하도록 했다.

그렇게 해서 그들은 의도적으로 왕손들을 서로 멀어지게 하고 의좋은 형제 사이를 갈라놓았으며 두 사람 사이에 질투심을 심어 놓았다는 의심을 피하고 싶었던 것이다. 그들은 절반은 예기치 못하게 성공했지만 가장 중요한 점에서 실패했다. 두 형제 어느 누구도 형제간의 긴밀한 우애가 조금이라도 변질되는 것도 어떤 술책도 용납하지 않았으며 심지어 하인들이 그 일에 동원되지 못하도록 했던 것이다.

(…)

왕세자를 속이고 자기들 마음대로 조종하는 재주를 지닌 사람들로서는 부르고뉴 공작부인을 왕세자에게서 떼어놓고 두 사람을 점점 더 멀어지게 하는 것은 식은 죽 먹기였다. 그것은 엄청난 이해관계 때문이었고 점차 정체를 드러냈다. 그러니 독자는 왕세자의 통치가 그런 사람들의 손에 내맡겨졌더라면 어땠을지도 짐작할 수 있을 것이다.

(…)

이렇게 길지만 흥미진진하면서도 상세한 이야기들로 미루어 볼 때 왕세자는 악하지도 선하지도 않은 사람이었다고 결론지을 수 있겠다. 그는 지식도 지혜도 없고 또 근본적으로 그것을 획득할 능력도 없었으며 나태했고, 상상력도 창조력도 취향도 기호도 분별력도 없는 인물이었다. 권태로운 운명을 타고 난 그는 그 운명을 다른 사람들에게까지 전염시켰으며 타인의 충동에 따라 되는 대로 굴러가는 공처럼 살았다. 또한 매사에 지나치게 악착같고 소심했을 뿐 아니라, 앞서 살펴보았듯이 믿을 수 없을 만큼 순진무구해서 쉽게 예단하고 또 누구나 믿었다. 그래서 사악한 사람들의 손에 좌지우지되었으

면서도 그 사실을 알아차리지도 거기에서 빠져 나올 능력도
없었다. 비계 덩어리와 무지몽매함에 갇힌 그는 악을 행할 의
지가 전혀 없었음에도 불구하고 왕이 되었더라면 필시 사악
한 왕이 되었을 것이다. (217~225쪽)

세자의 죽음과 그 이후 궁정 모습

이제 생시몽이《회고록》전체에서 찬사를 아끼지 않던 세자
에 관한 이야기로 넘어가 보자. 1711년 왕세자가 사망한 뒤
부르고뉴 공작은 그의 뒤를 이어 세자가 되었다. 그러나 1년
도 채 되지 않은 이듬해 2월 세자 부부가 차례로 사망했다.

1712년 2월 12일 부르고뉴 공작부인이 먼저 불확실한 이유
로 갑작스럽게 사망했다. 사보이아 공작의 딸인 그녀는 아우
구스부르크 동맹전쟁을 종식시키기 위해 체결된 라이스바이
크 조약에 따라 부르고뉴 공작과 정략결혼했다. 그러나 젊고
쾌활한 그녀의 명랑함은 부르고뉴 공작과 말년의 루이 14세
에게 큰 위안을 주었고, 궁정 전체에 활기를 불어넣었다. 궁
정에서 모두의 사랑을 받던 그녀의 죽음은 왕세자의 죽음과
는 비교되지 않을 정도로 궁정을 충격과 슬픔에 빠뜨렸다.

가장 슬픔에 빠진 사람들은 왕과 맹트농 부인이었다. 그것은 왕이 인생에서 한 번도 경험해본 적이 없는 감정이었다. 마를리에 도착하자마자 두 사람은 우선 맹트농 부인의 처소로 갔다. 맹트농 부인의 처소에 있는 침실에서 왕은 혼자 저녁식사를 했다. 그리고 나서 오를레앙 공작 및 서자들과 부속실에서 잠시 함께 있었다. 베리 공작은 비탄에 빠져 있었다. 그는 진심으로 슬퍼했고 형인 세자가 입은 상처 때문에 더욱 슬퍼했다. 극도로 슬퍼하던 세자는 베리 공작부인과 함께 베르사유에 남았다. 자신보다 더 우아하고 더 사랑받았으며 총애를 독차지했던 존재로부터 해방되자 베리 공작부인은 기뻐서 어쩔 줄을 몰랐다. 대신 그녀는 최대한 이성으로 감정을 억누르며 침착한 자세를 취했다. 세자와 베리 공작부인은 다음 날 아침 왕의 기상의례 시간에 맞추어 마를리로 갔다.

세자는 깊고 격렬한 고통으로 심신이 괴로운 상태였다. 그는 거처 밖으로 나가지 않았으며 거처에서도 오직 동생과 고해신부, 그리고 보빌리에 공작 외에는 아무도 만나려 하지 않았다. 7~8일 전부터 시내에 있는 집[5]에서 앓고 있던 보빌리에 공작은 간신히 침대에서 일어나 제자인 세자에게 신이 부여하신 위대한 자질을 경하하러 갔다. 세자가 그 끔찍한 하루와 그 이후 죽는 날까지 보인 모습만큼 위대해 보인 적은 없었

—
5 당시 궁정귀족들 대부분 궁정 안의 거처 외에도 베르사유 시내에 별도의 저택을 유지했다.

다. 이승에서 두 사람이 만난 것은 그때가 마지막이었음은 의심의 여지가 없다.

(…)

왕의 기상의례 시간이 임박하자 젊은 수행시종 세 사람이 들어왔다. 나는 용기를 내어 그들과 함께 들어갔다. 세자가 온화하고 친절한 표정으로 나를 아는 체하자 내 마음이 뭉클해졌다. 하지만 그의 얼굴을 보고 나는 질겁했다. 눈초리가 부자연스럽고 멍하면서도 황량한 기운이 감돌았다. 게다가 안색이 변하고 얼굴에 불그스레하기보다는 푸르스름한 자국이 돋아나 있었는데 그 수가 상당히 많고 넓게 퍼져 있었다. 나만이 아니라 방안에 있던 다른 사람들도 그것을 눈치챘다. 세자는 서 있었다.

조금 후 왕이 잠에서 깼다는 전갈이 왔다. 세자의 눈에서 애써 참았던 눈물이 흘러내렸다. 전갈을 듣고 그는 아무 말 없이 몸을 돌린 채 그대로 멈춰 서 있었다. 시종 셋과 나, 그리고 수석 침전시종premier valet de chambre 뒤셴뿐이었다. 시종들은 세자에게 한두 차례 왕의 처소로 가자고 권했다. 하지만 아무런 움직임도 대꾸도 없었다. 나는 그에게 가까이 다가가서 가자고 손짓을 한 뒤 작은 목소리로 설득했다. 그가 미동도 없이 침묵을 지키자 나는 감히 그의 팔을 붙들고 어서 왕을 뵈어야 한다고 충고했다. 왕이 그를 기다리고 있으며 그를 만나 포옹하고 싶은 마음에 가득 차 있음이 확실하다. 그러니 더 이상 미루지 않는 것이 현명하다고 말이다. 그에게 가자고 재촉하면서 나는 무엄하게도 살짝 그를 밀었다. 그는 마음을 꿰뚫어 보는 듯한 눈초리로 나를 바라보더니 발걸음을 뗐다. 나는 그의 뒤를 따라 몇 발자국 가다가 숨 좀 돌리려고 그곳에서 벗어났다. 그 이후 나는 그를 보지 못했다. 자비로운 신이시여, 당신이 그를 데려가신 영원한 그곳에서 그를 다시 만나게 해주소서!

(…)

부속실들을 통해 들어간 세자는 왕의 침실에 모두가 모여 있는 것을 발견했다. 왕은 그를 보자마자 가까이 불러 오랫동안 다정하게, 그리고 여러 차례 포옹했다. 무척 감동적이었던 그 첫 순간에는 눈물과 오열로 대화가 중간중간 끊겼다. (245~247쪽)

세자비의 사망 후 불과 일주일도 채 지나지 않은 2월 18일에 부르고뉴 공작이 그녀의 뒤를 따랐다. 이번에도 사인은 명확히 밝혀지지 않았다. 독살설이 퍼지기도 했다. 당시 유럽의 궁정에서 독살은 그다지 낯선 풍경이 아니었다. 그러한 광경을 지켜보는 생시몽의 심정은 누구보다도 참담했을 것이다.

부르고뉴 공작의 사망이 그에게는 그때까지 쌓아올린 모든 것을 잃는 것이나 다름없었으니 말이다.

조금 후 세자의 얼굴을 자세히 들여다본 왕은 그의 침실에서 우리가 놀랐던 것처럼 그 징조를 보고 깜짝 놀랐다. 왕의 침실 안에 있던 모든 사람들도 마찬가지였다. 다른 사람들보다 의사들이 더 놀랐다. 왕은 의사들에게 세자의 맥박을 짚어보라고 명령했다. 그들은 맥박이 약한 것을 발견했는데, 그들은 나중에서야 그 사실을 말했다. 그 당시에는 단지 맥박이 고르지 않으며 침대로 가는 게 좋겠다고 말했을 뿐이다. 왕은 세자를 다시 한 번 포옹하고는 다정하게 몸조심하라고 타이르며 침대로 가서 누우라고 했다. 그는 왕의 말에 순종했다. 그러고는 다시 일어나지 못했다. 그날 아침에는 이미 때가 늦었다.

(…)

16일 화요일, 세자의 건강은 더욱 악화되었다. 세자는 곁에서 나는 열과는 달리 몸속에서 화끈거리는 열기 때문에 고통스러워했다. 하지만 맥박은 꺼져가는 듯 비정상적이었고 위태로웠다. 화요일에 상태가 점점 나빠졌지만 그는 이를 드러내지 못했다. 얼굴에 난 자국들이 온몸에 번졌다. 사람들을 그것을 홍역자국으로 착각했다. 그러자 사람들은 은근히 기대했다. 하지만 의사들과 궁정 안의 사려 깊은 사람들은 세자비의 몸에도 똑같은 자국들이 나타났던 사실을 잊지 않고 있었다. 물론 그 사실이 침실 밖으로 새나간 것은 세자비가 죽은 뒤였지만 말이다.

17일 수요일, 더욱 격렬하게 타오르는 불길처럼 환자의 고통이 점점 더 격심해졌다. 다음 날 아침에 세자는 아무런 의식 절차도 배석자도 없이 침실에서 미사를 보며 영성체를 하기 위해 저녁 늦게 왕의 윤허를 얻으러 사람을 보냈다. 하지만 그날 밤 누구도 그 사실을 알지 못했고 사람들은 다음 날 오전에야 비로소 알게 되었다. 2월 18일, 나는 아침 일찍 소식을 들었다. 밤새 초조해 하던 세자가 미사를 보고 영성체를 했으며 신과 깊은 대화를 나누며 2시간을 보낸 뒤 혼수상태에 빠졌다는 것이다. 생시몽 부인은 나중에 세자가 종부성사를 받고 결국 8시 30분에 사망했다고 말해주었다.

내가 이 《회고록》을 쓰는 것은 사적 감정을 토로하기 위해서가 아니다. 하지만 내가 죽고 나서 오랜 세월이 흐른 뒤 언젠가 내 《회고록》이 출판된다면 《회고록》을 읽는 독자는 그때의 내 감정을 너무나 잘 이해할 수 있을 것이며 나와 생시몽 부인이 어떤 상태에 놓이게 되었는지도 알게 될 것이다. 여기서는 단지 처음 며칠 동안 우리가 두문불출했다는 말 외에는 아무 말도 하고 싶지 않다. 나는 모든 것에서 벗어나 떠나고 싶은 마음뿐이었으며 궁정에서도 사교모임에서도 물러나고 싶었다. (247~250쪽)

생시몽이 미래의 이상적인 군주상으로 여기며 찬양해 마지않던 부르고뉴 공작은 어떤 인물이었을까? 의외로 그는 어린 시절 과격하고 고집스러운 문제아에 가까운 악동이었다. 선천적으로 과격하고 즉흥적인 성격인데다 그 누구의 통제도 받지 않은 채 안하무인으로 자랐기 때문이다. 신체적 약점은 그의 성격을 더욱 악화시켜 그는 형제들과 시종들에게 폭군처럼 군림했다. 그럼에도 불구하고 그는 어린 시절부터 지적 호기심이 강하고 통찰력이 뛰어나 루이 박사님이라는 별명으로 불릴 정도였다.

명백한 왕위 추정 상속자인 세자는 선천적으로 성격이 과격했다. 어린 시절에 그는 위협적인 존재였다. 분노와 냉혹함이 극도로 폭발했고 심지어 생명이 없는 물체에까지 파급되었다. 그는 불같이 화를 냈으며 사소한 반대와 시간, 자연현

상조차 견디지 못하고 온몸이 산산조각 날 것처럼 무섭게 분통을 터뜨렸다. 또한 지독하게 고집스러웠다. 온갖 종류의 관능적 쾌락과 여자에 탐닉하는 동시에 희한하게도 전혀 다른 성향을 보이기도 했다. 그는 포도주와 맛있는 음식을 좋아했고 사냥에 광분했다. 음악은 그를 황홀하게 했으며 도박도 마찬가지였다. 하지만 도박에서 자신이 지는 것을 참지 못했기 때문에 그와 함께 도박하는 것은 매우 위험했다. 한마디로 그는 온갖 열정의 포로였고 모든 쾌락에 열광했다. 그는 종종 포악을 부렸고 포악함은 자연히 잔인함으로 발전했다. 그의 풍자와 조롱은 무자비했고 어리석은 사람들을 통렬하게 비웃어 웃음거리로 만들었다. 그는 사람들을 하늘처럼 높은 곳에서 내려다보았으며 그들이 누구이건 자신과는 어떤 유사점도 없는, 티끌처럼 미미한 존재로 여겼다. 세 형제를 동등하게 키우려는 분위기에서 자랐음에도 불구하고 그는 형제들조차 자신과 인간들 사이에 낀 중간 존재 정도로 여겼을 뿐이다.

그는 모든 면에서 재치와 통찰력이 뛰어났다. 화가 나 있을 때도 그의 답변은 놀라울 정도였다. 그의 논변은 항상 정확하고 심오했다. 심지어 흥분상태에서도 말이다. 그는 추상적 지식을 놀이처럼 즐겼다. 하지만 관심범위가 경이로울 만큼 넓고 다양했기 때문에 그는 한 가지 일에 몰두하지 못한 나머지 유능할 만한 단계에 이르지는 못했다. 그는 계획에 따라 강제로 공부하지 않을 수 없었으며 공부에 상당한 취미와 자질을 보였다. 만약 그렇지 않았더라면 그의 공부는 아무런 결실을 맺지 못했을 것이다. 그의 외모가 많이 상한 것은 아마 바로 그런 점 때문이었던 것 같다.

그는 키가 작은 편이었다. 얼굴은 길고 안색은 거무스름했다. 얼굴의 윗부분은 완벽했다. 눈은 세상에서 가장 아름다웠고 시선은 예리하고 감상적이며 인상적이고 경외심을 불러일으켰으며 부드러운 동시에 늘 날카로웠다. 또한 표정은 쾌활하고 위엄이 있었으며 세련되고 다른 사람들에게 영감을 불러일으킬 정도로 재기발랄했다. 얼굴의 아랫부분은 너무 날카로웠다. 길고 높은 코는 보기 좋은 모양이 아니었고 그에게 어울리지도 않았다. 밤색 머리카락은 심하게 곱슬곱슬하고 숱도 상당히 많았기 때문에 전체가 크게 부풀어 올랐다. 아무 말도 하지 않고 있을 때 그의 입과 입술은 보기가 좋았다. 이도 썩지 않았다. 하지만 윗니 틀이 심하게 앞으로 튀어나와 아랫니 틀과 아물리지 않아서 말할 때와 웃을 때 보기 흉했다. 내가 직접 목격한 바에 의하면 그의 다리와 발은 왕 다음으로 아름다웠다. 하지만 몸 전체의 비율상 다리와 넓적다리가 지나치게 길었다.

유모 손에서 벗어날 무렵 그의 등은 곧았었다. 사람들은 곧 그의 허리가 구부러지기 시작했음을 알아차렸다. 그는 곧바로 목 받침대와 철 십자가를 착용하기 시작했고 그 기간은 오래 계속되었다. 거처에 있을 때와, 심지어 사람들 앞에서도 그것들을 착용했다. 그의 허리를 바로 세우기에 적합한 놀이와 운동이라면 무엇이건 빠짐없이 시도되었다. 하지만 자연의 힘이 더 강했다. 그는 자라면서 곱사등이 되었는데 특히 한쪽 어깨 쪽으로 굽었기 때문에 균형을 잃고 절뚝거렸다. 그것은 양쪽 정강이와 넓적다리의 길이가 달랐기 때문이 아니라, 한쪽 어깨가 지나치게 커짐에 따라 엉덩이에서 발까지의 길이가 같지 않았고 그로 인해 똑바로 서는 대신 한쪽으로 몸이 기울었기 때문이다.

그처럼 몸이 불편함에도 불구하고 그는 오히려 다른 사람들보다도 더 걷기를 불편해 하지 않았고 오래 걷는 것을 싫어하지도 않았으며 걷는 것이 느리지도 않았고 마지못해 걷지도 않았다. 한마디로 그는 산책하기와 말타기를 좋아했다. 놀라운 사실은 통찰력과 높은 수준의 지혜에다 비범하고 탁월한 인품과 독실한 신앙심마저 갖춘 이 왕자님이 자신의 몸 상태를 있는 그대로 파악하지 못했거나 아니면 거기에 적응하지 못했다는 점이다. 사람들이 언제나 부주의함과 경솔함을 경계하게 된 것은 바로 그런 신체적 결함 때문이었다. 시종들은 그에게 옷을 입혀주고 머리 다듬어 줄 때 무척 어려웠다. 왜냐하면 최대한 그의 신체적 결함을 감추어 주면서도 자신들의 눈에 훤히 보이는 것을 주시한다는 느낌을 그에게 주지 않아야 했기 때문이다. 여기에서 우리는 완벽한 사람은 없다고 결론짓지 않을 수 없다. (251~253쪽)

만 18세로 성인이 되었을 때 부르고뉴 공작은 어릴 때와는 전혀 다른 온화하고 절제력 있는 인물로 거듭났다. 생시몽에 의하면 그의 변화는 기적에 가까울 정도였다. 실제로 그는 성장하면서 독실한 신앙심과 학문적 열정과 의지로 선천적인 성격적 결함을 극복했다. 더구나 군주에게 필요한 통치술을 익히는 노력도 아끼지 않았다. 이러한 변화는 세자 자신의 노력의 결과이겠지만 사부였던 보빌리에 공작과 시강학사 페늘롱의 남다른 교육의 영향을 빼놓을 수 없다.

왕자들은 7세가 되면 유모 품에서 벗어나 사부의 가르침을 받았다. 사부는 왕자들의 학문적 지식과 도덕적 지식을 함양시키는 역할을 맡았다. 그 직책은 궁정의 시랑감(grand chambelan)이나 대신 등 고위직을 겸직한 인물들에게 주어졌기에 실질적인 교육은 사부 밑의 시강학사 혹은 부시강학사가 담당했다. 왕자들의 시강학사는 당대 최고의 학자이자 성직자들 중에서 임명되었다. 부르고뉴 공작의 시강학사였던 페늘롱은 그런 면에서 타의 추종을 불허하는 인물이었다. 그가 부르고뉴 공작을 교육시키기 위해 쓴 《텔레마코스의 모험》은 오늘날까지도 탁월한 정치사상서이자 교육서로 평가된다. 그밖에도 페늘롱은 남다른 교육철학과 교육 방식을 통해 부르고뉴 공작에게 종교적이고 도덕적인 군주상을 심어주려고 애썼다. 문제는 그러한 군주상이 루이 14세와는 정반대의 새로운 것이라는 데 있다. 이는 루이 14세 살아생전에 이미 궁정 내부에서 비판의 목소리가 새어나오고 있었음을 의미한다. 만약 부르고뉴 공작이 살아남아 왕위를 계승했더라면 프랑스는 어떻게 달라졌을까?

세자는 뛰어난 민첩함과 감수성, 불같은 열정에다 탁월한 지혜마저 겸비했다. 그런 지혜는 결코 평범한 교육에서 얻어진 것이 아니었다. 보빌리에 공작이 그 어려움뿐 아니라 결과를 감지하고 온갖 열의와 인내심, 그리고 다양한 방법을 통해 각고의 노력을 기울였던 것이다. 그는 부사부의 도움을 거의 받지 않고 자신이 직접 모든 문제를 헤쳐나갔다. 시강학사 페늘롱, 《교회사》를 쓴 부시강학사 플뢰리, 몇몇 수행귀족들, 자신의 신분을 능가하면서도 신분을 망각하지 않는 수석 침전시종인 모로, 보기 드문 몇몇 내실시종들, 그리고 외부에서는 유일하게 슈브뢰즈 공작이 사부의 지도 아래 똑같은 마음으로 세자의 교육을 위해 각각 최선을 다해 노력했다. 그 비결을 이야기로 모아 한 권의 책에 담는다면 흥미진진하면서도 교육적으로 훌륭한 저작이 될 것이다.

하지만 인간의 마음을 지배하시고 그 뜻대로 성령을 임하게 하시는 신이야말로 오른손으로 이 왕손을 빚어내시고 그의 나이 18~20세에 걸작으로 완성하셨도다. 그 신비 속에서 상냥하고 온화하며 인간적이고 절도 있으며 인내심 있고 검소하며 끊임없이 속죄하는 한 왕자가 탄생한 것이다. 그는 이따금 자신의 신분에 걸맞은 것 이상으로 겸손하고 자신에게 엄격했다. 자신의 의무에 전력을 다하고 또 그 의무가 무한함을 깨달은 그는 오직 자신이 짊어져야 할 의무와 자식이자 신하로서의 의무를 조화시키는 생각에만 골몰했다. 시간의 부족이 그를 고통스럽게 했다. 그는 기도에서 힘과 위안을 얻었으며 경건한 독서로 마음을 다스렸다. 추상적인 학문들에 대한 취향과 그 학문들을 수월하게 이해할 수 있는 능력으로 말미암아 그는 초기에 시간을 허비했다. 그러나 곧 자신의 직분상의 일을 배우고 통치할 운명을 지닌 자로서의 예의범절을 익히며 궁정사회에 출현할 날을 대비해서 지켜야 할 의무를 받아들였다.

신앙을 체험하고 쾌락지향적인 자신의 결점을 우려한 그는 무엇보다도 비사교적인 사람이 되어갔다. 스스로에 대한 경계심 때문에 자신에게 아무것도 허용하지 않았으며 또 아무것도 허용하지 않아야 한다고 믿은 그는 서재 안에 갇혀 지냈다. 마치 난공불락의 피신처 같은 그곳에 말이다. 사교계란 얼마나 낯선 곳인가! 그는 신앙을 통해 사교계를 혐오하게 되었고 쾌락지향주의를 경멸하게 된 듯했다. 하지만 그런 감정을 느끼면서도 잘 참아냈다. 그런 종류의 타락을 기꺼이 예수의 고행과 결부시켰기에 그는 지난날 자신의 오만함을 기억하며 쓰라린 회환에 휩싸였다. 그에게 가장 고통스러운 것은 가까운 가족의 짓누르는 듯한 말투에서 그런 면이 드러날 때였다. 왕은 그에게 헌신적이고 겉으로는 한결같았지만, 어린 왕손이 비록 고의는 아닐지라도 자신의 삶에 비추어 왕의 생활을 비난하는 것을 알아차리고는 은근히 부아가 치밀었다. 세자는 가난한 사람들에게 줄 비용을 마련하기 위해 새 책상을 주어도 받지 않았고 비좁은 거처를 새롭게 단장해주기 위해 금도금을 해주려는 호의도 겸손하게 사양했던 것이다. 세자가 왕들의 날 마를리에서 거행된 무도회 참석을 지나칠 정도로 고집스럽게 거부하자 왕이 격노했던 적도 있다.

그럼에도 불구하고 자신이 왕의 기분을 상하게 하고 왕세자를 매정하게 대하며 다른 사람들에게 자애롭지 못했던 점을 점차 반성하게 되었다. 냉정하고 엄격한 그의 겉모습은 조금씩 부드러워졌다. 하지만 본래의 확고부동한 기질은 변함이 없었다. 마침내 그는 신을 위해 신을 버렸다. 신이 자신에게 부여한 고유의 의무를 충실히 실천하는 것이야말로 올바른 신앙이며 자신에게 가장 바람직한 일이라는 것을 깨달았던 것이다. 그때부터 그는 오로지 통치술을 익힐 수 있는 일에 전념하기 시작했다. 그는 사교모임에 더 많이 동참했고 심지어 상냥하고 자연스런 태도를 보이기도 했다. 사람들은 곧 그가 사교모임을 거부했던 이유와 결국은 동참하게 된 그의 심적 고통을 이해하게 되었다. 세자의 관심을 받게 된 것에 흡족해진 궁정사람들은 화해를 모색하게 되었다.

(…)

대신들과 궁정은 그 왕자의 발밑에서 무릎을 꿇었다. 그는 왕의 마음에 들게 되었으며 국사와 특혜를 베푸는 권위를 지니게 되었고 정부의 구체적 사안을 직접 맡게 되었던 것이다. 그가 정부의 일뿐만 아니라 유능해질 수 있는 일이라면 무엇이건 배우는 데 전례 없는 노력을 기울이게 된 것은 바로 그때부터였다. 그는 기도시간을 줄이고 배우는 시간을 늘리며 그 중간에 집무실에 열리는 회의에 참석하느라 학문적 즐거움을 완전히 포기했다. 왕 옆에 붙어있거나 맹트농 부인을 보살피거나 배우자를 위해 배려하고 함께 즐기는 시간과, 궁정사람들과 함께 지내고 그들에게 친근하고 상냥하게 대하는 시간 외에는 바깥에서 지냈다. 왕이 그를 추켜세울수록 그는 더욱 더 왕에게 복종하는 태도를 취하며 왕에게 관심과 신뢰를 보여주었고 진심 어린 마음과 지혜, 지식으로 왕에게 보답할 줄 알았다. 특히 점점 더 모든 욕심과 자만과는 거리가 먼 겸양의 태도를 보였으며 경박한 오만함은 훨씬 줄어들었다. 게다가 그 자신의 비밀과 다른 사람들의 비밀은 일단 그에게 들어가면 전혀 새나가지 않았다. (253~258쪽)

세자가 변모해가는 모습을 비교적 소상히 묘사한 데서 알 수 있듯이 생시몽은 세자에게 많은 것을 기대했던 듯하다. 그만이 아니라 세자 주변에서는 자연스럽게 내일을 기약하며 비밀 모임을 갖던 파벌이 형성되었고 생시몽도 그 일원이었다. 세자의 사부였던 보빌리에 공작을 통해 세자에게 접근하는 데 성공한 생시몽은 세자의 신임을 얻었으며 그와 더불어 정치적 미래를 설계하기도 했다. 그러니 생시몽이 세자의 죽음으로 얼마나 절망했을지 짐작할 만하다.

내가 세자와 가깝게 된 것은 오직 보빌리에 공작을 통해서였다. 또한 모든 면에서, 그리고 모든 태도에서 나는 그에게 비할 바가 아니었다고 말하는 것은 결코 겸손의 소치가 아니다. 그럼에도 불구하고 세자에게 어떤 행동을 취하거나 조사하거나 말하거나 착상하거나 다가가거나 물러나는 문제를 놓고 그는 종종 내 의견을 구했고 내가 말한 대로 조치를 취했다. 내가 수차례 세자와 나 둘만의 대화를 그에게 보고하면 그는 놀란 나머지 그 말을 여러 번 되풀이해서 시켰다. 그가 내게 고백하기를 자신은 한 번도 세자와 그토록 마음을 터놓은 일이 없었으며 세자에게 그런 말을 해본 적도 없었다는 것이다. 내 경우에도 물론 그런 기회는 극히 드물었지만 실제로 그런 일이 있었고 적어도 한 번 이상이었다. 그렇다고 세자가 나를 더 신뢰했는지는 확실치 않다. 아무튼 나로서는 그 점을 죄스럽게 여겼고 또 세자가 아무리 커다란 실수를 했을지라도 나는 (세자와 나를 위해) 조심스럽게 모르는 체했을 것이다.

하지만 이제 진실을 증언하기 위해 오직 나만이 간파할 수 있었던 그 구체적인 사실을 밝히는 바이다. 세자의 신뢰는 완벽했고 또 그 신뢰를 굳히고 지속시킬 수 있는 토대 위에 깊숙이 뿌리박혀 있어서 결코 내팽개쳐지지도 변질되지도 않았다는 점 말이다. 신뢰의 포기와 변질이 역대 왕들과 궁정, 백성, 그리고 심지어 국가에 엄청난 불행을 초래한 적이 얼마나 많았던가.

세자의 판단은 그 무엇에도 구속되지 않았다. 하지만 그는 꿀벌처럼 가장 예쁘고 향긋한 꽃들의 진액을 모았다. 그는 사람들을 파악하고 그들에게서 기대할 만한 지식과 교훈을 얻어내려고 애썼다. 간혹 그는 그들 중 몇몇과 협의하기도 했다. 하지만 그런 경우는 아주 드물었고 또 우연히 이루어졌으며 특별한 문제에 한정되었다. 필요하다고 판단되는 경우 세자가 정보를 얻기 위해 몰래 그들을 만나는 것은 훨씬 드문 일이었다. 하지만 그런 경우는 되풀이되지도 관례화되지도 않았다. 대신들 및 대신직을 수행하던 슈브뢰즈 공작, 그리고 노아유 추기경 문제로 언급했던 그 고위성직자들 외에 세자가 다른 누구와 정규적으로 일했는지 나는 모르고 또 그런 말이 내 입에서 새나간 적도 없을 것이다. 그들 외에 세자가 원해서건 내가 원해서건 세자를 자유롭고 빈번하게 세자를 만난 사람은 오직 나뿐이었다.

그럴 때면 세자는 안심하고 현재와 미래에 대해 마음을 열어보였으며 그러면서도 현명하고 절도 있었으며 신중했다. 그는 필요하다고 여기던 계획에 관해 포부를 펼치고 보편적인 일에 전념했으며 사적인 문제, 특히 사적 관계에 대해서는 더더욱 자제심을 보였다. 하지만 그는 도움이 될 수 있는 것이라면 무엇이든 내게서 배우고 싶어 했기 때문에, 나는 눈치 있게 그런 틈새를 제공했다. 그가 점점 더 나를 신뢰하게 된 덕분에 그런 방법은 종종 성공적이었다. 이 모든 것은 전부 보빌리에 공작의 덕이며 부차적으로는 슈브뢰즈 공작 덕택이다. 나는 보빌리에 공작에게 하던 것과 똑같이 슈브뢰즈 공작에게 일일이 보고하지는 않았지만 그래도 그가 내게 하듯이 자주 그에게 마음을 털어놓았다. (260~262쪽)

세자의 파벌이 그린 미래의 프랑스는 여러 가지 면에서 루이 14세의 것과는 사뭇 거리가 있다. 물론 생시몽에 의해 상당히 미화된 감이 없지 않지만 세자는 위계에 기반한 전통적인 귀족군주정을 염두에 두었던 듯하다. 세자에게 영향을 미친 페늘롱과 보빌리에 공작 같은 대귀족들은 루이 14세에게 복종하면서도 은밀히 과거의 정치적 자유를 추구했던 것이다. 루이 14세 사후 도래한 섭정기의 자유는 바로 여기서 싹텄다.

그(세자_옮긴이) 보다 위계를 더 사랑한 사람도 위계를 더 잘 아는 사람도 없었다. 그는 매사에 위계를 구축하고 혼란을 제거하며 모든 사람과 사물을 제자리에 놓기를 바랐다. 그는 교훈과 정의, 이성에 의해 그 위계를 지배해야 한다는 교육을 철저하게 받았다. 또한 지배자가 되기 전에 그는 이미 나이와 자질, 출신성분, 서열에 따라 적절하게 사람들을 구별 짓고 또 모든 경우에 그것을 나타내기 위해 고심했다.

(…)

귀족의 몰락은 세자에게 불쾌한 일이었고 귀족들 사이의 평등은 도저히 참을 수 없는 문제였다. 고위관리들의 품계만이 판치고 귀족과 지방귀족을 혼동하고 고위관리와 영주를 혼동하는 최근의 새로운 작태야말로 그에게는 부도덕의 극치로 여겨졌다. 또한 그는 위계질서의 결여가 장차 군사왕국을 위협하고 파괴하는 원인이 될 것이라고 보았다. 프랑스 왕국이 필립 드 발루아, 샤를 5세, 샤를 7세, 루이 12세, 프랑수아 1세와 그의 후손들, 앙리 4세 치세의 엄청난 위기를 극복한 것은 오직 귀족 덕분임을 그는 분명히 기억하고 있었다. 귀족은 서로 다른 경계 안에서 서로를 인정하고 만족하며 살았고, 당황하지도 혼란스럽지도 않게 지방별로 무리별로 국가를 구하기 위해 달려갈 의지와 수단을 지녔던 것이다. 왜냐하면 그들 중 어느 누구도 자신의 신분에서 벗어나지 않았으며 또 자신보다 더 위대한 자에게 복종하기를 꺼리지 않았기 때문이다. 그런데 지금은 정반대로 반대파에 의해 그런 구국행위가 절멸되었음을 세자는 목격했다. 다른 사람 모두와 평등하기를 요구하지 않는 사람이 하나도 없었다. 그 결과 더 이상 조직도 명령체계도 복종도 남아 있지 않게 되었다.

(…)

세자는 청원심사관을 거치지 않으면 정부관직 모두 아니면 일부에 오를 수 없다는 것을 도저히 납득하지 못했다. 그는 전국의 모든 분야를 포괄하는 유일한 지배권이 바로 그 젊은 법관들의 손아귀에 있다는 점도 도저히 납득하지 못했다. 그들은 각 지방에서 유례없이 막강한 권한과 그 누구의 구속도 받지 않는 완벽한 권위를 바탕으로 그 지방에 대한 전적인 재량권을 행사했다. 반면 각 지방의 총독들은 한 번도 그런 권한과 권위를 누려본 적이 없었으며 이제는 명목상의 직책과 알량한 급료 외에는 남은 게 없는데, 사람들은 그것마저 박탈하지 못해 그토록 애를 썼던 것이다. 몇몇 지방의 경우 총독과 국왕 대리관의 부재시 지배권이 아예 지방 고등법원의 우두머리에게 넘겨지고 그들과 긴밀하게 결탁한 것도 세자는 수치스럽게 여겼다. 더구나 군 통솔권마저 그들에게 맡겨진 이상 총독과 국왕대리관의 부재상황은 불가피하게 지속될 수밖에 없었다.

(…)

백성을 위해 왕이 존재하는 것이지 왕을 위해 백성이 존재는 것이 아니라는 그 고결하고 신성한 교훈은 이미 오래 전에 그의 마음속에 새겨졌기 때문에 그는 사치와 전쟁을 혐오했다.

이따금 그가 지나칠 만큼 격렬하게 전쟁을 비판하고 세상사 람들의 귀에 거슬릴 정도로 진실에 도취하게 된 것은 바로 그 때문이었다. 또 그로 인해 세자가 전쟁을 두려워한다는 악의 적 소문이 돌기도 했다. 그의 정의감은 완벽한 난공불락의 방 어벽으로 감싸여 있었다. 그는 재정참사회와 공문서참사회 가 왕의 결재를 받기 위해 제시한 여러 사안들을 연구하는 데 몰두했다. 중대 사안일 경우 그는 전문가들과 함께 일했다. 그는 그들에게서 지식을 구하려 했지만 그들의 의견을 무조 건 따르지는 않았다. (264~271쪽)

세자를 통해 정치적 야망을 실현해보고자 했던 생시몽의 꿈 은 세자의 죽음과 더불어 일장춘몽으로 끝났다. 당시 그의 나 이는 아직 37세에 불과했다. 그의 아버지도 같은 나이에 루이 13세를 잃었다. 늑대사냥대장으로 루이 13세의 총애를 받고 총독의 지위까지 누린 아버지와 비교하며 그는 자신의 신세 를 한탄한다. 하지만 그로서는 한탄만 하고 있을 수는 없었 다. 세자와 작업했던 흔적이 발각되면 생시몽은 물론 세자의 파벌에 속했던 사람들 모두가 파멸을 면치 못할 것이었다.

다행히도 부르고뉴 공작과 생시몽의 비밀스런 공모의 흔 적은 보빌리에 공작의 도움으로 폐기되었다. 그러나 생시몽은 문제의 서류들을 복사본으로 보관하고 있었다. 세자 파벌의 잃어버린 꿈을 증명해주는 그 서류들은 훗날 《세자인 부르고뉴 공작의 통치 계획》이라는 제목으로 출판되었다.

아버지가 루이 13세를 잃었던 바로 그 나이에 나도 불행을 겪었다. 그래도 아버지는 엄청난 행운을 누리시지 않았던가. 그런데 나는 조금 꿀맛을 보고는 그것으로 끝이 난 셈이로구나! 그렇다고 아직 모든 게 끝난 것은 아니었다.

세자의 서류함에는 그가 내게 요구했던 서류들이 담겨 있었다. 나는 비밀리에 그 일을 수행했고 그도 역시 비밀을 지켰다. 그 서류들은 내 것임이 완벽하게 드러날 만했다. 그중에는 내 손으로 직접 쓴 매우 긴 문서도 있었다. 단지 그 문제 하나만으로도 나를 왕의 곁에 되돌아가지 못하도록 파멸시키기에 충분했다. 독자는 그런 파국을 상상도 못할 것이다. 왕은 내 문체를 알고 있었고, 내 사고방식을 정확히 파악하지는 못했지만 대충은 짐작하고 있었다. 나는 이따금 그럴 만한 여지를 제공했고 친한 궁정 친구들이 그것을 메우려고 최선을 다했다. 그런 위험은 곧바로 보빌리에 공작에게, 좀더 멀게는 슈브뢰즈 공작에게 관련되지 않을 수 없었다. 그 서류들을 본다면 왕은 그것이 내 글임을 곧 알아차릴 것이었다. 그와 동시에 왕은 아무 스스럼없이 서로를 신뢰하던 세자와 나의 관계, 그리고 매우 긴요하지만 왕에게는 달갑지 않는 내용까지 모두 다 간파하게 될 것이었다.

왕은 평소 내가 다른 궁정인들보다 자신의 손자와 더 긴밀한 사이라는 전혀 눈치채지 못했다. 내가 보빌리에 공작과 항상 친밀하게 지내는 것을 잘 알았기 때문에, 왕은 세자와 내가 보빌리에 공작 없이 그렇게 은밀히 만나 국사를 논했다는 사실을 도저히 믿을 수 없을 것이었다. 그럼에도 불구하고 보빌리에 공작은 세자의 서류함을 챙겨서 왕에게 직접 가져가야만 했다. 세자가 사망하자 뒤셴은 즉각 왕에게 그 서류함의 열쇠를 반납했던 것이다. 그러니 나는 불안해 죽을 지경이었다. 왕의 남은 치세 동안 나는 파멸하고 추방당할 것이 뻔했다.

(…)

왕이 그 열쇠를 가지고 있음에도 불구하고 보빌리에 공작은 누구에게도 서류함 이야기를 하지 않기로 결심했다. 그리고는 그 서류함을 직접 왕에게 가져갈 수 있을 만큼 몸이 회복될 때까지 기다렸다가 왕이 보는 자리에서 다른 모든 서류들 가운데에서 어떻게 해서든지 문제의 서류를 빼내는 모험을 시도할 작정이었다. 그 작전은 상당히 까다로운 것이었다. 왜냐하면 그는 서류함 안에 있는 다른 서류들 사이에서 그 위험한 서류가 어디에 있는지를 알 수가 없었기 때문이다. 그럼에도 불구하고 그 방법밖에는 없었다. 그렇게 끔찍할 정도로 불안한 상태가 보름 이상 지속되었다.

2월의 마지막 월요일, 왕은 오후 5시경에 집무실에서 보빌리에 공작을 처음 만났다. 그의 건강은 그렇게 빨리 집무실에 나타날 상태가 아니었다. 내 거처는 보빌리에 공작의 거처와 가까웠고 또 같은 층에 있었다. 그곳은 새 익랑건물의 회랑 한 가운데를 향해 있었고 왕의 공적 처소와 같은 층에 있었다. 공작은 돌아가는 길에 내 거처에 들렀다. 그는 생시몽 부인과 내게 내일 저녁 맹트농 부인의 처소로 세자의 서류함을 가져오라는 명령을 받았다고 말했다. 그리고는 감히 무어라 단언할 수는 없지만 왕이 내 문서를 보게 되는 불상사만큼은 반드시 피하도록 최선을 다하겠다고 되풀이해서 말했었다.

마침내 그가 도착했다. 그는 앉기도 전에 우리에게 더 이상 불안해하지 말라는 표시를 했다. 그가 우리에게 자세하게 설명해 준 바에 의하면 다행스럽게도 서류함의 윗부분에는 온갖 기록들과 재무관련 계획서들, 그리고 지방의 문제들에 관한 다른 서류들이 아주 빽빽하게 가득 차 있었다. 그래서 왕을 진력나게 하려고 그는 일부러 엄청나게 많은 서류들을 낭독했는데 그 방법이 매우 성공적이었다. 결국 왕은 제목만 듣는 데 그쳤으며 별다른 것이 발견되지 않자 지루해 했다. 그리고는 그 밑에 더 이상 이상한 것이 없다는 말에 설득당해 그러면 볼 필요가 없으니 모든 서류들을 불 속에 던져버리라고 말했다는 것이다. 그때 이미 공작은 그 서류함 밑바닥에서 내 서류뭉치 자락을 흘낏 보았기 때문에 같은 말이 두 번 되풀이되지 않도록 했다며 우리를 안심시켰다.

그는 왕에게 제목을 읽어주기 위해 다른 서류뭉치를 집어 들면서 내 서류를 덮어버렸으며 왕의 말이 떨어지자마자 서류함에서 꺼내 탁자 위에 놓았던 서류들을 마구잡이로 다시 그 안에 집어넣고는 왕과 맹트농 부인 사이에 있는 벽난로 뒤에서 그 서류함을 흔들었다. 그것을 흔들면서도 그는 크고 두툼한 내 서류가 다른 서류들로 덮이도록 조심했다. 또한 종잇조각이 삐져나오지 않도록 부젓가락으로 휘젓고 또 벽난로를 떠나기 전에 모든 서류가 완전히 불타버렸는지 확인하는 등 세심한 주의를 기울였다는 것이다.

우리는 서로를 위로하며 얼싸안았다. 막 지나온 위험의 순간을 생각하면 충분히 그럴 만했다. (279~282쪽)

루이 14세의 죽음

아들과 손자의 죽음 이후 루이 14세는 눈에 띄게 위축되고 건강도 나빠졌다. 궁정 사람들 모두가 그 사실을 알아차렸지만 정작 왕 자신과 파공만이 왕의 상태를 올바로 파악하지 못했다. 대식가인데다 사냥과 야외생활을 즐기던 루이 14세는 늘 자신의 건강체질을 과신했다. 게다가 1693년에 국왕 수석 시의가 된 파공은 왕과 동갑으로 너무 늙어 이미 전문가로서의 정확한 관찰력과 식견을 잃은 상태였기 때문이다.

하지만 매일매일 왕의 몸을 돌본 국왕 수석 시의들이 기록한 《왕의 건강일지》에 의하면 왕은 이미 오래 전부터 만성질환자였음에 틀림없다. 건강일지 자체가 몸의 이상상태에 대한 관찰기록이라는 성격을 지녔기 때문이기도 하지만 실제로 왕은 평생 온갖 질병에 시달렸다. 1658년 성홍열에 걸려 죽음 직전까지 갔다 살아난 뒤에도 그는 두통, 치질 등 만성 질환을 달고 살았다. 1681년에 발병한 통풍은 그를 괴롭히는 고질병이 되었다. 그로 인해 1711년 이후 왕은 잘 걷지도 못했다. 마침내 1715년 여름 그의 병세는 극도로 악화되었다.

그러나 77세를 앞둔 나이에도 불구하고 왕은 자신의 죽음을 받아들이지 못했으며 평소처럼 사람들을 접견하고 참사회를 주재했다.

8월 10일 토요일, 왕은 점심식사 전에 마를리 정원에서 산책을 했다. 저녁 6시경에 베르사유로 돌아온 것을 마지막으로 왕은 자신의 창조물인 그 이상한 작품을 두 번 다시 감상하지 못했다. 그날 저녁 왕은 맹트농 부인의 처소에서 대상서와 함께 일했는데 누가 보아도 몹시 아픈 사람처럼 보였다. 8월 11일 일요일, 왕은 국무참사회를 개최한 뒤 오후에 트리아농으로 산책을 하러 갔는데 그 이후 다시는 외출하지 못했다.

(…)

다음 날인 8월 12일, 왕은 평소처럼 약을 복용하고 여느 때와 다름없이 지냈다. 알려진 바에 의하면 왕은 정강이와 엉덩이의 좌골신경통을 호소했다고 한다. 하지만 그는 좌골신경통도 류머티즘도 앓은 적이 없었고 감기에 걸린 적도 없었다. 다만 오래전부터 통풍으로 고생했다. 그날 저녁에는 맹트농 부인의 처소에서 소음악회가 열렸다. 왕이 걸음을 걸은 것은 그때가 마지막이었다.

8월 13일 화요일, 의자에 실려 미사를 보러 갔다가 돌아온 왕은 부축받지 않고 혼자 서서 자칭 페르시아 대사라는 자를 마지막으로 접견하기 위해 안간힘을 썼다. 건강상태로 인해 왕은 첫 접견 때 보여주었던 위풍당당함을 재현하지는 못했다. 왕은 옥좌가 있는 방에서 그를 맞이하는 데 그쳤고 주목할 만한 일은 전혀 없었다. 그것이 왕의 마지막 공식행사였다.

(…)

왕의 건강이 나빠진 것은 1년도 넘었다. 왕의 내실시종들이 가장 먼저 그 사실을 알아차렸다. 그들은 그 사실을 감히 입밖에 내지 못한 채 모든 경과를 관찰했다. 서출들, 아니 더 정확하게 말하자면 멘 공작도 그 사실을 눈치챘다. 그는 맹트농 부인과 대상서 겸 국무비서의 도움을 받아 자신에게 관련된 모든 일을 신속하게 해치웠다. 이제는 몸도 정신도 몹시 쇠약해진 수석 시의 파공이야말로 아무것도 모르는 유일한 사람이었다.

(…)

파공은 이론과 경험 양 측면에서 유럽 최고의 명의였다. 하지만 오래 전부터 그는 건강 때문에 더 이상 경험을 계속 계발할 수가 없었다. 능력과 왕의 총애를 기반으로 쌓아올린 최고의 권위가 마침내 그를 망치고 말았던 것이다. 그는 토론도 반박도 원하지 않은 채 나이 먹기 전에 했던 그대로 왕의 건강을 책임졌다. 그의 완고함이 왕을 죽였던 것이다.

오랫동안 왕을 괴롭힌 통풍 때문에 파공은 매일 밤 왕을 말 그대로 깃털 베게 더미 속에 파묻혀 잠을 자도록 했다. 왕은 밤마다 엄청나게 땀을 흘렸고 파공은 아침마다 시랑감과 수석 침전시랑들이 들어오기 전에 왕의 땀을 닦아내어 감쪽같이 변신시켜야 했다. 이미 수년 전부터 왕은 평생 유일하게 마셔 온 샹파뉴 산 최고급 포도주 대신 오래되어 맛이 변한 부르고뉴 산 포도주에 물을 반쯤 섞어 마셨다. 외국 영주들이 자신의 포도주를 맛보고는 종종 실망하는 경우가 있다고 왕은 이따금 웃으며 말하곤 했다.

(…)

얼마 전부터 왕은 더 이상 걷지 못했으며 의자에 실려 맹트농 부인의 처소로 갔던 마지막 순간에는 옷을 입지도 못했다. 왕은 실내복 차림으로 저녁식사를 할 때에만 간신히 침대에서 일어났으며, 의사들이 같은 침실과 옆방에서 잠을 잤다. 결국에는 더 이상 고체로 된 음식을 삼키지도 못했다.

그런데도 우리가 막 목격했듯이 왕은 아직도 회복될 생각을 하고 있었던 것이다. 왕이 여전히 옷을 입을 생각을 하고 적당한 때 입을 옷을 고르고 싶어 했으니 말이다. 게다가 독자도 알다시피 왕은 계속해서 참사회를 열고 일했으며 여흥을 즐겼다. 인간이란 결코 죽기를 바라지 않으며 가능한 한 오래오래 그 사실 자체를 받아들이지 않는 법이다. (300~311쪽)

루이 14세의 죽음이 임박하자 그의 사후의 권력구도가 가장 급박한 문제로 대두했다. 이제 왕에게 남은 혈육은 부르고뉴 공작의 아들인 5세의 증손자 하나뿐이었다. 1714년 8월에 작성된 유언서에 따라 왕이 사망하면 왕의 조카이자 왕위계승 서열 2위인 오를레앙 공작이 새 왕의 섭정직을 맡을 것이었다. 그런 상황은 맹트농 부인과 멘 공작에게는 죽음이나 다름없었다. 유언서를 변경하는 것만이 그들이 살아남을 수 있는 유일한 길이었다. 왕의 침상을 독점하고 있던 그들에게 그것은 그리 어려운 일이 아니었다.

이렇게 해서 1715년 4월 13일 맹트농 부인의 측근인 빌루아 원수를 새 왕의 사부로 지명하는 유언 변경서 한 통이 쓰여졌다. 8월 23일에 군통수권을 멘 공작에게 부여하는 또 다른 유언변경서가 작성되고 맹트농 부인과 멘 공작은 임종 직전 왕에게 서명을 강요했다. 왕이 2차 유언 변경서에 서명한 것은 8월 24일 혹은 25일로 추정된다.

유언 변경서에 의하면 오를레앙 공작은 허수아비가 될 것이 자명했다. 그럼에도 불구하고 루이 14세는 끝까지 아무 내색도 하지 않은 채 그에게 증손자를 당부하는 말을 남겼다. 그는 끝까지 연기를 한 것일까? 아니면 자신의 사망 후 유언이 파기될 것을 짐작했던 것일까? 하지만 운명의 여신은 오를

레앙 공작의 손을 들어주었다. 루이 14세의 사망 후 섭정이
된 오를레앙 공작은 파리 고등법원의 도움으로 왕의 유언장
을 파기함으로써 전권을 회복했다.

8월 23일 금요일도 전날과 마찬가지였다. (…) 참사들이나
대신들이 자리를 뜨고 왕이 침대에서 일어나 있으면 서자들
이 자리를 차지했다. 특히 툴루즈 백작보다는 멘 공작이 있었
다. 멘 공작은 종종 맹트농 부인과 단둘이 그 자리에 있었으
며 이따금 친한 귀부인들이 함께 있기도 했다. 그곳에 들어오
고 나갈 때 그들은 평소처럼 부속실들 뒤에 있는 작은 계단을
통해 다녔기 때문에 사람들은 그의 출입도 툴루즈 백작의 출
입도 보지 못했다. 맹트농 부인과 귀부인들은 항상 대기실을
통해 드나들었다. 왕이 서자들하고만 있거나 아무도 없을 때
는 보통 내실시종들이 그 자리에 있었다. 하지만 왕이 멘 공
작과 단둘이 있을 때에는 그렇지 않았다.
(…)
8월 25일 일요일 생루이 축일, 밤 동안 왕의 건강이 훨씬 악
화되었다. 사람들은 사태의 위험성을 더 이상 극비에 붙이지
않았다. 곧이어 심각하고 긴박한 상황이 되었다. 그럼에도
불구하고 왕은 관례적인 그날의 일정을 조금도 바꾸지 말라

고 단호하게 명령했다. 예컨대 왕이 눈을 뜨자마자 왕의 창문 밑에 배치된 북과 오보에가 전통음악을 연주했다. 왕의 점심 식사 동안에는 대기실에서 24명의 바이올린 연주자들이 연주했다. 그러고 나서 왕은 맹트농 부인과 대상서, 그리고 잠시 멘 공작과 사적인 시간을 보냈다.

전날 왕이 대상서와 단둘이 일하는 동안 그곳에는 펜과 잉크가 있었다. 맹트농 부인이 참석한 그날도 다시 펜과 잉크가 놓여 있었다. 대상서가 왕의 유언 변경서를 받아쓴 것은 그 이틀 중 하루였다. 맹트농 부인과 자신의 몫에 집착해온 멘 공작은 왕이 유언장에서 자신을 충분히 배려했다고 생각하지 않았다. 그래서 유언 변경서를 통해 대책을 마련하려고 했던 것이다. 그 유언 변경서는 그들이 극도로 쇠약해진 왕의 병을 얼마나 악용했으며 동시에 극단적인 야망이 한 남자를 어디까지 몰아갈 수 있는지를 잘 보여준다.

왕은 그 유언 변경서를 통해 자신의 모든 왕궁과 군 요새지를 멘 공작에게 즉각 무조건적으로 양도하고 빌루아 원수에게 그 통솔권을 맡겼다. 이 조치로 두 사람만이 궁 내부의 모든 인원과 공간을 지배하게 되었다. 파리의 근위대 2개 연대와 총사대 2개 중대, 궁정 안팎의 모든 보초부터 침실, 의복, 부속성당, 수라간, 마사에서 시중드는 모든 인원들까지 말이다. 따라서 섭정은 이제 희미한 권력의 그림자조차 움켜쥐지 못한 채 두 사람의 손아귀에 놓이게 된 셈이었다. 그는 멘 공작이 마음만 먹으면 언제든 체포되어 감옥에 갇힐 신세가 되었던 것이다.

(…)

왕은 오를레앙 공작을 부르러 사람을 보냈다. 왕은 그에게 존경과 사랑, 신뢰를 표했다. 왕은 가증스럽게도 바로 조금 전에 혀 위에 성체를 받아 모셨음에도 불구하고 유언장에 오를레앙 공작이 불만을 품을 내용이 전혀 없을 것이라며 그를 안심시키고 국가와 새 왕을 부탁했다. 그 대화가 오간 것은 영성체와 마지막 도유식을 한 지 30분도 지나지 않았을 때였다. 사람들이 왕에게서 빼앗다시피 해서 간신히 얻어낸 그 수상한 조항들을 그 자신이 잊었을 리가 없다. 더구나 조금 전 막간을 이용해서 왕은 자신의 유언 변경서를 다시 수정했다. 그럼으로써 왕은 오를레앙 공작의 목에 들이댈 칼의 손잡이를 멘 공작에게 완전히 넘겨준 셈인데 말이다. 이상한 것은 왕이 오를레앙 공작과 처음으로 나눈 이 사적인 대화소식이 알려지면서 그가 섭정으로 선포되었다는 소문이 쫙 퍼졌다는 사실이다. (312~318쪽)

유언 변경서 문제가 일단락지어지자 루이 14세는 죽음을 준비하기 시작했다. 임종을 닷새 앞둔 8월 26일 궁정귀족들과 후계자를 불러 작별을 고하는 그에게서는 더 이상 자만심을 찾아볼 수 없다. 마지막 순간 그는 권력의 욕망에서 초연해진 듯 의연하고 위엄 있는 위대한 군주로서의 풍모를 보였다. 특히 어린 후계자에게 남긴 마지막 유언에서는 전쟁과 영광을 쫓았던 자신의 치세에 대한 진심어린 후회, 백성에 대한 염려, 할아버지다운 세심한 배려가 생생하게 느껴진다.

8월 26일 월요일, 지난밤에도 상태는 호전되지 않았다. 왕은 다리에 붕대를 감고 미사를 보았다. 침실 안에는 꼭 필요한 사람들만이 남았고 그들은 미사 후 방에서 나갔다. 왕은 로앙 추기경과 비시 추기경을 침실에 머물게 했다. 늘 그랬듯이 맹트농 부인도 남았다. 빌루아 원수와 텔리에 신부, 대상서도 남았다. 왕은 두 추기경을 불러 자신이 신앙심을 지키고 교회에 순종하며 죽을 것이라고 맹세했다.

(⋯)

같은 8월 26일 월요일, 두 추기경이 나간 뒤 왕은 친견권을 지닌 사람들이 지켜보는 가운데 침대에서 점심식사를 했다. 식탁이 치워지자 왕은 그들을 다가오게 했다. 그리고는 그들에게 다음과 같은 말을 했고 그 말은 바로 그 순간 기록되었다.

"신사 여러분, 짐이 여러분에게 범한 잘못을 용서해주기 바랍니다. 여러분이 내게 베풀어준 친절과 사랑과 충성심에 짐은 깊이 감사를 드립니다. 여러분을 위해 짐이 하고 싶었던 것을 하지 못해 유감스럽습니다. 불행한 시간 때문에 그렇게 되었습니다. 짐에게 보여주었던 열정과 충성심을 짐의 손자에게도 똑같이 베풀어주기를 부탁합니다. 그는 어리기 때문에 장차 수많은 역경을 겪을지도 모릅니다. 여러분이 모든 백성의 모범이 되어주십시오. 짐의 조카가 내리는 명령에 복종해주십시오. 그가 왕국을 통치할 것입니다. 짐은 그가 잘 해내기를 바랍니다. 또한 여러분 모두가 하나로 화합하는 데 기여하기를 바랍니다. 누군가 이탈하면 그가 되돌아오도록 도와주시기 바랍니다. 짐의 마음이 몹시 쓰리듯 여러분도 슬프다는 것을 압니다. 용서해주십시오. 안녕. 신사 여러분, 이따금 짐을 기억해주리라 믿습니다."

(…)

왕은 세자의 가정교사인 방타두르 공작부인에게 세자를 데려오라고 했다. 왕은 세자를 가까이 다가오게 해서 맹트농 부인, 가장 친밀한 몇몇 사람들, 그리고 그 말을 기록하는 데 필요한 시종만 있는 자리에서 그에게 말했다.

"아가, 너는 위대한 왕이 될 것이다. 건축물에 탐닉했던 짐의 취향을 닮지 말거라. 전쟁을 좋아하는 점도 닮지 마라. 그와는 정반대로 이웃 나라와 화친하도록 노력하라. 신의 은혜에 보답하라. 신에 대한 의무를 잊지 말라. 백성으로 하여금 신을 경배하게 하라. 항상 좋은 충고를 따르라. 백성의 짐을 덜어주려고 노력하라. 애통하게도 짐은 그렇지 못했느니라. 방타두르 부인의 은혜를 잊지 말아라."

그리고는 방타두르 부인에게 "부인, 그를 포옹하게 해주오"라고 말한 뒤 세자를 포옹하며 덧붙였다. "착한 아가야, 진심으로 축복한다."

사람들이 어린 세자를 왕의 침대에서 떼어놓자 왕은 다시 그를 불러 포옹하며 두 손을 쳐들고 하늘을 바라보며 다시 세자를 축복해주었다. 그 장면은 정말 감동적이었다. 방타두르 공작부인은 서둘러 세자를 데리고 거처로 돌아갔다.

잠시 휴식을 취한 후 왕은 멘 공작과 툴루즈 백작을 불렀다. 그리고는 방안에 남아 있던 몇몇 사람들마저 모두 내보낸 뒤 문을 잠그게 했다. 그 사적인 대화는 상당히 오래 지속되었다. 두 사람과의 대화를 마치고 모든 것이 원상태로 되돌아가자 왕은 처소에 머물던 오를레앙 공작을 부르러 사람을 보냈다. 왕이 그에게 잠시 말을 한 뒤 그가 나가자 다시 그를 불러 짧게 몇 마디를 덧붙였다. 왕이 오를레앙 공작에게 자신이 죽자마자 새 왕을 공기가 맑은 뱅센[6]으로 데려가라는 명령을 내린 것은 바로 그때였다. 베르사유에서 모든 장례의식이 끝나고 베르사유 성을 말끔히 청소한 다음에야 새 왕을 거처로 예정된 베르사유로 데려오도록 했다. (319~325쪽)

1715년 9월 1일 마침내 루이 14세가 사망했다. 그와 더불어 재위 72년 친정 54년에 달하는 그의 장기 치세가 막을 내렸다. 루이 14세는 에스파냐 왕과 그의 후계자를 제외하고는 아들과 손자들 모두보다 오래 살았다. 유럽에서 그토록 오래 통치한 왕은 없었으며 프랑스에서 그렇게 나이 많은 왕도 없었다. 하지만 그도 자연의 이치를 거스르지는 못했다. 반면 루이 14세는 장수를 누린 대신 사랑하는 가족을 앞세우는 아픔을 겪어야 했다. 5세가 되기 전에 아버지인 루이 13세를 여의고 왕의 자리에 오른 그는 1666년 27세 때 어머니인 모후를 잃었다. 44세가 된 1683년에 왕비가 세상을 떠난 뒤 홀로 되었으며, 63세인 1701년에 하나밖에 없는 동생인 대공이 먼저 갔다. 1711년부터는 아들인 왕세자와 왕손들을 차례로 잃는

---

6 뱅센(Vincenne) : 오늘날 파리 동쪽 외곽 지역에 위치한 고성으로 성 루이 왕이 떡갈나무 아래서 재판했다는 전설이 전해진다. 필립 6세 시대에 처음으로 이곳에 성이 건축된 이후 루이 14세 시대에 왕과 왕비를 위한 성이 다시 건축되었다. 하지만 베르사유가 건축되면서부터 이곳은 주로 감옥으로 사용되었다.

고통을 견뎌야 했다.

왕이 사망하자 그의 시신은 왕실 관례에 따라 처리되었다. 우선 9월 4일에 왕의 장기가 파리 노트르담 성당으로 옮겨졌다. 6일에는 왕의 심장이 도려내어져 예수회 수도원에 안치되었다. 마지막으로 9일에 왕의 시신을 실은 운구행렬이 역대 왕들의 시신이 보존되어 있는 생드니 성당으로 가기 위해 베르사유를 출발했다.

8월 31일 토요일, 밤과 낮 모두 끔찍했다. 왕은 아주 드문드문, 그리고 짧은 순간 동안 간신히 의식을 회복했을 뿐이다. 괴저현상이 무릎과 엉덩이 전체에 퍼졌다. 멘 공작부인의 제안으로 사람들은 천연두에 탁월한 효과가 있는 고(故) 에냥 신부가 만든 치료제[7]를 왕에게 시도했다. 더 이상 아무런 희망도 없었기 때문에 의사들은 무엇이건 찬성했다.

저녁 11시경, 왕의 상태가 심각해지자 사람들은 왕에게 임종기도를 해주었다. 소란스런 기도 소리에 왕은 다시 의식을

---

7 루브르에 실험실을 차린 에냥 신부는 레반트에서 가져온 다양한 약초와 제약법에 따라 여러 가지 신비스런 약들을 제조했다. 사람들 사이에서 명성이 높아지자 그는 왕의 약제사가 되었다. 그는 1709년에 사망했으나 그가 개발한 제조법에 따라 다양한 약초를 달여 만든 이 약은 일종의 마취연고제로 인기가 높았다 정신안정제의 기록으로는 이것이 최초이다.

찾았다. 왕은 기도문을 암송했는데 그 목소리가 어찌나 컸던지 수많은 성직자들과 그 방안에 있던 모든 사람들의 목소리에도 불구하고 다 들렸다. 기도를 마친 후 왕은 로앙 추기경을 알아보고는 그에게 말했다.

"이것이 교회의 마지막 축복이로다."

로앙 추기경은 왕이 말을 건넨 마지막 사람이었다. 왕은 "이제 죽을 때가 왔도다"라는 말을 여러 번 되풀이했다. 그러고 나서 "오, 신이여, 도와주소서. 어서 빨리 구원해주소서!"라고 말했다. 이것이 왕의 마지막 말이었다. 밤새도록 왕은 의식을 찾지 못했다. 그의 오랜 고통은 1715년 9월 1일 아침 8시 15분에 끝이 났다. 즉위 72년째이며 만 77세가 되기 꼭 사흘 전이었다.

모두가 참석한 가운데 관례적 의식절차에 따라 수석 외과 의인 마레샬에 의해 시신 부검이 이루어졌다. 모든 기관들이 손상되지 않고 건강하며 형태가 온전히 남아 있음이 목격되었다. 평소 그런 말이 오갔듯이, 사람들은 왕이 피가 썩는 괴저병만 앓지 않았더라면 100세 이상 장수했을 것이라고 생각했다. 또한 왕의 위와 장은 같은 키의 사람들 것보다 용량이 적어도 2배는 되었다. 그것은 정말 특이한 일이었다. 왕이 엄청나게 많이, 그리고 규칙적으로 먹었던 것은 바로 그 때문이었던 것이다.

왕은 누구도 부인할 수 없을 만큼 자비롭고 위대한 군주인 동시에 누구도 좌시할 수 없을 만큼 편협하고 무능한 군주였다. 그런 점들이 선천적인 것인지 아니면 후천적인 것인지 분간하기란 불가능하다. 그 어느 편이든 왕에 대해 많은 것을 알고 있는 문인들보다 더 귀한 존재는 없다. 경험을 통해 왕을 직접 알고 그 사실을 글로 쓸 수 있는 사람들을 만나는 것보다 더 어려운 일은 없다. 그와 동시에 증오하지도 않고 아부하지도 않으면서 왕에 대해 말할 만큼 왕에게 정통하며 장점과 단점을 오직 있는 사실 그대로 말할 수 있는 사람들을 만나는 것보다 더 어려운 일도 없다. (333~335쪽)

3장

태양왕 루이 14세

친정의 시작

이제 루이 14세의 치세를 처음부터 돌이켜보자. 1638년생인 루이 14세는 1643년 루이 13세의 뒤를 이어 즉위했다. 궁정 귀족들은 어린 왕에게 복종의 자세를 취하며 온갖 아부를 다 했으나 정작 그에게는 아무런 실권이 없었다. 모든 권력은 모후인 섭정 안도트리슈와 수석 대신 마자랭 추기경에게 집 중되었다. 남달리 권력에 대한 야망이 컸던 그는 자신의 주 변에 몰려든 귀족과 대신을 의심하고 혐오했다. 귀족들의 반 란과 대신들의 횡포를 경험하며 그는 뼈아픈 정치적 교훈을 터득하기도 했다. 그러나 그는 이 모든 것을 마음속 깊숙이 숨긴 채 때를 기다렸다.

1661년 드디어 때가 왔다. 수석 대신 마자랭이 사망하고 루 이 14세의 친정이 시작되었다. 당시 그는 23세였다. 친정 초 기 그는 여러 면에서 운이 좋았다. 아버지로부터 광대한 영토 와 자원을 물려받았고, 오랫동안 왕실을 괴롭히던 귀족들의 반란도 진압되었다. 그들은 마치 복종의 전염에 걸린 듯 루이 14세에게 무릎을 꿇고 충성을 맹세했다. 에스파냐 출신 왕비 역시 착하고 신앙심이 깊었다. 게다가 그는 마자랭으로부터 푸케와 콜베르, 루부아와 같은 유능한 신하들을 물려받았다.

지금 루이 14세의 어린 시절을 언급할 필요는 없다. 왕은 거의 태어나면서부터 통치를 원하던 어머니의 정치적 야심에 짓눌렸다. 사악한 대신의 강렬한 욕심은 더욱 그의 숨통을 조였다. 그 대신은 오로지 자신의 영예를 위해 무수히 국가를 위태로운 지경에 빠뜨렸으며 그가 살아 있는 동안 왕은 계속 그 굴레에 속박당했다. 군주의 지배권은 참호에 갇힌 것이나 다름없었다. 그럼에도 불구하고 왕은 그 굴레를 뚫고 나왔다. 그는 통치에 대한 열망을 느꼈으며 무위도식을 영광의 적으로 간주했다. 그는 시험삼아 이 사람 저 사람을 상대로 사소한 승부를 겨루기도 했다. 직관력이 뛰어난 왕은 마자랭이 죽으면 자신이 그 굴레에서 해방된다는 것을 직감했다. 그렇다고 해서 더 빨리 자유로워지기 위해 무리하지도 않았다. 그것이 바로 그의 인생에서 가장 아름다운 대목들 중 하나이다.

수석 대신직을 혐오하고 또 그에 못지않게 참사회의 구성원인 모든 성직자들을 꺼리는 그의 좌우명은 어쨌거나 그때 얻은 값진 성과였고 그 이후로 전혀 흔들리지 않았다. 그때부터 왕에게는 또 다른 좌우명이 있었다. 하지만 그것은 첫 번째 좌우명처럼 확고하게 지켜지지는 못했다. 왜냐하면 자신이 끊임없이 그 좌우명에서 멀어지고 있다는 것을 사실상 거의 깨닫지 못했기 때문이다. 그 좌우명은 바로 직접 통치한다는 것이었다. 그 점이야말로 왕 자신도 가장 자부심을 느끼고 또 사람들도 그 점을 수없이 칭송하고 아부했지만 왕은 최소한으로 실천했을 뿐이다.

왕은 평범 이하의 재능을 타고났다. 하지만 교양을 쌓고 가다듬어 스스로를 세련되게 만드는 능력을 지녔고 다른 사람의 것을 모방하거나 어색하지 않게 따라하지 않으면서 자기 것으로 만드는 재주를 지녔다. 따라서 그는 평생 동안 신분과, 나이, 직업을 불문하고 온갖 부류의 남녀를 만나 그들의 인생경험을 끝없이 활용했다.

이렇듯 23세가 된 왕에 대해 말하자면, 세상에 모습을 드러낸 왕의 첫출발은 온갖 부류의 탁월한 사람들 덕분에 무척 순조로웠다. 국내와 국외에서 활약한 그의 대신들은 당시 유럽에서 가장 막강했으며 장군들은 가장 위대했고 그들의 유능한 부관들은 군 사관학교의 중대장이 되었다. 이러저러한 그들의 명성은 고스란히 후대에 전달되었다. 루이 13세의 사망 이후 국내외에서 격렬하게 일어나 국가를 혼란시킨 무수한 반란들에 참여했던 수많은 사람들은 능란하고 저명한 인물들이자 세련된 궁정신하로서 궁정의 일원이 되었다. (339~340쪽)

(…)

왕은 유례없이 운이 좋은 군주였다. 그는 빼어난 외모에 강인한 신체를 지녔으며 균형잡힌 건강한 체질이었다. 그의 시대는 모든 면에서 풍성하고 넉넉해서 일면 필리프 오귀스트 시대와 견줄 만했다. 그를 숭배하는 백성들은 그를 위해 자신들의 자산과 노력, 재능을 아낌없이 발휘했다. 왕에게 봉사하고 때로는 단지 그를 기쁘게 하기 위해 그들의 대부분은 명성을 떨치고, 몇몇은 명예를 드높였으며, 많은 수는 양심과 종교를 희생했다.

적자인 그는 특히 가정적으로도 행운아였다. 그의 어머니는 경의의 표시와 약간의 영향력을 행사하는 것에 만족했다. 동생은 한심한 취미에 몰두하며 무의미한데다 천박하기 짝이 없는 생활을 했다. 사소한 싸움에 골몰하고 돈에 집착하며 그 자신과 그 측근들의 공포심 때문에 위축된 그는 출세를 바라는 비열한 궁정신하에 다름 아니었다. 왕비는 정숙하고 그를 사랑했으며 지칠 줄 모르는 인내심으로 마침내 진정한 프랑스인이 되었다. (401쪽)

치세의 절정

친정을 시작한 이후 루이 14세는 곧 전쟁의 기회를 엿보았다. 전쟁은 권력을 시험하고 과시할 수 있는 최고의 기회였기 때문이다. 그만이 아니라 절대군주에게 전쟁은 지상과제였다. 그중에서도 루이 14세는 전쟁광이라 불릴 만하다. 그의 친정

54년 중 37년 동안 프랑스는 전쟁을 치렀으니 말이다.

1665년 에스파냐 왕 펠리페 4세의 사망은 그에게 전쟁의 구실을 제공했다. 프랑스와 에스파냐는 1635년부터 계속되어 온 전쟁을 종식시키기 위해 1659년에 피레네 조약을 맺었다. 이 휴전조약의 핵심은 루이 14세와 펠리페 4세의 딸 마리 테레즈의 정략결혼이다. 루이 14세는 결혼과 동시에 전쟁을 포기하는 대가로 50만 에퀴에 달하는 엄청난 결혼지참금을 보장받았다. 그러나 에스파냐는 지참금을 지불하지 않았다. 루이 14세는 결혼조건 불이행을 핑계로 1667년 에스파냐령 플랑드르를 공격했고 이 첫 전투에서 그는 화려한 승리를 거두었다.

루이 14세는 1672년에 또다시 네덜란드에 대한 침공을 감행했다. 1678년 전쟁을 종식시키기 위해 그가 유럽의 강대국들과 체결한 네이메헨 평화조약에서 프랑슈콩테의 합병이 공식적으로 인정된 순간 그의 치세는 절정에 달했다. 그럼에도 불구하고 루이 14세에 대한 생시몽의 평가는 사뭇 부정적이다. 그에 의하면 전쟁은 모두 루부아의 작품이다. 그의 설명은 과연 사실일까? 동생인 대공이 세운 공훈에 대한 루이 14세의 시기심은 그렇다 치더라도 루이 14세가 몽테스팡 부인을 만나기 위해 전쟁 도중 군대를 떠났다는 해석을 과연 액면

곧이어 에스파냐 왕이 사망하자 영광을 갈망하던 젊은 왕은
전쟁의 기회를 엿보았다. 얼마 전 왕비와의 결혼계약서에서
구체적으로 명시된 전쟁포기 조항도 그를 단념시키지 못했
다. 그는 플랑드르로 진격했고 신속한 승리를 거두었다. 특
히 라인 강 통과는 압권이었다. 영국, 스웨덴, 네덜란드의 3
국 동맹은 오히려 그를 자극했을 뿐이다. 왕은 한겨울에 프
랑슈콩테를 점령했다. 그 덕분에 왕은 엑스라샤펠 평화조약
을 통해 프랑슈콩테를 반환하는 조건으로 플랑드르 점령을
인정받았다.

국내에서는 모든 것이 번창하고 풍요로웠다. 콜베르는 재
정과 해군, 교역, 제조업, 심지어 문학까지 철저하게 지배했
다. 필리프 오귀스트의 시대에 필적할 만한 이 세기는 온갖 분
야에서 경쟁적으로 탁월한 인물들을 배출했을 뿐 아니라 오직
향락에나 알맞은 인물들도 낳았다.

르텔리에와 그의 아들 루부아는 육군부서를 전담했다. 그
들은 콜베르의 성공과 영향력에 마음이 불안해졌다. 왕으로
하여금 새로운 전쟁을 개시하도록 만드는 것은 그들에게 어려
운 일이 아니었다. 그 전쟁에서 프랑스가 승리함으로써 유럽
은 극도의 공포에 휩싸였고 프랑스는 한동안 전쟁에서 헤어나

지 못했으며 이후 오랫동안 전쟁에 시달린 뒤에야 비로소 프랑스는 그로 인한 피해와 불행을 실감했다. 네덜란드 전쟁이 시작된 진짜 이유는 바로 그 점에 있었던 것이다. 왕은 네덜란드로 진격했다.

그런데 때마침 몽테스팡 부인에게 빠져버린 왕은 국가와 자신의 명예에 치명상을 입혔다. 모든 것을 정복하고 모든 것을 장악했으며 암스테르담도 이제 막 왕에게 열쇠를 바칠 참이었는데 왕은 조바심을 이겨내지 못했다. 그는 군대를 버리고 베르사유로 날아갔으며 전장에서의 모든 승리를 한순간에 파괴해버렸다. 왕은 두 번째로 프랑슈콩테를 몸소 정복함으로써 그 불명예를 만회했다. 이번 경우 프랑슈콩테는 프랑스 영토로 남았다.

(…)

그 이듬해 왕은 플랑드르로 돌아와 캉브레를 점령했다. 그동안 대공은 생토메르 봉쇄를 감행했다. 그는 그곳을 탈환하러 온 오라녜 공과 맞부딪치자 카셀 부근에서 공격을 퍼부어 압승을 거둔 뒤 곧바로 생토메르를 점령했다. 그러고 나서 왕에게 합류했다. 왕은 그처럼 대조적인 상황에 몹시 마음이 상한 나머지 그 이후로는 한 번도 대공에게 군 지휘권을 부여하지 않았다. 겉으로는 모든 것이 완벽하게 유지되었다. 그러나 그 순간 결심이 섰고 그 결심은 이후 계속해서 지켜졌다.

그 이듬해 왕은 친히 겐트 봉쇄를 단행했다. 그것은 계획과 실행 모두 루부아의 작품이었다. 그해 네이메헨 평화조약은 네덜란드, 에스파냐 및 다른 나라들과의 전쟁을 종결지었다. 다음 해 초에는 신성로마제국 및 신성로마황제와의 전쟁이 종식되었다. 또한 아메리카와 아프리카, 에게 해 지역, 그리고 시칠리아에서 프랑스의 패권이 막강해졌다. 1684년에는 평화조약의 이행을 지연시킨 벌로 에스파냐가 프랑스에게 뤽상부르를 양도했다. 포격을 당한 제노바는 그 이듬해 초 총독이 4명의 의원을 대동하고 몸소 평화조약을 청하러 오지 않을 수 없는 지경에 처하게 되었다.

그때부터 1688년까지 왕은 축제를 벌이기보다는 집무실에서 자중하며 경건한 시간을 보냈다. 영광과 번영이 극에 달한 치세의 절정기는 거기에서 끝났다. (344~349쪽)

루이 14세의 성격

생시몽의 《회고록》은 루이 14세에 대한 비판으로 가득 차 있다. 생시몽은 특히 루이 14세의 성격적 결함을 신랄하게 묘사했다. 평범 이하의 재능을 지녔을 뿐 아니라 제대로 교육을 받지도 못한 루이 14세는 권력을 손에 쥐자 사소한 것에 집착했으며 자신보다 유능한 인물에 대한 질투심을 이기지 못했다는 것이다. 그 예로 1661년 루이 14세의 친정 직후 프랑스의 재정을 주무르던 푸케가 전격적으로 제거된 사건을 들고 있다.

재무총관(surintendant des finances) 푸케는 어느 날 국고 횡령죄로 재판에 회부되어 종신형과 재산몰수형을 언도받았다. 그 이면에는 루이 14세의 질투심을 자극하며 겉으로 드러나지 않게 모든 것을 지휘한 콜베르가 존재한다. 푸케의 제거 후 그는 새로 신설된 재무총감직(controleur général des finances)을 차지했다. 하지만 명칭만 바뀌었을 뿐 콜베르는 재정에 관한 전권을 행사했을 뿐 아니라 루이 14세를 조종하며 권력을 휘둘렀다. 베짱이와 개미로 풍자되는 푸케와 콜베르의 경쟁과 엇갈린 운명은 루이 14세의 치세 초기를 장식한 막간극으로 루이 14세의 성격의 단면을 여실히 보여준다.

왕의 재능은 평범 이하였지만 왕은 자기 단련에는 탁월했다. 그는 영광을 좋아하고 질서와 규범을 원했다. 그는 선천적으로 현명하며 절도 있고 과묵하며 행동과 말에 능수능란했다. 그는 과연 사람들을 신뢰했을까? 그는 선천적으로 선량하고

의로운 사람이었다. 신은 그에게 선한 왕, 나아가 아마도 위대한 왕이 되기에 충분한 자질을 내리셨다. 그의 모든 나쁜 점은 외부에서 온 것이었다. 어린 시절 그의 교육은 사뭇 방치되었기 때문에 아무도 그의 처소에 접근할 엄두를 내지 못했다. 사람들은 종종 그가 그 시절에 대해 씁쓸하게 말하는 것을 들었다. 그의 말에 의하면 어느 날 저녁에는 당시 궁정이 거처하던 파리 팔레루아얄의 연못에 그가 빠져 있는 것이 사람들에게 발견될 정도였다.

자라면서 왕은 극도로 의존적이 되었다. 그는 간신히 읽고 쓰기를 배웠을 뿐이다. 그는 상당히 무식한 수준에 머물렀기 때문에 역사와 역사적 사건들, 부, 품행, 출생, 법에 관해 널리 알려진 것들을 전혀 이해하지 못했다. 그런 결함 때문에 그는 이따금 사람들 앞에서 터무니없을 정도로 몰상식한 모습을 보였다. (356쪽)

(…)

왕은 점차 재치, 고귀한 감정, 깨달음과 자기 존중, 고결한 마음과 교양 쌓기 등 모든 것을 의심스럽게 여기고 증오하게 되었다. 나이를 먹으면 먹을수록 그러한 혐오감은 더욱 굳어졌다. 심지어 장군들과 대신까지 혐오하게 되었다. (342쪽)

(…)

왕은 재치 있는 사람만큼이나 고귀한 태생의 사람을 두려워했다. 만약 신하 한 사람이 그 두 자질을 모두 갖추고 왕이 그 점을 알아차리게 된다면 그때는 끝장이었다. (358쪽)

(…)

다음에 다시 나오겠지만 왕은 단지 현실적 필요성 때문에 그들에 대한 혐오감을 잠재웠을 뿐이다. 왕은 자신이 직접 통치하기를 원했다. 그의 질투심은 점차 인간적 결함으로 발전했다. 사실상 그는 사소한 면에서 지배권을 행사했고 큰일에서는 지배권을 행사하지 못했다. 사소한 일에서조차 그는 지배당하기 일쑤였다. 권력의 고삐를 움켜쥐기 위한 왕의 첫 시도는 극도의 가혹함과 속임수로 얼룩졌다. 푸케는 그 첫 번째 사건의 불쌍한 희생자였다. 콜베르는 전혀 다른 유형의 대신이었다. 그는 재정에 관한 전권을 독점했으면서도 재정권이 왕의 수중에 있는 것처럼 왕이 믿게 만들었다. 자신이 바랄 수 없는 재무총관의 자리를 아예 없애버리고 재무총관이 서명했던 그 서류에 왕이 서명하도록 함으로써 말이다. (342쪽)

생시몽이 보기에 루이 14세의 최대 단점은 지나친 자만심과 과시욕이었다. 영광에 대한 루이 14세의 집착은 지칠 줄 몰랐다. 그와 동시에 왕은 무척 소심한 인물이었다. 그런 루이 14세의 성격을 정확하게 파악한 신하들은 그를 만족시키기 위해 끝없이 아부했고 자만심에 눈먼 왕은 모든 것이 자신의 의지와 능력에 따라 이루어지는 것으로 착각했다. 특히 대신들은 왕을 조종하는 방법을 터득하고 자신들이 원하는 대로 그를 이용하며 권력을 전횡했다. 왕의 총애를 독점한 콜베르를 시기한 육군대신 루부아가 루이 14세를 부추겨 전쟁을 벌인 것도 그런 속셈에서였다.

왕이 지배자가 되자마자 대신들과 장군들, 정부들, 궁정신하들은 왕이 영광을 좋아한다기보다는 차라리 영광이라면 오금을 쓰지 못하는 사람이라는 것을 재빨리 간파했다. 그들은 경쟁적으로 왕을 칭송하며 그를 망쳐버렸다. 찬사, 아니 더 정확하게 말하자면 아첨은 그를 무척 기쁘게 했다. 아무리 상스러운 아첨일지라도 잘 받아들여졌으며 비굴할수록 더 그의 비위에 맞았다. 사람들은 오직 그런 방법을 통해 그에게 접근했다. 다행히도 그가 좋아한 사람들은 모두 그런 방법을 찾아내고 또 전혀 싫증을 내지 않는 사람들이었다. 대신들은 그런 방식을 통해 상당한 권한을 부여받았다. 그들은 기회가 닿을 때마다 왕에게 계속해서 아부했다. 특히 매사를 왕의 덕으로 돌리고 모든 것을 왕에게서 배웠다고 했다. 유순함과 비굴함, 감탄하며 복종하고 굽실거리는 듯한 표정, 그리고 무엇보다도 왕을 통해서가 아니라면 아무것도 아니라는 표정 등이 왕을 만족시키는 유일한 방법이었다. 조금이라도 거기에서 빗나가면 그 누구도 상황을 돌이키지 못했다.

(…)

천성적으로 소심한 기질을 지닌 왕은 온갖 자질구레한 일들에 관심을 기울였다. 군대문제의 경우 그는 군복, 무기, 이동, 훈련, 규율 등 한마디로 시시콜콜한 모든 세부사항들까지 끊임없이 간섭했다. 그는 건축물과 왕궁, 그리고 수라간의 특별 접대비용에 대해서도 그에 못지않게 신경을 썼다. 그런 분야의 전문가들에게 왕은 늘 무언가 가르쳐주려고 했다. 그들은 이미 오래 전부터 암기하고 있던 내용들을 마치 초보자들인 양 받아들였다. 그런 시간낭비가 왕에게는 계속 시행할 만한 가치가 있는 것처럼 보였다. 그로 인해 이득을 본 것은 대신들이었다. 왕을 조종하는 대수롭지 않은 기술과 경험으로 그들은 자신들의 의도를 마치 왕의 의도처럼 여기게 했고 자신들의 목적과 이익에 따라 중대한 일을 처리했다. 왕이 사소한 일들에 몰두한 나머지 갈피를 잡지 못하는 것을 보고 박수를 치면서 말이다.

왕의 허영심과 자만심은 나날이 커져갔다. 사람들은 계속해서 왕의 허영심과 자만심을 자극하고 부추겼지만 왕은 그 사실조차 눈치채지 못했다. 심지어 왕 앞에서 이루어진 설교사들의 강론에서도 마찬가지였다. 따라서 다른 모든 위대함을 넘어서 허영심과 자만심이야말로 대신들이 늘어놓는 찬사의 기준이 되었다. 그들은 능란한 솜씨로 왕이 자신들의 찬사를 사실인 것처럼 믿게 만들었으며 마침내 그들의 찬사는 절정에 달해 더 이상 맞설 수 없을 정도였다. 그러면서 그들의 솜씨는 눈에 띄게 늘어났다. 왜냐하면 그들 자체는 아무것도 아니었으며, 복종을 요구하는 왕의 명령체계가 더욱 존중받음으로써 그들도 비로소 유용한 존재가 되었기 때문이다.

(…)

그 해악은 자꾸 번져가기만 했다. 재치가 부족하지도 않고 경험도 겸비한 이 군주의 경우 그 해악은 도저히 믿을 수 없는 지경에 달했다. 왕은 가까운 사람들 앞에서 직접 오페라 서곡 중 자신을 찬양하는 대목을 가사도 리듬도 엉망으로 불렀다. 정작 그 자신은 그 노래에 푹 빠진 듯이 보였다. 심지어 저녁에 공적 만찬 도중 이따금 바이올린이 연주될 때 사람들이 그 음악을 즐기고 있는데도 왕은 바로 그 찬가를 입 속으로 흥얼거렸다.

(…)

왕은 능수능란하게, 그리고 스스로도 감탄스러울 만큼 모든 것을 독차지했으며 자신에 대한 사람들의 묘사를 그대로 믿었다. 그때부터 열병식에 대한 왕의 애착은 도를 지나쳐 적들이 왕을 '열병식의 왕'이라고 부를 정도였다. 또한 왕은 봉쇄 작전에 집착했다. 그것은 손쉽게 자신의 용맹을 과시하고 어떻게 해서든지 이목을 집중시키며 자신의 능력과 선견지명, 정신력, 고단함을 드러내기 위해서였다. 강건하고 훌륭하게 조화를 이룬 왕의 육체는 완벽하리만치 봉쇄에 적합한 체질이었다.

그렇듯 영광에 대한 갈망이 잠시 왕을 사랑의 단잠에서 깨웠다. 그때부터 왕은 루부아에게 쉽게 끌려 다녔다. 루부아는 때로는 콜베르를 거꾸러뜨리기 위해 때로는 자기 자리를 지키거나 더 높아지기 위해 왕을 대규모 전쟁에 끌어들였다. 그와 동시에 그는 전술과 실전 모두에서 왕이야말로 어떤 장군들보다도 더 위대한 지휘관이며 장군들은 왕을 보조하는 역할을 하며 아부할 뿐이라는 감언이설을 늘어놓았다. 이를테면, 콩데 가와 튀렌 가의 장군들과 심지어 그들을 계승한 모든 장군들까지 모두 싸잡아서 말이다. (358~360쪽)

대신들은 왕의 이름으로 권력을 행사하며 권력을 독점했다. 마침내 아부의 독에 중독된 왕은 대신들의 독재에 갇혀 옴짝달싹하지 못하는 신세가 되고 귀족들은 권력에서 배제되고 위축되었다. 대신들의 세상이 된 것이다. 콜베르와 루부아

가 그랬듯이 그들은 귀족처럼 행세하며 귀족의 특권을 누리
기 시작했다. 전통귀족인 생시몽이 루이 14세의 비판자가 된
이유도, 《회고록》을 집필하게 된 동기도 바로 여기에 있다.

그때부터 국무비서들과 대신들은 법복과 라바, 검은색 옷,
단색 옷, 간결한 옷, 평범한 옷을 차례차례 벗어던지고 귀족
처럼 옷을 입었다. 그때부터 그들은 귀족 같은 태도를 취했으
며 특권을 누리고 등급에 따라 왕과 함께 식사하는 자리에 받
아들여졌다. 그들의 배우자들은 처음에는 개인적인 구실로
왕과 함께 식사를 하고 왕의 마차를 탔다. 루부아 부인보다
한참 전에 콜베르 부인이 그랬듯이 말이다. 콜베르 부인이 그
러고 난 후 몇 년이 지나고 나서 마침내 그녀들은 남편의 직위
에 따라 최고 신분의 부인들과 똑같은 대접을 받았다.

(…)

그러자 무엇보다 먼저 커다란 소란이 빚어졌다. 대귀족들, 기
사단 기사들, 총독들, 지방의 국왕 대리관들과 그 밑의 귀족
들, 군 사단장들이 차례로 그토록 돌발적이고 괴상망측한 변
화에 한없이 불쾌감을 드러냈다. 그러자 대신들은 자신들을
그렇게 대우하기를 거부하는 것은 곧 왕의 권위와 공직을 경
시하는 것이라며 높은 지위에 있는 사람들 모두를 몰락시키도

록 왕을 설득할 수 있었다. 자신들은 왕의 권위와 공직을 수행하는 도구이며 게다가 자신들 자체로서는 아무것도 아닌 존재들이기 때문이라는 것이었다. 자신의 위엄을 반영한다고 자처한 자들에게 현혹된 왕은 단호하게 그 문제에 관한 입장을 밝혔다. 새로운 방식에 굴복하거나 아니면 공직을 떠나는 동시에 궁정을 떠나고, 일자리도 없이 왕의 총애를 잃고 대신들의 박해를 받는 신세로 전락하는 것 외에는 더 이상 다른 도리가 없다고 말이다. 실제로 매순간 그런 일들이 벌어졌다.

그때부터 대신들의 개인적이고 사적인 권위는 극에 달했다. 심지어 왕의 명령과 왕의 시중들기에 관련된 문제조차 왕의 것이라고 빙자할 필요가 없어졌다. 그때부터 그들은 권력을 독차지하는 단계에 이르렀고 어마어마한 부를 축적했으며 원하는 대로 골라서 혼인관계를 맺었다.

(…)

그러니 독자는 눈물을 흘리며 개탄해야 마땅하다. 오직 군주의 정신과 마음을 세뇌시키려는 목적에서 시도된 악랄한 교육, 기독교적 심성을 지닌 왕을 신격화한 놀라운 아부의 끔찍한 독성, 왕을 옴짝달싹 못 하도록 가두어버린 대신들의 잔인한 정치적 음모에 대해서 말이다. 자신들의 명예와 권력, 그리고 부를 위해 대신들은 왕을 권위와 명예, 영광에 도취시켜 타락하게 만들었으며 심지어 타고난 선량함과 공평함, 진실에 대한 선천적 탐구심의 싹을 잘라버렸다. 또한 왕을 완전히 무감각한 인간으로 만들고 덕을 베푸는 것마저 끊임없이 방해했다. 왕 자신과 그의 왕국이야말로 이 모든 악의 희생자였다. (360~367쪽)

루이 14세의 지나친 허영심과 자만심은 점차 유능하고 충성스런 신하들을 몰아내는 결과를 초래했다. 대신 그의 주변에는 무능하고 비열한 아부꾼들과 무지한 신참자들로 가득 찼다. 생시몽이 보기에 맹트농 부인의 측근으로 초고속 출세를 한 샤미야르야말로 전형적인 아첨꾼이다. 그는 무능하기 짝이 없었음에도 불구하고 1699년에 재무총감이 되더니 1700년 이후에는 육군대신마저 겸하며 왕국을 호령했다. 루이 14세 치세 말기의 엄청난 재정 적자 속에서도 그가 전쟁을 감행한 것은 오직 왕의 허영심을 만족시키기 위해서였다. 그럴수록 그는 더 많은 세금을 거두기 위해 가난한 백성들의 주머니를 쥐어짰다. 이렇듯 콜베르와 루부아가 한 몸으로 합쳐진 것 같은 역할을 한 그는 프랑스 군주정을 돌이킬 수 없는 몰락의 길로 이끈 장본인이라는 비난을 피할 수 없다.

곰곰이 생각해보니, 각각의 시기와 기회에 언급되었듯이 왕이 재치 있는 자와 재능 있는 자를 수상쩍게 여기게 된 다음부터는 중요한 인물들이건 평범한 궁정신하들이건 극소수의 궁정신하들을 제외한 대부분의 경우 재치는 단지 왕의 총애를 얻는 데 걸림돌로 작용했을 뿐이다. 물론 마자랭의 사망에 뒤이어 도래한 왕의 친정 초기에 나이와 관록으로 왕을 길들인 사람들을 제외하면 말이다. (391쪽)

(…)

그 명성에 걸맞은 대신들과 장군들이 존재하는 한 왕은 위대하고 부유한 정복자이자 유럽의 중재자이며 가공할 만한 경이로운 군주였다. 그들의 말년에 국가기구는 그들의 추진력과 심려 덕분에 얼마 동안은 여전히 잘 굴러갔다. 하지만 그 후 곧바로 실체가 드러났다. 오류와 실수가 엄청나게 늘었으며 쇠퇴가 급속도로 진행되었지만 모든 것을 직접 챙기고 좌지우지하려는 질투심 강한 그 전제군주의 눈을 뜨게 하지는 못했다. 대신 왕은 마치 국외에서 당한 모욕을 벌충하려는 듯 국내에서 폭정을 자행함으로써 공포 분위기를 증폭시켰다. (401쪽)

(…)

사람들의 말에 의하면 왕은 장군들과 대신들의 재치와 재능, 고귀한 감정을 두려워했다. 권력을 독점한 루부아가 자신에게 의심스럽게 보이는 사람이면 아무리 능력이 있더라도 능수능란하게 군 승진에서 배제할 수 있었던 된 것은 바로 왕의 그런 점 때문이었다. 게다가 그는 장군들을 대신할 부하들의 양성기회를 방해하는 술수를 부리기도 했는데 그 술수에 대해서는 좀더 후에 자세하게 언급하기로 하자.

(…)

고참 대신들과 장군들, 그리고 몇몇 부류의 총신들이 지닌 재치와 재능의 탁월함에 왕은 진저리를 쳤다. 다른 모든 면을 지배했듯이 그는 집무실 안과 전쟁터에서의 능력과 태도에서도 최고이기를 원했다. 위에서 언급된 사람들과 함께 있으면 자신이 그럴 수 없다는 것을 그는 잘 알았다. 그래서 왕은 그들이 사라지자 안도감을 느꼈으며 그들처럼 자신의 시기심을 불러일으킬지도 모르는 사람을 그 자리에 앉히지 않으려고 세심하게 신경썼던 것이다.

그런 신참자들은 무지함으로 왕을 만족시켰다. 자신들의 무지를 왕에게 자주 고백하면 할수록, 그리고 왕에 관해 아주 사소한 일조차 아는 체하면 할수록 그들은 왕의 신임을 얻었다. 샤미야르가 그렇게 빨리 왕의 마음에 든 것은 바로 그런 방식을 통해서였다. 그럼으로써 국가에 온갖 불행이 닥치고 가공할 만한 음모꾼들이 왕을 길들이기 위해 함께 모였다. 그럼에도 불구하고 왕은 계속해서 그를 총애하고 남은 생애 동안 기회만 있으면 그에게 총애의 선물을 내렸다. 장군을 선택할 때도 대신을 선택할 때와 마찬가지였다. 왕은 자신의 집무실에서 그들을 지휘하며 스스로 자부심을 느꼈고 자신의 집무실에 앉아서 군대 전체를 통솔했음을 사람들이 인정해주기를 바랐다. 군대를 직접 챙기는 습관을 잃지 않으려고 왕은 무척 노심초사했다. (391~394쪽)

루이 14세의 여성 편력

생시몽은 루이 14세의 여성 편력에도 많은 지면을 할애하며 그로 인한 추문과 끔찍한 재앙을 적나라하게 묘사했다. 실제로 루이 14세는 젊은 시절부터 무수한 연애사건을 일으켰다. 왕의 여성 편력은 단순한 연애사건에 그치지 않았다. 우리나라 사극에서처럼 왕의 총애를 받는 여성들의 존재는 궁정 파벌에 영향을 미치거나 궁정 음모에 연루되었으니 말이다.

　루이 14세의 첫사랑은 마자랭의 조카딸 마리였다. 왕은 그녀와 결혼까지 결심했으나 마자랭은 에스파냐와의 정략결혼을 위해 왕의 첫사랑을 희생시켰다. 이후에도 루이 14세는 공공연하게 하나 혹은 여러 명의 정부를 두었다. 왕을 거쳐

간 무수한 여성들 중 라발리에 양과 몽테스팡 부인은 비교적 오랫동안 왕의 마음을 사로잡았다. 하지만 두 여인은 여러 면에서 무척 대조적이었으며 그녀들의 말로도 달랐다.

왕의 몸매와 자세, 우아함, 아름다움, 게다가 위엄 있는 표정은 죽을 때까지 그를 꿀벌들의 왕처럼 돋보이게 했다. 뿐만 아니라 그는 목소리와 말솜씨조차 모든 사람들 중에서 가장 자연스럽고 품위 있었다. 만약 공적인 인물로 태어나지 않았더라면, 그는 아마도 축제와 여흥, 연애문제에서 비상한 재능을 발휘하는 동시에 치정사건으로 큰 소란을 빚었을 사람이다. (341쪽)

(…)

루이 14세는 젊은 시절에 그 누구보다도 연애에 몰두했으며 풋사랑을 찾아 헤매다 지치자 마침내 라발리에르 양에게 정착했다. (446쪽)

(…)

왕이 라발리에르 부인을 닮은 정부들만 두었더라면 얼마나 좋았을까! 그녀는 스스로 자신의 처지를 깨닫고 수치스러워했으며 더군다나 자신의 의사와는 무관하게 왕의 자식으로 인정받고 양육된 사랑의 열매들마저 부끄러워했다. 또한 그녀는 겸손하고 욕심이 없었으며 온순하고 한없이 선량하면서도 끊임없이 자기 자신과 싸웠고 마침내 사랑과 질투의 참혹한 현실로 빚어진 비극을 극복했다. 그녀는 고통이자 삶의 원천이었던 그 참혹한 현실의 실체를 간파하고는 몹시 괴로워하며 마침내 속세를 떠나 준엄하고 성스런 고행에 몸을 바쳤던 것이다! 그러니 왕이 사랑에 빠진 것은 비난할 만한 일이라기보다는 동정받을 만한 것이었으며, 게다가 명예를 위해 때때로 사랑을 뿌리치기도 했으니 솔직히 그 면에서는 왕이 칭찬받을 만하다는 점을 인정해야 할 것이다. (341쪽)

(…)

뒤를 이어 몽테스팡 부인이 보기 드문 미모로 왕의 마음을 사로잡았다. 아직 라발리에르 양의 영향력이 절대적인 시기였는데도 말이다. 몽테스팡 부인은 곧 왕의 관심을 눈치채고는 본심과는 정반대로 남편에게 자신을 기엔으로 데려가 달라고 졸랐다. 어리석게도 자만심에 사로잡힌 그 남편은 그 말에 귀를 기울이지 않았다. 그러자 그녀는 더 끈질기게 남편을 졸랐다. 결국 그 말이 왕의 귀에 들어갔고 왕은 그녀를 남편에게서 빼앗았다. 그 끔찍한 소란은 모든 나라 사람들에게 떠들썩하게 퍼졌다. 왕은 동시에 두 정부를 둔다는 새로운 구경거리를 제공했던 것이다. 왕은 전쟁 중에 두 사람을 왕비의 마차에 한꺼번에 태워 전선과 막사에 데려갔다. 도처에서 몰려든 백성들은 세 왕비들을 번갈아 가리키면서 순진하게 그녀들을 보았는지 서로 묻기도 했다.

마침내 몽테스팡 부인이 승리했다. 그녀는 더 이상 베일에 싸이지 않고 당당하게 왕과 궁정을 좌지우지하는 유일한 존재가 되었다. 그런 생활을 실컷 누리기 위해 훼방꾼인 몽테스팡은 바스티유로 보내졌다가 다시 기엔으로 추방되었다.

(…)

몽테스팡 부인의 임신과 출산은 공공연한 일이었다. 그녀의 궁정은 궁정생활, 오락, 출세, 대신들과 장군들의 기대와 공포의 중심지였으며 전 프랑스의 수치이기도 했다. 그와 동시에 그곳은 재치의 중심지였다. 색다르고 섬세하며 정교하면서도 항상 자연스럽고 유쾌한 재능의 무대였던 그녀의 궁정은 독특한 개성으로 유명했다.

(…)

몽테스팡 부인은 심술궂고 변덕스러웠으며 아주 까다로운 성격이었다. 또한 궁정 안에 있는 사람들 모두에게 오만하게 굴었다. 누구도 거기에서 제외되지 않았으며 왕조차도 다른 사람과 마찬가지였다. 궁정인들은 그녀의 창문 밑을 지나가기를 꺼렸다. 특히 왕이 그녀와 함께 있을 때는 더욱 그랬다. 그녀의 창문 밑을 지나면서 사람들은 마치 무기 옆을 통과하는 것과 같다고 말할 정도였다. 그 말은 궁정에서 일종의 속담이 되었다. 사실상 일부러 왕의 기분을 전환시켜주기 위한 경우를 제외하고는 그녀는 아무에게도 관대하지 않았다. 또한 그녀의 재치, 재주, 세련된 농담이 워낙 탁월했기 때문에 그녀가 던지는 웃음거리보다 더 위험한 것은 없었다. 그와 동시에 그녀는 자신의 가족과 부모를 사랑했고 우정을 나누었던 사람들을 잊지 않고 도와주었다.

왕비는 그녀의 오만함 때문에 무척 속상해 했다. 항상 조신하고 공경심을 보이던 라발리에르 공작부인과 그녀는 사뭇 달랐다. 왕비는 항상 라발리에르 공작부인을 좋아했던 반면 몽테스팡 부인에 대해서는 무심코 "그 천박한 계집 때문에 죽을 것 같아"라는 말을 종종 내뱉었다. (447~449쪽)

맹트농 부인의 승리

맹트농 부인을 만나면서 루이 14세의 여성 편력은 끝이 났다. 서인도제도에서 몰락한 지방귀족의 딸로 태어나 루이 14세와 비밀결혼을 한 맹트농 부인의 인생 역정은 문자 그대로 신데렐라의 탄생 그 자체였다. 그녀의 일화는 17세기 내내 귀족들의 살롱에서 가장 흥미로운 화젯거리였다.

맹트농 부인의 삶 전체가 파란만장하지만 그녀의 인생에

서 일대 전환의 계기가 된 것은 스카롱과의 결혼이다. 1652년 결혼 당시 맹트농 부인은 17세, 스카롱은 42세였다. 게다가 스카롱은 앉은뱅이 신세였다. 하지만 풍자 시인으로 명성을 떨치던 그는 그녀를 가난에서 구해주었을 뿐 아니라 훗날의 영예를 누릴 수 있는 기반을 구축할 기회를 제공해준 은인이었음에 틀림없다. 스카롱 부인 시절 그녀는 지적 능력을 계발하고 다양한 부류의 사람들과 교분을 쌓을 수 있었으니 말이다.

이제 또 다른 유형의 연애사건으로 넘어가보자. 그 사건은 이전의 엄청난 추문들 못지않게 모든 나라 사람들을 경악시켰으며 왕이 무덤에 갈 때까지 계속되었다. 맹트농 후작부인 프랑수아즈 도비녜라는 이름 몇 자로 알려진 그녀의 장기적 권세는 무려 32년 이상이나 지속되었다.

그녀는 아메리카의 서인도제도에서 태어났다. 필시 지방 귀족이었을 그녀의 아버지가 그녀의 어머니와 함께 빵 문제를 해결하기 위해 아메리카로 이주했던 것이다. 그곳에서 미미한 존재로 짓눌려 지내던 그녀는 우연한 기회에 혼자 프랑스로 돌아와 라로셸에 도착했다. 그곳에서 이웃사람들의 동정을 받아 나바유 원수 - 공작부인의 어머니인 뇌양 부인의 집에 머물게 되었다. 빈털터리였던 그녀는 그 늙은 귀부인의 인색함으로 인해 그 집의 곳간 열쇠를 간수하고 날마다 말들에게 내주는 건초 양의 측정을 감독하는 처지에 놓이게 되었다. 뇌양 부인을 따라 파리에 오게 된 그녀는 젊고 영리하고 재치 있으며 아름다웠지만 돈도 부모도 없었다.

행운의 여신은 그녀를 그 유명한 스카롱에게 소개했다. 그는 그녀를 사랑스럽게 여겼고 그의 친구들은 더욱더 그랬다. 그녀는 그 쾌활하고 박식한 앉은뱅이와의 결혼을 예기치 못한 엄청난 행운으로 여겼다. 아마 스카롱보다 더 그녀를 필요로 했던 사람들이 그에게 그녀와 결혼할 것을 끈질기게 권했으며 그렇게 해서 그 가련하고 매력적인 여인을 구해주라고 그를 설득하는 데 성공했을 것이다.

결혼하자 새 신부는 스카롱의 집에 오는 모든 무리들에게 호감을 샀다. 그는 그녀가 모든 면에서 무척 탁월한 존재임을 발견했다. 그 당시 재기발랄한 사람들과 궁정 및 도시사람들 사이에서는 그의 집을 방문하는 것이 유행이었다. 그들은 재능이 뛰어나고 지위가 높은 사람들이었지만 스카롱이 그들을 찾아 집 밖으로 나갈 상태가 아니었기 때문이다. 뿐만 아니라 그의 재치와 학식, 상상력, 불행한 처지에서도 항상 비할 바 없이 신선한 쾌활함, 보기 드문 창작력, 그의 작품 속에 담긴 감탄할 만큼 탁월한 안목의 풍자 등 온갖 매력들이 계속해서 사람들을 그의 집으로 끌어들이는 흡입력을 발휘했던 것이다.

따라서 스카롱 부인은 온갖 부류의 사람들과 교분을 쌓게 되었다. 그럼에도 불구하고 남편이 죽자 어느 누구도 생퇴스 타슈 본당의 수녀원으로 갈 처지에 놓인 그녀를 구해주지 못했다. 그곳에서 그녀는 좁은 계단 옆에 자신과 하녀가 머물 방 하나를 얻어 아주 옹색하게 지냈다. 하지만 그녀의 매력이 서서히 그녀를 가난에서 해방시켜주었다. 빌라르 원수의 아버지 빌라르 공작, 아르쿠르의 아버지 뵈브롱, 그리고 세 명의 후견인을 배출한 빌라르소 가의 세 남자들과 그 외에 수많은 사람들이 그녀를 지탱해주었다. (454~455쪽)

스카롱의 사망 후 또 다시 하녀나 다름없는 비참한 생활을 하던 맹트농 부인은 지인을 통해 몽테스팡 부인을 알게 되면서 두 번째 전환기를 맞이했다. 몽테스팡 부인이 그녀에게 자신과 왕 사이에서 태어난 멘 공작과 콩데 공작부인, 그리고 툴루즈 백작의 양육을 부탁했던 것이다. 그녀는 전심전력을 다해 몽테스팡 부인의 자식들을 키웠으며 마침내 그들과 함께 궁정에 입성하게 되었다. 몽테스팡 부인은 그녀의 인생을 구해준 또다른 은인이었음에 틀림없다. 그녀에게 영지를 구입

해주고 맹트농 부인이라는 작위를 내리게 한 사람도, 그녀를
왕에게 소개한 사람도 몽테스팡 부인이었다.

이렇게 해서 그녀는 이 집 저 집에 드나들었다. 스카롱 부인
은 결코 동료의 처지로 그런 집들에 간 것이 아니었다. 그곳
에서 그녀는 무슨 일이든 해야 했다. 때로는 장작을 더 요청
하러 가야 했고 때로는 식사가 곧 제공될 것인지 확인하러 가
야 했다. 어떤 때는 어떤 남자나 여자의 마차가 도착했는지
확인하는 일도 했다. 그렇듯 그녀는 수천 가지 자질구레한 일
들을 했으며, 한참 세월이 흘러 작은 종이 도입된 후에야 비
로소 그 성가신 일들에서 해방되었다.

　스카롱 부인이 대부분의 지인들을 알게 된 것은 바로 그런
저택들, 특히 리슐리외 저택과 상당한 지위를 누리던 알브레
원수의 저택에서였다. 그들 중 어떤 사람들은 그녀를 수없이
도와주었고 또 다른 사람들은 그렇게 지인들을 사귀는 데 도
움이 되었다.

(…)

알브레 원수와 몽테스팡의 가까운 인척관계 덕분에 스카롱
부인은 14~15년 후 도저히 믿기지 않는 행운을 차지할 수 있

는 결정적 계기를 얻었다. 몽테스팡 부부는 파리에 크고 멋진 저택을 지닌 알브레 저택에 거의 눌러 살았다. 그곳은 궁정과 도시에서 가장 지체 높고 선별된 사람들로 가득 찼다. 인사성 바르고 사려 깊으며 재치 있고 매력적인 스카롱 부인은 몽테스팡 부인에게 아주 좋은 인상을 주는 데 성공했다. 몽테스팡 부인은 그녀에게 관심을 보였다. 왕과의 사이에서 처음 얻은 자식들인 멘 공작과 콩데 공작부인을 숨겨야 할 상황에 놓인 몽테스팡 부인은 스카롱 부인에게 아이들을 맡아달라고 부탁했다. 스카롱 부인에게는 아이들과 함께 거주하도록 마레에 있는 집 한 채가 제공되었다.

그곳에서 그녀는 극도로 비밀리에 그 아이들을 양육했다. 시간이 흐르면서 그 아이들은 몽테스팡 부인에게 되돌아갔으며 그 후 왕도 그들을 만나게 되었다. 그렇게 해서 그들의 존재는 조금씩 비밀에서 벗어났으며 적출로 인정받았다. 그들의 가정교사도 그들과 함께 궁정에 정착했고 점점 더 몽테스팡 부인의 마음에 들었다. 몽테스팡 부인은 왕에게 수차례 그녀에게 선물하도록 했다. 몽테스팡 부인과는 정반대로 왕은 그녀를 참을 수가 없어 했다. 그가 이따금 그녀에게 준 것은 늘 하찮은 것이었는데도 그녀는 지나치게 감사해 했고 왕은 불편한 심기를 감추지 않았다.

맹트농 영지가 매물로 나오자 베르사유에서 가깝다는 점이 몽테스팡 부인의 구미에 당겼다. 그것은 스카롱 부인을 위해서였다. 그녀는 왕을 가만히 내버려두지 않고 졸라대며 스카롱 부인에게 그 영지를 사줄 돈을 긁어모았다. 그 영지 덕분에 스카롱 부인은 바로 그때이거나 아니면 조금 후에 맹트농 부인이라는 이름을 얻었다. (455~460쪽)

맹트농 부인이 몽테스팡 부인을 제치고 왕의 사랑을 쟁취하게 되는 과정은 더욱 흥미진진하다. 영리한 그녀는 신경질적인 몽테스팡 부인의 약점을 정확하게 간파하고는 놀라운 인내심으로 왕의 마음을 움직이는 데 성공했다. 때마침 왕비가 사망하자 그녀는 최종 승리자가 되었다.

그 과정을 완성시킨 것은 몽테스팡 부인의 신경질이었다. 그녀는 신경질이 아주 심했고 신경질을 참지 못하는 것이 습관이 되었다. 다른 누구보다도 왕이 가장 빈번하게 그 신경질의 대상이 되었다. 그는 여전히 그녀를 사랑했지만 그녀 때문에 고통스러워했다. 맹트농 부인은 그런 몽테스팡 부인을 나무라며 그녀에게 왕을 잘 보필하도록 했다. 그녀가 자신의 정부를 진정시키며 정성껏 돌본다는 소문이 왕의 귀에까지 들어갔다. 그로 인해 왕은 이따금 맹트농 부인에게 말을 걸었으며 그러다가 점차 몽테스팡 부인에게 그녀가 해주었으면 하는 일들을 털어놓는 습관이 생겼다. 마침내 왕은 그녀에게 몽테스팡 부인에 대한 섭섭한 마음을 이야기하며 그런 문제에 관해 그녀와 상담하게 되었다.

이렇듯 맹트농 부인은 서서히 두 연인 사이의 비밀에 개입하게 되었고 그것도 왕 자신이 자초한 일이었다. 영리한 그녀는 그 이야기를 즐겼으며 교묘하게 이용했다. 그렇게 해서 그녀는 서서히 몽테스팡 부인을 대신하게 되었다. 몽테스팡 부인은 그녀가 왕에게 필요한 존재가 되었음을 너무 늦게 알아차렸다. 그 지경이 되자 이번에는 맹트농 부인이 자신에게 함부로 구는 몽테스팡 부인 때문에 겪는 모든 고통을 왕에게 불평했다. 이렇듯 서로 몽테스팡 부인을 불평하던 끝에 맹트농 부인은 그녀의 자리를 완전히 가로챘으며 그 자리를 온전하게 지키는 방법을 터득했다.

(…)

시간과 인간의 대소사를 지배하는 절대자이신 신마저도 두 사람을 인정하셨도다. 왕비가 그들의 사랑이 절정에 도달하기에는 충분하고 왕의 마음이 식기에는 부족할 만큼 살았으니 말이다. 왕비의 갑작스런 사망은 왕에게 닥친 최대의 불행이었으며 그 여파가 국가에 미칠 수밖에 없었다. 수석 시의인

다캥의 무지와 고집으로 왕비가 사망했을 당시 몽테스팡 부인의 신경질은 도저히 견딜 수 없을 정도였고 그녀에 대한 혐오감에서 싹튼 새로운 사랑은 최고조에 달해 있었다. 어떤 술수도 그 사랑을 중단시키지 못했다. (462~463쪽)

1683년 7월 30일 왕비 마리테레즈가 사망한 지 2개월이 조금 지난 10월 6일 루이 14세는 맹트농 부인과 비밀 결혼을 올렸다. 왕의 고해신부의 집전으로 치러진 결혼식에서는 가까운 신하인 봉탕이 시중을 들고 파리 대주교와 루부아 두 사람만이 증인으로 참석했다. 또한 왕비의 처소가 그녀에게 할당됨으로써 그녀는 실질적인 왕비의 지위를 누리게 되었다. 그 후 32년간 그녀는 궁정에서 무소불위의 존재가 되었다. 그럼에도 불구하고 결혼의 공표만큼은 성사시키지 못했다.

왕비의 사망 후 왕은 처음 며칠 동안 생클루에 있는 대공의 거처에서 지냈다. 그러고 나서 퐁텐블로로 가서 가을 내내 머물렀다. 그곳에 있는 동안 맹트농 부인이 곁에 없게 되자 왕의 애정은 더욱 달아올랐고 결국 왕은 그녀의 부재를 도저히 견딜 수 없게 되었다. 사람들의 주장에 의하면 — 나로서는 확실한 것과 아닌 것을 구분해야만 하기 때문에 이렇게 표현할 수밖에 없다 — 왕은 돌아온 뒤 맹트농 부인에게 더욱 스스럼없이 말을 걸었으며 그녀는 감히 자신의 위력을 시험할 요량으로 교묘하게 종교에 몰두하며 최대한 정숙한 척했다. 왕은 조금도 뒤로 물러서지 않았고 그녀는 그를 훈계하며 겁을 주었다. 그녀는 아주 능란한 솜씨로 그의 사랑과 양심을 차례차례 조종함으로써 드디어 앞서 우리가 직접 목격했으며 우리의 후손들이 도저히 상상도 못 할 일을 성사시켰던 것이다.

하지만 확실하고 분명한 것은 왕이 퐁텐블로에서 돌아오고 나서 얼마 후, 그러니까 왕비가 사망한 그해 겨울에 왕의 고해신부인 라셰즈가 깊은 밤에 베르사유에 있는 왕의 부속실들 중 하나에서 미사를 집전했다는 사실이다. 그 일은 분명한 사실이고 확실히 증명되었음에도 불구하고 후손들에게는 믿기지 않을 것이다. 마침 당번이었던 베르사유 총독이자 네 명의 수석 침전시종들 중 가장 신임받던 봉탕이 미사 시중을 들었다. 그 미사에서 그 군주와 맹트농 부인이 결혼했던 것이다. 아를레 파리 대주교가 관할 주교로서 참석했고 루부아도 참석했다. 두 사람은 앞서 언급했듯이 왕에게서 그 결혼을 선포하지 않겠다는 약속을 받아냈다.

(…)

곧이어 그녀는 베르사유 안에 처소를 부여받음으로써 사람들을 경악시켰다. 왕비의 계단 위층에 있는 그녀의 처소는 왕의 처소와 같은 층에서 서로 마주보고 있었다. 그때부터 왕은 베르사유에 있을 때면 매일 그녀의 처소에 가서 여러 시간을 보냈다. 또한 왕이 어느 곳에 있건 그녀는 늘 왕 가까이에서 묵었으며 가능한 한 왕과 같은 층에서 지냈다. (462~465쪽)

베르사유는 맹트농 부인의 세상이 되었다. 맹트농 부인에 대한 왕의 사랑과 신뢰가 유례없이 강하고 오래 지속되었기 때문이다. 실제로 두 사람은 보기 드문 의존관계를 맺었다. 1683년 결혼 당시 루이 14세는 45세였다. 일찍부터 온갖 향락과 방탕의 시간을 거친 루이 14세도 이제는 열정보다는 안정과 믿음을 추구할 나이였다. 3세 연상인 48세의 중년 여인이 나이를 초월해서 왕의 마음을 사로잡을 수 있었던 비결은 바로 여기에 있었다.

맹트농 부인은 왕의 변화를 예리하게 간파하고 정확하게 기회를 포착했다. 앞서 언급했듯이 스카롱 부인 시절 갈고 닦은 재치를 토대로 그녀가 왕을 사로잡기 위해 활용한 무기는 무엇보다도 신앙심이었다. 왕 앞에서 그녀는 늘 차분하고 경건한 표정을 지어보였다. 실제로 초상화 속의 그녀는 마치 성모 마리아처럼 아무런 장식도 없이 수수하고 검박한 모습이다. 맹트농 부인은 오늘날까지도 권력 쟁취를 위해 그녀 스스로 만들어낸 모습으로 남아 있는 셈이다.

그녀는 완벽한 실세가 되었으며 공공연한 숭배대상이 되었다. 대신들과 장군들, 그리고 가까운 왕족들, 한마디로 모두가 그녀의 발밑에 있었다. 그녀를 통하면 만사형통이었지만 그렇지 않으면 모든 일이 어그러졌다. 모든 사람들, 모든 국사, 사소한 일, 사람들의 선택, 재판, 총애, 종교 등 모두가 예외 없이 그녀의 손아귀에 놓여졌다. 왕과 국가는 그녀의 희생양이 되었다. 불가사의한 요정과도 같은 그녀의 정체는 과연 무엇일까? 그녀는 어떻게 해서 전혀 빈틈없이 아무런 방해도 불화도 없이 30년 이상, 아니 32년간 군림할 수 있었을까? 이제 전 유럽의 문제이기도 한 그 유례없는 광경을 찬찬히 되짚어 보기로 하자.

(…)

맹트농 부인은 아주 재치 있는 여자였다. 그녀의 훌륭한 친구들이 세속적 지식을 동원해서 그녀의 재치를 갈고 닦아주었다. 처음에 그녀는 그 친구들 사이에서 그저 미미한 존재에 불과했으나 곧 그들의 활력소가 되었다. 우아하고 세련된 그녀의 태도는 누구에게서나 호감을 살 정도로 완벽해졌다. 파란만장한 처지로 그녀는 아첨꾼이 되었으며 간사하고 비굴해졌으며 늘 다른 사람의 비위를 맞추려고 안간힘을 썼다. 음모는 그녀에게 필수적인 것이었다. 그녀는 온갖 종류의 음모를 목격했고 그녀 자신과 다른 사람들을 위해 수많은 음모에 연루되었다. 그러는 동안 음모는 그녀의 피와 살이 되고 그녀의 취미와 습관이 되어버렸으며 그녀로 하여금 온갖 술책에 능하게 만들었다. 그녀는 누구에게나 유례없을 만큼 친절했으며 부드러운 표정을 지었다. 그러면서도 오랫동안 어두운 시절을 보낸 탓에 그녀에게는 절도 있고 상대방을 존중해주는 태도가 자연스럽게 몸에 배어 있었다. 그런 장점들은 탁월한 어휘력에 상냥하고 정확하며 선천적으로 꾸밈없이 우아하고 간결한 말솜씨와 더불어 그녀의 재능을 완벽하게 뒷받침해주었다. (466~467쪽)

(…)

그녀는 늘 차분하고 우아하며 청결하고 고상하면서도 매우 겸손했으며 실제보다 나이가 들어보였다. 더 이상 공개석상에 나타나지 않은 뒤 우연히 그녀를 마주칠 때마다 그녀는 늘 머리쓰개와 검은색 숄 차림이었다. (492쪽)

(…)

그녀는 왕보다 3~4살이 더 많았기 때문에 세련된 대화와 연애를 즐기던 그 시절이 바로 그녀 인생의 절정기였다. 그 시절에 수준 높은 재치를 익힌 덕분에 그녀는 늘 세련된 취향과 기질을 유지했다. 그 당시부터 이미 어느 정도 드러나던 부자연스럽게 꾸민 듯한 그녀의 태도는 거드름을 피우면서 더 심해졌다. 그때부터 그녀는 점차 경건한 체하기 시작하더니 나중에는 아예 경건함이 그녀의 가장 중요한 특성이 되어버렸고 나머지 인생 동안 내내 그녀는 신앙에 몰두하는 체했다.

경건한 체하기는 왕이 그녀를 선택했을 당시의 상태를 유지하기 위해 반드시 필요했으며 그에 못지않게 지배권을 행사하기 위해서도 중요했다. 이 마지막 사항이야말로 그녀의 생명이었다. 나머지는 모두 무조건 희생되었다. 정직함과 솔직함은 그녀의 인생, 그리고 뒤이어 그녀가 움켜쥔 행운과는 너무나 어울리지 않기 때문에, 도저히 그녀의 태도를 꾸민 것이 아니라 본래 간직하던 것으로 상상할 수 없었다. 그렇다고 해서 그녀가 본래 기질적으로 위선적인 사람은 아니었다. 하지만 필요에 의해서 꾸민 태도가 오랜 습관이 되어버렸고 선천적인 변덕스러움 때문에 그녀는 실제보다 두 배 이상 위선적인 인물처럼 보였다.

(…)

신앙심은 그녀에게 왕관을 씌워주었고 그녀는 신앙심을 통해 자신의 지위를 유지할 수 있었다. 또한 지배욕에다 매사를 좌지우지하는 기술과 취향을 겸비한 그녀를 그런 종류의 일에 몰두하게 만든 것도 신앙심이었다. 오직 아첨꾼들만 대하게 되면서 그녀의 자기도취는 신앙심과 더불어 더욱 부풀어졌다. (467~470쪽)

맹트농 부인은 몽테스팡 부인의 모든 것을 가로챈 셈이다. 루이 14세의 사랑과 권력뿐 아니라 그녀의 아들마저 빼앗았으니 말이다. 실제로 몽테스팡 부인의 장남인 멘 공작과 맹트농 부인은 친모자 관계 이상으로 각별했다. 그것은 어린 시절 다리를 심하게 절던 멘 공작을 보살핀 맹트농 부인의 정성의 결과이기도 하지만 냉혹한 궁정에서 처지가 비슷한 두 사람이 살아남기 위한 생존전략이 아니었을까. 치열하게 전개된 궁정 음모에서 두 사람은 늘 핵심을 이루었다. 1715년 루이 14세의 임종 직전 작성된 유언 변경서는 왕의 사후를 대비한 두 사람의 마지막 합작품이었다.

그 시절에 맹트농 부인은 멘 공작과 긴밀하고 완벽한 유대관계를 맺고 있었다. 그녀가 멘 공작을 양자로 삼으면서 둘 사이는 점점 더 깊어지고 서로에게 의지가 되었다. 이는 멘 공작에게 상상할 수 없을 만큼 높은 지위에 도달하는 길을 차근차근 열어주었고 만약 그녀의 권세가 그대로 간다면 마침내 그는 왕좌에 앉을지도 몰랐다.

멘 공작은 계속 왕의 내실에서 머물렀기 때문에 맹트농 부인에 대한 왕의 총애가 싹트고 빠른 속도로 발전하는 과정을 일찍부터 눈치챘으며, 그 결과 그는 몽테스팡 부인이 총애를 잃을 수밖에 없음을 짐작했다. 멘 공작보다 더 재치 있는 사람은 아무도 없었다. 그보다 더 술수를 감춘 채 꾸밈없고 소박하며 때로는 천진난만한 표정을 짓고 온갖 호의로 사람을 매혹시킬 수 있는 사람도 없었다. 그보다 더 온갖 종류의 태도를 자유자재로 취하는 사람도 없었다. 그보다 더 주변사람들에게 슬며시 접근하기에 적절한 처세술과 말솜씨, 능란함을 지닌 사람도 없었다. 그보다 더 겉으로는 독실하고 고독하며 초연하고 비사교적인 척하면서 마음속에는 야심차고 원대한 목표를 감춘 사람도 없었다.

어느 면에서는 극도로 소심한 탓에 그의 야심은 겉으로 드러나지 않았다. 그의 성격에 대해서는 이미 다른 곳에서 언급된 적이 있다. 여기에서는 단지 우리가 다루는 주제에 필요한 부분에서 벗어나지 않는 범주 내에서 그에 대한 기억을 되살려 보기로 하자.

멘 공작은 일찍부터 자신이 어머니와 가정교사 사이에 끼어 있는 난처한 입장이라는 점을 간파했고, 왕의 마음을 가로채는 것은 도저히 화해 불가능한 일이라는 점도 잘 알았다. 동시에 어머니는 자신을 구속하는 족쇄에 지나지 않은 반면, 가정교사에게서는 모든 것을 기대할 수 있다는 사실도 깨달았다. 따라서 그는 재빨리 어머니를 포기했다. 어머니의 은둔을 서두르기 위해 그는 모 주교와 힘을 합했다. 맹트농 부인 편이 된 그는 직접 몽테스팡 부인을 다그쳐서 파리로 떠나 궁정으로 되돌아오지 않도록 하는 데 공을 세웠다.

최종적으로 왕의 명령을 그녀에게 전달하는 임무도 그가 맡았다. 그는 아무 주저 없이 그 역할을 수행했으며 그녀를 명령에 복종시킴으로써 맹트농 부인에게 무조건 헌신했다. 그는 오랫동안 어머니와 사이가 나빴다. 그 이후 그녀는 아들을 만나려고 하지 않았고 영원히 두 사람 사이는 좋아지지 않았다. 그것은 그가 느끼던 고통 중 하찮은 것에 불과했다. 그는 늘 고통에 짓눌려 지냈으며 일평생 고통을 달고 살 정도였다. 맹트농 부인은 평생 그런 멘 공작에게 무한한 애정을 쏟았다. (484~485쪽)

루이 14세와 결혼한 후 맹트농 부인은 왕비 대접을 받았고 또 왕비 행세를 했다. 물론 그것은 어디까지나 사적인 자리에서 뿐이었다. 무엇보다도 그녀는 왕과 나란히 안락의자에 앉을 수 있는 유일한 인물이었다. 이처럼 사람들의 눈을 벗어난 곳에서 그녀는 왕비였지만 공식석상에서는 왕의 배우자가 아니라 후작부인으로 대접받았다. 예를 들어 왕의 식사시간에 그녀는 방계왕족부인이나 공작부인 다음에 앉아야 했고 공작부인에게 주어지는 타부레를 차지하지도 못했다.

그녀의 처소에서 왕과 함께 있을 때 두 사람은 각각 안락의자에 앉았다. 안락의자는 벽난로 양쪽에 있었으며 그 앞에는 각각 탁자가 놓여 있었다. 그녀는 침대 쪽에 있었고 왕은 대기실 문 쪽 옆의 벽을 등지고 있었다. 왕의 탁자 앞에는 두 개의 타부레가 놓여 있었다. 하나는 용무상 들어오는 대신을 위한 것이고 다른 하나는 대신의 가방을 놓을 자리였다. 국사를 처리하는 날에 왕과 맹트농 부인이 단둘이 있는 기회는 대신이 들어오기 전 아주 잠깐 동안과 그가 나간 후 더 짧은 시간뿐이었다. (493쪽)

(…)

그녀는 왕 앞에 앉았고 모든 왕실가족 앞에 앉았으며 심지어 영국 왕비 앞에 앉았다. 그녀는 기껏해야 왕세자와 대공이 올 때만 자리에서 일어났다. 그나마 그들이 그녀의 처소에 오는 일은 아주 드물었다. 오를레앙 공작도 방계왕족도 왕을 알현할 때 외에는 한 번도 온 적이 없었다. 하지만 왕세자와 왕손들, 그리고 대공과 샤르트르 공작 등은 항상 군부대로 떠날 때나 군부대에서 돌아온 날 저녁, 혹은 당일 날 너무 늦으면 그 다음 날 아침 일찍 그녀를 찾아왔다. 다른 왕손들이나 그 배우자들, 왕의 서출들, 그 밖의 누가 와도 그녀는 전혀 일어나지 않았다. 그녀가 잘 모르는 평범한 사람들과 면담권을 얻어 찾아온 사람들은 약간 예외였다. 왜냐하면 그런 면에서 그녀는 늘 겸손하고 예의바른 척해야 했기 때문이다. (508~509쪽)

(…)

사적인 장소에서 그녀는 왕비였다. 그러나 왕과 왕세자, 대공, 영국 왕실 사람들 앞에서의 공식적인 거동과 좌석, 위치에서 그녀는 지극히 평범한 개인에 불과했고 항상 제일 마지막 자리에 있었다. 마를리에서 왕 및 귀부인들과 함께 점심식사를 할 때 나는 그녀가 끄트머리 자리에 있는 것을 보았다. 앞서 언급했듯이, 퐁텐블로의 영국 왕비 처소에서 성장을 하고 있을 때 그녀는 자신의 자리를 극구 양보하고 작위귀족의 부인들 및 심지어 특혜받은 귀부인들을 위해 뒤로 물러났으며 작위귀족의 부인들이 자신을 너무 의식하지 않도록 했다. 그러나 평범한 귀족부인들에게는 달랐다. 그녀는 부자연스럽고 교양 있는 표정을 지었고 여기저기서 정중하고 부드러운 태도를 보였으며 말이 많았다. 마치 아무 주장도 하지 않고 아무것도 과시하지 않으면서 오직 주변사람들을 보살피는 데에만 관심이 있는 사람처럼 말이다. (492쪽)

이처럼 공식적으로는 숨어 지내야 했던 불안정한 지위 탓이었을까? 그녀는 유달리 권력에 집착하고 국사에 개입하기 위해 안간힘을 썼다. 그녀의 움직임은 여간해서는 겉으로 드러나지 않았지만 그녀는 교묘하고 은밀한 물밑작업을 통해 은밀히 대신들과 담합했다. 결국 궁정을 지배하고 국가의 중대사에서 사소한 문제까지 간섭하며 공식적인 정부기구를 움직인 것은 술탄의 황비처럼 우아하게, 그리고 노련하게 왕을 조종한 맹트농 부인이었다. 이러한 궁정의 역학관계는 모든 중대하고 사적인 부분들을 통제했으며 늘 나머지 모든 일에 영향을 미쳤다. 이제 그녀가 어떻게 왕을 조종하는지 살펴보자.

왕이 국사를 보는 동안 맹트농 부인은 책을 읽거나 수를 놓았다. 왕과 대신은 큰 소리로 말했기 때문에 그녀는 두 사람 사이에서 오가는 모든 말을 다 들었다. 그녀가 말참견을 하는 경우는 드물었고 더군다나 결정적인 말을 하는 경우 더욱 드물었다. 왕은 종종 그녀의 의견을 물었다. 그러면 그녀는 상당히 신중하게 대답했다. 그녀는 결코, 아니 정말 결단코 무엇에도 애착을 느끼지 않으며 누구에게도 관심이 없는 사람처럼 보였다. 하지만 그녀는 대신의 견해에 찬성했다. 대신은 감히 사적인 자리에서 그녀의 의사를 반대하지 못했고 더군다나 그녀에게 시비를 걸지도 못했다. 따라서 특정한 특혜나 직위의 수여문제는 왕과 대신이 함께 일하는 자리에서 결정되어야 함에도 불구하고 맹트농 부인과 대신 두 사람 사이에서 미리 결정되었다. 이따금 왕도 다른 누구도 영문을 모른채 결정이 지연되는 경우도 있었다.

맹트농 부인은 사전에 대신에게 이야기를 나누고 싶다고 통지를 보냈다. 그녀로부터 명령을 받을 때까지, 그리고 하루 일과가 진행되면서 서로 협의할 시간이 생길 때까지 대신은 감히 문제를 거론할 엄두를 내지 못했다. 서로 협의가 이루어지면 대신은 그제야 문제를 거론하며 명단을 제시했다. 요행히 맹트농 부인이 원하는 이름에서 왕이 멈추면 대신도 그 정도에서 일을 그치고 더 이상 진전시키지 않았다. 그런데 만약 왕이 다른 이름에서 멈추면, 대신은 왕에게 근처의 다른 이름들을 살펴보도록 제안하며 왕이 판단하도록 내버려 둔 다음에 교묘하게 그 이름을 배제했다. 대신이 먼저 원하는 이름을 노골적으로 제시하는 경우는 드물었다. 하지만 대신은 수차에 걸쳐 이 사람 저 사람을 견주면서 왕의 선택을 방해했다. 그때 왕이 그에게 의견을 물으면 그는 다시 몇몇 사람들의 거론하다가 마침내 자신이 원하는 이름을 지목했다. 그래도 왕은 항상 망설이며 맹트농 부인의 생각을 물었다. 그녀는 미소를 지으며 모르는 척했다. 그러고는 이따금 다른 이름을 대다가 처음부터 그렇게 생각하지 않았을지라도 대신이 지목한 이름으로 되돌아와 결정을 내렸다.

이렇듯 특혜와 직무의 4분의 3은 맹트농 부인의 처소에서 대신의 손을 거쳐 부여되었으며 그 나머지인 4분의 1의 결정권은 바로 맹트농 부인에게 있었다. 때때로 그녀가 누구에게 특별히 집착하지 않았을 때에도 대신은 그녀의 허락과 도움을 받으며 결정했고 왕은 아무런 의심도 하지 않았다. 그런데도 왕은 모든 것을 자기 혼자서 결정한다고 생각했다. 하지만 실제로 왕이 마음대로 처리한 것은 가장 사소한 일들에 불과했으며 그나마 대부분이 우연이었다. 다만 왕이 호의를 품었거나 아니면 호의를 베풀고 싶은 사람이 그에게 추천한 특별한 경우들만이 예외였다.

국사의 경우에도 일을 성사시키거나 좌절시키고 아니면 다른 방향으로 전환시키기를 원하면 맹트농 부인은 역시 대신과 공모했고 거의 유사한 술책을 썼다. 물론 그런 경우는 직무와 특혜에 관련된 경우보다 훨씬 빈도수가 덜했지만 말이다. 이런 시시콜콜한 예들을 통해 독자는 그 영리한 맹트농 부인이 자신이 원하는 바를 거의 이루었다고 생각할 것이다.

대신들 개개인이 맹트농 부인 처소에서의 작업을 중요하게 여기게 되고 또 맹트농 부인이 자신에게 의존적인 대신들을 필요로 하게 된 것은 바로 그런 맥락에서였다. 뿐만 아니라 그럼으로써 그들은 출세하고 그들 및 그들 가족의 영향력과 권력을 끊임없이 증대시키는 데 강력한 도움을 받았다. 왜냐하면 맹트농 부인은 그들을 자기편으로 만들기 위해 그런 모든 일들을 별로 대수롭지 않게 처리해주었기 때문이다.

대신들이 용무로 그녀의 처소에 막 들어오거나 나갈 때 맹트농 부인은 짬을 내어 그들에 대한 왕의 심중을 살피고 그들을 변명하거나 칭찬하며 격무에 시달리는 그들을 동정하고 공로를 치켜세웠다. 또한 그들을 위해 필요하다면 사전에 수단을 강구했으며, 왕이 자신의 짐을 덜어주고 사태를 호전시킬 방도를 찾으라고 대신들을 닦달하면 그들의 겸손함과 헌신을 구실 삼아 어색한 분위기를 무마시켜주기도 했다. 그렇게 해서 맹트농 부인과 대신들 사이에는 서로 필요로 하고 도와주는 공생관계가 형성되었다. 왕은 추호도 그들의 관계를 의심하지 않았으며 그들 사이의 봐주기는 끊임없이 지속되었다. (493~496쪽)

(…)

이렇게 해서 오랫동안 무의미한 결혼생활과 동시에 우리 모두가 알다시피 공공연히 방탕하게 살았던 왕은 그 후 32년 동안 심복이자 정부요 아내요 대신인 무소불위한 존재가 거느린 사람들에게 포위되었다. (507쪽)

4장

태양왕의 무대
베르사유

왜 베르사유인가?

절대군주정 하에서 궁전은 군주를 위해 탄생하고 존재했다. 왕이 거주하는 사적인 공간이자 공식적인 국가기구를 관장하는 정부가 위치한 궁전은 절대군주정의 산실이자 심장부 역할을 했다. 거대하고 화려하게 장식된 궁전은 군주의 권위와 위엄을 상징했다. 유럽의 군주들은 신민들과 다른 나라의 군주들을 압도하기 위해 저마다 궁전 건설작업에 몰두했다.

중세 이래 프랑스의 수도 역할을 해온 파리에는 아름다운 루브르와 튈르리 궁전이 존재했다. 파리 주변에 위치한 퐁텐블로와 생제르맹도 궁전으로 손색이 없었다. 그럼에도 불구하고 1682년 5월 6일 루이 14세는 파리에서 남서쪽으로 22km 떨어진 베르사유에 영구 정착했다. 그가 파리와 주변의 궁전들을 버리고 베르사유를 선택한 이유는 무엇일까? 이는 흔히 정치적 의미로 해석된다.

루이 14세는 1666년 모후가 사망하자 파리를 떠나 줄곧 생제르맹 성에 머물렀다. 그 이전에도 그는 틈만 나면 파리를 탈출했다. 파리와 최초로 결별한 것은 프롱드난 당시로 거슬러 올라간다. 1649년 1월 5일 그는 모후와 마자랭의 손에 이끌려 민중의 함성과 야유가 끊이지 않던 파리를 탈출했다.

반란이 진압된 이후에도 파리는 그에게 여전히 불안한 곳이었다. 루브르와 튈르리 궁전 북쪽과 동쪽에는 대귀족들의 저택들이 궁전을 포위하듯 줄지어 서 있었다. 뿐만 아니라 온갖 부류의 사람들로 가득 찬 인구 50만의 수도 파리는 무질서와 혼란의 도가니에 다름 아니었다.

베르사유의 선택은 루이 14세의 연애와도 관련이 깊다.

궁정은 전제정치를 위한 또 다른 술책이었다. 바로 위에서 우리는 대귀족들을 분열시키고 모욕하며 혼란시킨 술책을 살펴보았다. 그로 인해 대귀족들의 신분은 완전히 전복된 반면, 대신들은 모든 사람들 중 가장 높은 지위를 누리게 되어 방계 왕족보다 더 높은 권위와 권한을 부여받았으며 대귀족보다 더 위엄을 누렸다. 이제 그와 똑같은 의도에서 시작된 똑같은 시도가 모든 분야에 미친 변화를 살펴보기로 하자.

궁정을 영구히 파리 바깥으로 끌어내고 계속해서 시골에 정착시킨 데에는 여러 가지 요인들이 작용했다. 왕의 미성년기에 파리를 중심무대로 해서 벌어졌던 소요들은 왕에게 그 도시에 대한 증오심을 심어주었으며 그곳에 거주하는 것이 위험하다는 확신을 갖게 했다. 궁정이 다른 곳에 체류하게 되면서 파리가 그다지 멀지 않았음에도 불구하고 궁정사람들은 거리상의 이유로 파리에 거주하기 불편해졌을 뿐 아니라 궁정에 불참한 것이 쉽게 드러났기 때문에 숨어지내기도 더 어려워졌다. 왕은 1649년 주현절 전날에 황급히 도망친 경험이 있는 파리도, 라발리에르 부인이 처음 은둔처로 떠났을 때 본의 아니게 눈물을 흘린 자신의 모습을 목격한 파리도 용서할 수 없었다. (423쪽)

1660년 왕이 결혼한 후 신앙심이 깊은 라발리에르 부인은 루이 14세와의 관계를 무척 괴로워했다. 마침내 그녀는 1661년 2월 24일 루이 14세의 곁을 떠나 은둔하기 위해 샤이오 수녀원으로 갔다. 그러자 왕은 곧바로 그녀를 찾아가기 위해 튈르리를 나섰다. 좁은 골목길로 이어진 파리에서 민중은 그런 왕의 모습을 놓치지 않았다.

젊은 시절의 루이 14세에게는 파리 민중의 시선을 피해 밀회를 즐길 수 있는 공간이 필요했다. 베르사유 선택에는 사냥 취미도 작용했음에 틀림없다. 실제로 그가 베르사유를 처음 방문한 것은 1653년 사냥을 하러 갔을 때였다. 그때부터 베르사유는 서서히 바뀌기 시작했고 1661년 이후 대규모 토목 공사가 시작되었다.

산책과 사냥을 좋아하는 왕의 취향은 파리보다는 시골에 훨씬 더 적합했다. 파리는 숲에서 멀리 떨어져 있고 산책장소가 협소했다. 또한 시간이 지나면서 왕은 점차 건축에 관심을 갖게 되었는데, 이 역시 도시에서는 즐길 수가 없었다. 도시에서 왕은 끊임없는 구경거리 신세를 피할 길이 없었다. 마침내 왕은 군중의 눈에서, 그리고 매일 주시받는 관례에서 벗어나서 훨씬 위엄 있는 존재가 되기로 마음먹었다. 그런 모든 동기들로 인해 왕은 모후가 사망하자마자 생제르맹에 정착했던 것이다.

정부들로 인한 곤란한 상황과, 수많은 각양각색의 사람들로 가득 찬 수도 한복판에서 크게 퍼질지도 모를 추문에 대한 두려움이 왕을 파리에서 멀어지게 만든 결정적 요인이었던 것이다. 왕은 파리를 떠나고 돌아올 때, 그리고 거리에 나타날 때마다 매번 민중의 무리에 시달렸다.

라발리에르 부인과의 사랑은 초기에 비밀이었다. 왕은 그녀를 만난다는 구실로 자주 베르사유에 산책하러 갔다. 그 당시 베르사유에는 궁정생활을 지루해 하던 루이 13세가 건축한 '카드로 지은 작은 성'[1]이 있었다. 생제레 숲이나 그보다 더 멀

---

1 1624년에 지어진 루이 13세의 성은 벽돌과 석재를 주재료로 해서 지붕에 청석 지붕을 얹은 전형적인 프랑스식 건물이었다. 이 건물은 훗날 루이 14세 의해 정원 쪽에 개축된 석재건물과 비교되면서 쉽게 허물어질 것 같다는 의미로 이런 별명이 붙었다.

리 가서 오랫동안 사냥하다 지치면 루이 13세는 이 성에, 그의 수행원들은 더욱 한심하게도 종종 짐마차꾼들을 위한 숙소인 허름한 여인숙이나 물레방앗간에 묵었다. 도로와 사냥개들의 속도, 고용된 수많은 말 조련사들과 사냥꾼들 덕분에 사냥이 수월하고 신속해진 그의 아들 시대와 루이 13세 시대는 사뭇 달랐기 때문이다. 따라서 루이 13세는 베르사유에서 아예 묵지 않거나 아니면 아주 드물게 겨우 하룻밤 묵었으며 그나마 불가피한 경우였다.

그런데 그의 아들은 정부와 함께 더욱 은밀하게 지내기 위해 그곳을 찾았다. 그 작은 베르사유 성을 건축한 당사자이자 성 루이 왕의 당당한 후손이자 영웅인 정의의 왕 루이 13세에게는 생소한 쾌락을 위해 루이 14세는 그곳에 갔던 것이다.

그처럼 루이 14세가 사소한 여흥을 즐기게 되면서 베르사유에는 점차 어마어마한 건축물들이 들어섰다. 생제르맹의 거처와는 달리 그곳은 무수한 궁정사람들이 살기에 편리했다. 따라서 왕비가 죽기 얼마 전에 왕은 처소를 완전히 그곳으로 옮겼다. (424~425쪽)

자연의 정복

베르사유에는 전세계에서 수많은 관광객들이 몰려든다. 웅장하고 화려한 건축물과 진귀한 예술품들은 그들의 탄성을 자아내기에 충분하다. 그러나 오늘날 남아 있는 베르사유는 1789년 프랑스 혁명 직전의 모습으로 복원된 것이다. 그때까지 베르사유에서는 끊임없이 공사가 진행되었다. 루이 14세 치세에는 전쟁 기간을 제외하고는 내내 공사 중이었다. 궁전 건설의 규모가 엄청나기 때문이기도 하지만 베르사유 자체가 궁전으로서의 입지조건이 나빴기 때문이다.

루이 14세의 비판자 생시몽은 베르사유에 대한 평가에서도 인색하기 짝이 없다. 그는 생제르맹 성을 높이 평가했다. 생시몽에 의하면 생제르맹은 카페 왕조 이후 군주정의 역사가 서린 곳인 동시에 자연적인 입지조건도 훌륭한 곳이다. 반면 거대한 숲과 늪으로 뒤덮인 베르사유는 거주지로서는 매우 열악한 곳이었다. 루이 14세는 이처럼 불리한 조건을 극복해서 자기만의 우주를 건설하는 도전을 감행했다. 그에게 베르사유 건설은 자연을 상대로 한 싸움을 과시할 수 있는 기회로 여겨졌던 것이다.

생제르맹은 경탄할 만한 모든 조건을 갖춘 유일한 곳이었다. 그곳은 주변에 거대한 숲이 펼쳐져 있고 나무들, 대지, 경관 등 모두가 빼어나게 아름다웠을 뿐 아니라 높은 언덕 위에 수원이 있어 거주에 편리하고 유익한 곳이었다. 또한 멋진 정원들, 어느 방면에서도 마음대로 접근할 수 없게 하는 고지들과 언덕들, 고혹적이고도 편리한 센 강 등 모든 것을 갖추었으면서도 자체적으로 방어가 가능한 도시였다. 그런데도 왕은 베르사유 때문에 그곳을 버렸던 것이다. 모든 장소 중에서 가장 음산하고 척박한 곳인 베르사유에는 전망도 나무도 물도 흙도 없었다. 왜냐하면 땅은 전부 유사流砂나 늪지로 뒤덮여 있었고 그렇기 때문에 공기도 좋을 수가 없었다.

왕은 자연을 지배하고 인간의 기술과 재물의 힘으로 굴복시키기를 즐겼다. 그는 전체적인 계획 없이 베르사유에 해마다 계속해서 건물을 지었다. 그래서 아름다움과 추함, 거대함과 옹색함이 함께 뒤섞여 있었다. 왕과 왕비의 처소는 극도로 불편했다. 부속실들과 그 뒤에 있는 모든 방들 때문에 가장 어두컴컴하고 답답하며 악취가 풍겼다.

정원들은 놀랄 만큼 화려했지만 그 경박한 용도가 혐오감을 자아냈을 뿐만 아니라 취향도 형편없었다. 정원에서는 거대한 열대 수목지역에 가야만 시원한 그늘이 나왔는데 그 끝에 가면 올라가고 내려갈 곳 외에는 아무것도 없었다. 언덕은 아주 짧았고 정원은 거기가 끝이었다. 정원의 돌 조각은 발을 화끈거리게 했다. 하지만 돌 조각이 없는 곳의 경우에는 여기 서는 모래 속에, 저기서는 시꺼먼 진흙 속에 푹푹 빠졌다. 도 처에서 자연에 가해졌던 횡포가 탄력이 붙어 더 강한 횡포를 부렸고 본의 아니게 사람을 불쾌하게 만들었다. 모든 곳에서 강제로 끌어온 엄청난 양의 물로 정원은 초록색으로 덮이고 무성해졌으며 질척거렸다. 그런 물은 건강에 해로운 지독한 습기와 그보다 더 심한 냄새를 내뿜었다. 아무튼 그 결과물들 은 아직은 신경써야 할 것이 많았음에도 불구하고 비할 바 없 이 훌륭했다. 하지만 사람들이 그 모든 것에 감탄하면서도 도 망가는 결과를 초래했다.

한편 궁전을 보면 본채 건물은 협소해서 숨이 막힐 지경이 었고 거대한 익랑건물들은 발 디딜 틈도 없이 꽉 차버렸다. 정 원으로 말할 것 같으면 사람들은 완벽한 조화의 미를 즐겼다. 하지만 궁전은 불타버린 것처럼 보였다. 꼭대기 층과 지붕이 아직 완성되지 않았기 때문이다. 부속성당은 궁전을 무겁게 짓눌렀다. 망사르가 왕을 부추겨 한 층 전체를 높이도록 했기 때문에 부속성당은 어디에서 보건 거대한 지하 납골당 같은 음산한 형상이었던 것이다. 솜씨는 모든 면에서 정교했지만 배치가 형편없었다. 그곳에서는 모든 것이 특별석 위주였다. 왜냐하면 왕이 거의 아래로 내려가지 않았고 양쪽으로 각각나 있는 좁은 통로를 통해 양옆에 있는 특별석들에 다가갈 수 없었기 때문이다. 그렇게 거대하고 엄청난 비용을 들인 성이 지닌 끔찍한 결함들을 열거하자면 한이 없고 그 부속건물들의 경우에는 그 정도가 한층 더 심했다.

온실, 채소밭, 개 사육장, 비슷한 모양의 대마사馬舍, 소마사, 놀랄 만큼 화려한 부속건물 등이 있었다. 반면 도시 전체에는 초라한 선술집과 풍차밖에 없었다. 루이 13세가 더 이상 지푸라기 위에서 자지 않기 위해 건축한 일명 '카드로 지은 성'은 궁전의 안뜰이 된 '대리석 안뜰' 주변의 낮고 협소한 규모에 불과했으며, 본래 두 동의 짧고 작은 익랑건물들만 있었다. 아버지는 그 건물들을 수없이 보았고 또 거기에서 잠을 잔 적도 많았다. 그런데 막대한 비용을 들인 악취미의 걸작품인 루이 14세의 베르사유는 연못들과 죽은 숲들을 완전히 바꾸느라 상상할 수 없을 만큼의 엄청난 금을 삼켜버리고도 아직도 완성되지 않았다. (439~441쪽)

사치가 미덕

무질서하고 황량한 자연에서 거대한 새로운 세계의 윤곽이 드러나기 시작할 즈음부터 루이 14세는 베르사유에서 축제를 즐겼다. 파리에 비하면 유배지나 다름없던 베르사유는 그때부터 화려한 축제의 장으로 바뀌었다. 1664년 5월 7~12일 베르사유 정원에서 개최된 〈마법에 걸린 섬의 향연〉은 무도, 제비뽑기, 가면무도회 등의 프로그램으로 짜인 화려하고 풍성한 궁정축제였다. 루이 14세는 축제의 절정기에 공연된 무도극에서 모험을 즐기는 기사로 직접 등장했다. 그는 이렇듯 축제를 열고 자신이 무대의 주인공이 되곤 했다. 축제를 위해 엄청난 비용이 들었으나 그에게는 문제시되지 않았다. 그는 사치를 곧 미덕, 다시 말해 자신을 돋보이게 할 수 있는 기회로 여겼던 것이다. 축제만이 아니라 궁정생활 전체가 사치와 낭비의 연속이었다.

왕이 축제와 우아한 매너로 사람들을 불러모으고 또 항상 주시받고 싶어 한다는 것을 사람들이 느끼기 시작한 것은 바로 그곳에서였다. (424쪽)

(…)

왕은 매사에 화려함과 성대함, 풍성함을 좋아했다. 왕은 그런 취향을 정치적 좌우명으로 발전시켜 궁정의 매사에 적용시켰다. 음식, 의복, 사냥장비, 건축물, 도박 등에서 화려하게 치장하는 것이야말로 왕의 마음을 흡족하게 했다. 왕이 사람들에게 말을 거는 것은 바로 그럴 때였다. (437쪽)

(…)

여행할 때 마차 안에는 늘 고기류와 과자류, 과일 등 온갖 종류의 먹을 것이 가득했다. 4분의 1리외를 지나기도 전에 왕은 사람들에게 먹고 싶은 게 없냐고 물었다. 정작 왕 자신은 식사 중간에 아무것도 입에 대지 않았고 심지어 과일도 먹지 않았다. 하지만 그는 다른 사람이 먹는 것, 특히 배가 터지도록 먹는 것을 보기를 즐겼다. 그러니 사람들은 배가 고파야 했고 흥겨워해야 했으며, 그리고 왕성한 식욕으로 기꺼이 음식을 먹어야 했다. 그렇지 않으면 왕은 탐탁지 않아 하고 심지어 못마땅함을 드러냈다. 그녀들은 귀여운 행동을 하고 우아한 태도를 취하며 아름다운 표정을 지어야 했다. 그러면서도 같은 날 왕의 식탁에서 다른 사람들과 함께 저녁식사를 하는 귀부인들이나 옹주들은 애써서 낮에 아무것도 먹지 않은 것 같은 태도를 취해야 했다. (502쪽)

(…)

사냥장비와 다른 모든 장비의 엄청난 숫자와 화려함에서도 왕은 아무도 따라올 수 없을 정도였다. 그의 건축물의 경우 과연 누가 그 수를 셀 수 있겠는가? 그와 마찬가지로, 건축물에서 드러나는 자만심과 변덕, 그리고 악취미를 개탄할 사람이 누구인가? 그는 생제르맹을 내팽개쳤다. 파리에는 아무런 장식도 편의시설도 없었다. 유일하게 퐁루아얄이 건축되었지만 그것도 필요에 의해서였다. 그러니 비할 바 없이 넓은 규모에도 불구하고 파리는 유럽 모든 지역의 수많은 도시들보다 훨씬 뒤떨어졌다. (438쪽)

생시몽은 루이 14세가 앞장서서 사치와 낭비를 일삼은 이유 역시 정치적 의도로 해석한다. 루이 14세가 토지 수입에 의존하던 귀족들의 사치를 부추겨 그들을 경제적 파탄으로 몰고 갔다는 것이다. 하지만 그것은 지나친 결과론적인 해석이 아닐까? 아무튼 사치에 중독된 귀족들이 점차 부의 분배자인 왕에게 의존하게 된 것만큼은 분명하다. 그러나 사치의 독성은 귀족을 몰락시키는 데 그치지 않고 프랑스 전체를 삼켜버리고 말았다.

왕의 속셈은 그런 식으로 모든 사람들이 사치를 영광으로 여기고 일부는 필수적인 것으로 여기며 가진 것 전부를 탕진할 지경에 이르게 된 뒤, 서서히 생계유지를 위해 모두가 자신의 호의에 전적으로 의지하도록 만들려는 데에 있었다. 나아가 왕은 모든 면에서 최고인 궁정을 통해, 그리고 출생의 구별을 점점 더 소멸시키는 엄청난 혼란을 통해 자신의 자만심을 충족시켰다.

한 번 시작된 사치는 점차 모든 개개인들에게 파고들어 그들을 괴롭히는 암적 존재처럼 화근덩어리가 되었다. 이렇게 해서 사치는 빠른 속도로 궁정에서 파리로, 지방과 군대로 번져나갔기 때문이다. 모든 개개인들을 갉아먹는 그런 불행이 시작된 뒤 어떤 곳에서는 사람들에 대한 평가가 오직 음식과 화려함에 따라서만 좌우되었다. 그럼으로써 사람들은 비용을 충당하기 위해 어쩔 수 없이 도둑질을 하고 대부분의 경우 낭비하지 않을 수 없는 처지에 빠지게 되었다. 또한 신분의 혼란과 자만심, 심지어 어리석은 고위층 때문에 나날이 강도가 심해진 예의범절이 유지되면서 그 후유증은 이루 말할 수 없었고 마침내 모든 것이 파괴되고 와해되는 지경에 이르렀던 것이다. (437~438쪽)

특혜의 분배

베르사유의 창조는 정원 조성과 궁전 건축에 그치지 않았다.
1682년 루이 14세는 궁정과 정부 전체를 이끌고 베르사유로
이주했다. 무엇보다 그들을 수용할 거처를 확보하는 것이 급
선무였다. 1682년부터 1684년까지 2년 동안 대신들의 건물
이 들어서고 1685년에는 궁정귀족들을 거처를 위한 건물이
완성되었지만 역부족이었다. 베르사유에 거처를 마련하는
것은 오직 루이 14세의 의지에 달렸다. 그는 거처의 분배를
통해 궁정귀족들을 길들였다. 곧 이어 건설된 별궁인 마를리
와 트리아농에서도 똑같은 수법이 반복되었다.

특혜의 분배는 거처뿐 아니라 의복, 옷차림, 그릇, 음식
등 궁정인들 삶의 모든 영역에 적용되었다. 모든 특혜는 불
평등하게 부여되었다. 차별은 경쟁을 부추기고 경쟁은 복종
을 심화시켰다. 5,000명의 인원이 거주하던 대규모 궁정사
회를 지배한 루이 14세의 비결은 바로 차별과 경쟁을 통한 복
종의 정치학에 있었던 것이다. 불평등의 영역을 창조해 내는
데 루이 14세는 천재적인 감각을 지녔다.

빈번한 축제와 베르사유에서의 사적인 산책 및 여행을 위해 왕은 매번 참석자를 지목했다. 그것은 사람들을 특별대우하거나 모욕하기 위해, 그리고 그들로 하여금 왕을 기쁘게 하기 위해 열심히 노력하도록 만들기 위한 수단이었다. 왕은 그런 효과를 유지하기 위해 베풀 만한 특혜가 턱없이 부족하다는 사실을 깨달았다. 따라서 왕은 실질적인 특혜 대신 허영심, 이를테면 질투심을 이용해서 매일 벌어지는 자질구레한 편애의 방법을 동원했다. 말하자면 매 순간이 그의 수완에 달렸던 것이다. 그런 식의 자질구레한 편애와 구별짓기는 사람들의 기대를 불러일으켰다. 그의 용의주도함은 용케 성공했다. 그런 종류의 일들을 그보다 더 기발하고 줄기차게 고안해 낸 사람은 없었다.

그런 다음에는 마를리가 더 원대한 용도로 사용되었다. 트리아농은 사실상 누구나 그에게 문안인사를 하러 갈 수 있는 곳이었다. 그러나 그곳에서는 귀부인들만이 그와 함께 식사하는 영광을 누렸으며 식사 때마다 매번 귀부인들이 선택되었다. 왕은 매일 밤 각별히 아끼는 궁정인들 중 하나에게 침대 앞에서 휴대용 촛대를 들고 있도록 했다. 왕은 늘 저녁기도를 끝낸 다음에 그 자리에 있는 지체 높은 궁정사람들 중에서 한 사람을 큰 소리로 지명했던 것이다.

쥐스토코르 칙허장justaucorps à brevet은 또 다른 발명품들 중 하나였다. 붉은색 안감을 댄 푸른색 조끼 모양의 쥐스토코르는 소맷부리 장식이 있었으며 붉은색 저고리와 함께 착용했고 그런 예복 특유의 화려한 문양이 금실과 약간의 은실로 수놓아졌다. 왕과 왕실가족, 그리고 방계왕족을 포함한 일정한 수의 사람들만이 그 옷을 가졌다. 하지만 여분이 생기면 궁정신하들에게도 그 옷이 부여되었다. 본래 신분이 탁월하거나 왕의 총애를 받는 지체 높은 사람들은 왕에게 그 옷을 달라고 요청했다. 그 옷을 얻어내는 것 자체가 일종의 특혜로 여겨졌다.

(…)

루이 14세보다 더 많은 특혜를 베푼 사람은 없었으며 선행의 대가를 그렇게 많이 올려준 사람도 없었다. 말과 미소, 심지어 눈짓에 그보다 더 능한 사람은 없었다. 왕은 선별과 위엄을 통해 매사를 귀하게 만들었으며 말을 아끼고 간결하게 함으로써 더욱 그렇게 만들었다. 왕이 누군가에게 말을 붙이며 질문하거나 대수롭지 않은 일에 관해 이야기하면 참석자들 모두가 그를 주시했다. 그것은 항상 일종의 관심을 표하는 특별대우로 사람들 사이에 화제가 되었다. 사람들의 비중에 따라 왕은 주목, 특전, 편애를 베풀었다.

(…)

왕이 나이를 먹게 되자 축제의 성격이 변하고 그 횟수가 줄어

들면서 그런 종류의 다양한 술책들이 꼬리를 물고 이어졌다. 왕은 궁정을 늘 사람들로 가득 채우기 위해 세심한 관심을 표했다. 그 이야기를 하자면 끝이 없을 것이다. (426~433쪽)

파놉티콘

베르사유는 곧 유럽에서 경탄의 대상이 되었다. 베르사유에서의 삶은 화려해 보였지만 그것은 겉모습일 뿐 베르사유는 권력의 감옥이었다. 궁정귀족들은 루이 14세로부터 엄청난 특혜와 특권을 부여받은 대신 결코 왕의 시선에서 벗어날 수 없었다.

다른 한편 루이 14세의 입장에서 보면 궁정사회는 적과의 동침에 다름 아니었다. 궁정귀족들은 과거 반란을 일으키고 자신을 향해 검을 겨누었던 세력들이다. 루이 14세가 지방의 우두머리인 귀족들을 궁정으로 끌어들인 것은 그들을 자신의 감시 하에 둠으로써 잠재적인 반란을 불씨를 없애려는 정치적 의도에서였다. 왕은 궁정 안의 모든 것을 모든 것을 알고 지배하기를 원했으며 귀족들의 일거수일투족을 감시했다. 베르사유 2층에 U자형 건물의 한가운데 위치한 왕의 침실은 전체가 한눈에 보이는 파놉티콘 구조의 중심에 위치했다. 왕의 침실의 위치와 구조야말로 루이 14세의 권력을 지탱해주는 도구였던 것이다.

왕은 특혜를 받는 사람들이 궁정에 꾸준히 출석하는지 아닌지에 민감한 반응을 보였다. 그러나 왕은 그보다 낮은 신분층에 대해서도 마찬가지였다. 기상의례와 취침의례, 식사시간, 처소를 지나면서, 궁정인들만이 뒤따를 수 있는 베르사유 정원에서도 왕은 늘 좌우를 살폈다. 그는 모든 사람을 주시하고 확인했다. 어느 누구도, 심지어 눈에 띄는 것 자체를 기대하지 않았던 사람들조차도 그의 눈을 피하지 못했다. 왕은 궁정에 늘 출석하던 사람들과 자주 궁정에 왔던 방문객들의 부재를 정확하게 알아차렸으며 평범한 이유건 특별한 이유건 부재의 원인들을 짐작하려고 애썼다. 그리고는 가볍게나마 그에 상응하는 태도를 보이는 기회를 놓치지 않았다. 그러나 눈으로 감시하는 데에는 한계가 있었다. 그럼에도 왕은 "각 가정과 사교모임에서 일어난 일, 그리고 가족과 남녀관계의 비밀들"을 포함해서 모든 것을 알기를 원했다.

특정한 사람들과 특혜를 누리는 모든 사람들은 누구건 궁정에 상주하지 않는 것이 큰 허물이었고 그렇지 않은 사람들의 경우에는 궁정에 자주 오지 않는 것이 큰 허물이었다. 궁정에 한 번도 온 적이 없거나 언젠가 한 번 들른 사람은 불운을 겪을 게 확실했다. 그런 사람들에게 무슨 일이 생기면 왕은 거만하게 "나는 모르는 사람이오"라고 대답했다. 드물게 나타나는 사람들에 대해서는 "한 번도 본 적이 없는 사람이오"라고 말했다. 그런 판단들은 결코 번복되지 않았다. 퐁텐블로에 가지 않는 것 역시 죄가 되었다. 왕은 그곳을 베르사유와 마찬가지로 여겼기 때문이다. 또한 어떤 사람들의 경우에는 항상, 다른 사람들의 경우에는 이따금 마를리에 가기를 요청하지 않는 것도 죄였다. 비록 왕이 어떤 사람들의 경우에는 늘 그곳에 데려가고 싶어 하지 않았고 또 다른 사람들의 경우에는 종종 데려가려는 마음조차 없었을지라도 말이다. 그러나 언제나 마를리에 갈 수 있는 지위에 있는 사람의 경우 마를리에 가는 것을 면제받으려면 충분히 그럴 만한 사유를 대야만 했다. 특히 왕은 파리를 좋아하는 사람들을 도저히 용서할 수 없었다. 자신들의 영지를 좋아하는 사람들에 대해 왕은 상당히 인내심을 발휘했는데, 그 경우에도 약간 길게 영지에 머물려면 신중을 기하거나 사전에 왕에게 양해를 구해야 했다. (427~428쪽)

이렇듯 루이 14세는 궁정사회를 통제하기 위해 시선과 말의 이중 장치에 의존했다. 그의 기억력은 비상했고 시선은 날카로웠다. 그밖에도 그는 다양한 부류의 사람들과 온갖 수단을 동원해서 궁정안팎을 염탐했다. 1667년 치안총감직을 신설한 것도 그러한 맥락에서였다. 훗날 거대한 조직으로 발전한 경찰의 효시인 치안총감은 당시로서는 파리의 골목 구석구석을 순찰하며 긁어모은 정보를 왕에게 전달하는 염탐꾼 수준에 불과했다.

루이 14세는 공공장소나 각 가정, 사교모임, 가족과 남녀관계의 비밀 등 도처에서 벌어지는 일들에 관한 정보를 입수하기 위해 아주 세심한 노력을 기울였다. 첩자들과 밀고자들이 헤아릴 수 없을 만큼 많았다. 그중에는 온갖 종류의 사람들이 다 있었다. 많은 사람들이 자신들의 밀고가 왕에게까지 닿는 줄 모르는가 하면 어떤 사람들은 그 사실을 알았다. 일부는 직접 글로 써서 왕이 지시한 경로를 통해 편지로 보고했다. 왕은 오직 혼자서만, 그리고 항상 다른 어떤 것들보다 먼저 그 편지들을 읽었다. 마지막으로 종종 뒷계단을 통해 왕의 집무실에 들어와 이따금 비밀리에 왕에게 보고를 하는 사람들도 있었다. 그런 비밀스런 방식이야말로 각계각층의 무수한 사람들에게 치명적인 해를 끼쳤다. 아주 부당하게도 사람들은 대부분 그 이유를 알아내지 못했다. 게다가 왕은 일단 선입관을 갖게 되면 전혀 마음을 돌리지 않거나 아니면 아주 드물게 마음을 돌렸기 때문에 모든 게 그것으로 끝장이었다.

왕은 또 다른 결점을 지녔는데 그것은 다른 사람에게는 상당히 위험한 것이었다. 그로 인해 유능한 신하를 잃어버렸으니 그 결점은 종종 왕 자신에게도 해로웠던 셈이다. 그것은 바로 왕의 기억력이 비상하다는 점이다. 왕은 한 번 본 적이 있는 평범한 사람을 20년이 지난 후에도 정확하게 알아보고 한 번 알았던 일을 조금도 혼동하지 않았다. 그렇다고 해서 매일 알게 된 무수한 일들을 왕이 전부 정확하게 기억할 수는 없었다. 만약 왕이 그런 식으로 누군가에 대해 잊어버렸던 일이 다시 떠오르게 되면 왕의 뇌리에는 자신을 거역한 일만 강하게 남아 있었다. 왕은 그런 일로도 충분히 그를 내쳤다. 관련된 일이나 사람의 유형에 따라 대신과 장군, 심지어 고해신부가 아무리 충고해도 왕의 마음은 전혀 바뀌지 않았다. 그러면서 왕은 더 이상 생각나는 것이 없지만 전혀 생각나지 않는 가운데에서도 한 가지는 확실하다고 대답했다.

치안총감lieutenant général de police이 감독기관의 힘을 빌려 위험하기 짝이 없는 임무를 수행한 것도 왕의 호기심 때문이었다. 그의 임무는 그 이후 꾸준히 늘어갔다. 치안총감 밑의 관리들은 더욱 두려운 존재가 되었으며 더욱 신중해졌다. 또한 그들은 대신들과 마찬가지로 중요하게 여겨졌으며 대신들조차 그렇게 생각할 정도였다. 프랑스에서는 아무도 그들을 통제할 생각도 또 실제로 그런 일을 한 사람도 없었다. 방계왕족도 거기에서 예외가 아니었다. 그들을 통해 전달되는 심각한 보고사항 외에도 왕은 그들로부터 파리에서 벌어지는 온갖 연애사건과 어리석은 일들을 보고받기를 즐겼다. 파리와 궁정은 궁내부비서 퐁샤르트랭의 관할부서에 속했는데 그는 그런 파렴치한 수단으로 왕에게 아부했다. (428~430쪽)

루이 14세는 감시와 염탐을 위해 모든 수단을 동원했다. 그중 하나가 편지 뜯어보기였다. 편지는 지극히 사적인 소통 수단이었으나 이렇듯 정치, 사회적 목적을 위해 중간에서 가로치기 당했다. 왕은 종종 필요할 경우 사용하기 위해 담당 부서원들로 하여금 베껴 쓰도록 했다. 때로 편지는 비밀스런 염탐의 수준에 머물지 않았다. 아예 편지를 중간에서 없애버리거나 필체를 위조한 편지가 정치적 협박용으로 사용되기도 했다. 당시에 서신왕래는 결코 믿을 만한 소통 수단이 아니었으며 비밀도 존재하지 않았던 것이다.

하지만 모든 방법 중 가장 잔인한 것은 편지를 훔쳐보는 수법이었다. 왕은 아무도 눈치채기 전에 이미 다년간 그 방법으로 정보를 입수했다. 수많은 사람들의 무지와 경솔함 덕분에 왕은 그 수법으로 계속 정보를 얻었다. 그것은 우편업무를 하청받았던 파조 가les Pajot 사람들과 루예 가les Rouillé 사람들에게 상당한 영향력을 부여했다. 사람들은 오랫동안 분명치 않은 이유 때문에 그들의 하청권을 박탈하지도 우편수입을 늘리지도 못했다. 따라서 두 집안사람들은 공중과 왕을 희생시키고 모두 엄청난 부자가 되었다.

사람들은 그 작업의 신속함과 능수능란함을 상상도 못할 것이다. 왕은 모든 편지들에서 발췌된 내용을 읽었다. 그것은 우편물 담당자들에 이어 그 업무를 담당한 대신이 왕에게 전달해야 한다고 판단한 사항들이 그 편지들 속에 담겨 있는 경우였다. 편지의 성격상 또는 편지를 교환한 당사자들을 고려해서 그럴 필요가 있을 경우 왕은 편지 전체를 다 읽었다. 그런 식으로 우편업무를 담당한 핵심 책임자들과 실무자들은 원하는 대로, 그리고 원하는 사람의 편지를 날조할 수 있었다. 실패하는 법이 없었기 때문에 음모를 꾸미거나 추적할 필요도 없었다. 왕이나 정부에 관한 경멸의 단어나 야유, 기만적이고 초연한 척하는 문구 하나면 아무 근거도 조사도 없이 모든 게 끝장이 났다. 그런 수단이 줄곧 그들의 수중에 있었던 것이다. 실제건 거짓이건 온갖 부류의 사람들이 그로 인해 얼마나 많이 피해를 입었는지 상상할 수도 없다. 비밀은 전혀 새나가지 않았다. 왕에게 무거운 침묵과 은폐보다 덜 부담스러운 것은 없었다. (430~431쪽)

5장

루이 14세의
일상생활

기상의례와 미사 참석

감시와 염탐보다 더 궁정인들을 옭아맨 것은 매일매일 엄격한 원칙과 순서에 따라 똑같이 반복되는 궁정의례였다. 루이 14세는 중세 이래 수세기 동안 마구잡이식으로 변화해온 궁정의례를 일상생활의 틀에서 위엄 있게 정형화시키고 그 자신이 몸소 실천했다. 실제로 그의 일과는 아침 8시의 기상의례부터 밤 10시의 취침의례까지 잠시도 쉴 새 없이 이어졌다. 그는 빡빡하고 규칙적인 일과를 한 치의 오차도 없이 완벽하게 수행했다. 이 점에서 그는 천부적인 자질을 지닌 듯하다.

궁정인들은 이처럼 궁정의례에 따라 움직이는 왕의 일거수일투족을 바라보고 동참했다. 이렇게 해서 궁정 전체가 왕의 리듬에 맞추어 움직였다. 그것은 단순한 반복이 아니라 매순간 사적 존재인 왕이 지닌 공적 권위가 확인되고 가시화되는 순간이었으며 왕을 알현할 수 있는 기회이기도 했다.

이제 20년 이상 궁정에서 거주하며 관찰한 생시몽의 시선을 따라 왕의 일과를 쫓아가 보자.

8시에 당번인 수석 침전시종이 왕을 깨웠다. 그는 왕의 침실에서 잠을 자고 옷을 입는 유일한 사람이었다. 수석 시의와 수석 외과의, 유모가 생존해 있는 동안에는 유모가 동시에 들어왔다. 그녀는 왕에게 입맞춤하고 다른 사람들은 왕의 몸을 마사지해주며 자주 속옷을 갈아입혔다. 왕이 땀을 많이 흘리는 편이었기 때문이다.

15분에 시랑감이나 만일 그가 없으면 그해의 수석 침전시랑과 더불어 첫 번째 친견권을 지닌 사람들이 들어왔다. 그들 중 하나가 닫혀 있던 커튼을 젖히고 침대 머리맡에 있는 성수반의 성수를 내밀었다. 그들은 잠시 그곳에 머물렀다. 바로 그때 누군가 왕에게 할 말이 있거나 요청할 일이 있는 사람이 왕에게 말을 건네고 다른 사람들은 멀찌감치 떨어져 있었다. 평소처럼 아무도 할 말이 없으면 모두 그곳에 잠시 지체했을 뿐이다. 커튼을 젖히고 성수반의 성수를 제시한 사람은 성령기사단의 기도책을 내밀었다.

그러고 나서 모두 참사회의실로 갔다. 짧게 기도를 마친 뒤 왕이 부르면 사람들이 다시 들어왔다. 아까와 똑같은 사람이 왕에게 실내복을 내밀고 그러는 동안 두 번째 친견권을 지닌 사람들과 용변 칙허장[1]을 지닌 사람들이 들어왔다. 잠시 후

---

1 용변 칙허장(*brevet d'affaire*) : 다른 사람들이 물러나고 왕이 변기 위에 있을 때 왕의 침실에 들어갈 수 있는 허가증.

침전시종들이 들어왔다. 곧바로 친견권을 지닌 다른 사람들이 들어왔으며 그리고 나서 모두가 왕이 양말과 신발을 신는 것을 지켜보았다. 왜냐하면 왕은 거의 혼자서 아주 능숙하고 맵시 있게 다 했기 때문이다.

사람들은 이틀에 한 번씩 왕이 면도하는 것을 보았다. 왕은 짧은 가발을 착용했다. 침대에 있을 때거나 치료를 받을 때거나 그는 한 번도 가발 없이 사람들 앞에 나타난 적이 없었다. 왕은 사냥에 관한 이야기를 자주 했으며 이따금 누군가에게 몇 마디 하기도 했다. 왕 가까이에는 화장대가 전혀 없었고 다만 누군가 왕에게 거울을 가져다주었다.

옷을 입자마자 왕은 침대 옆 실터에 놓인 기도대로 갔다. 그곳에서 모든 성직자들은 무릎을 꿇었다. 추기경들은 바닥 깔개도 없었다. 성직자가 아닌 사람들은 모두 서 있었다. 기도하는 동안 근위대 중대장은 난간기둥에 서 있었다. 그러고 나서 왕은 집무실로 갔다.

그곳에서 왕은 집무실 출입권을 지닌 사람들을 만나거나 아니면 왕의 뒤를 따라 그들이 들어오기도 했다. 직무상 집무실 출입권을 부여받은 사람들이 늘어나면서 그 범위는 매우 확대되었다. 왕은 각자에게 그날의 명령을 내렸다. 이렇게 해서 약 7~8분 만에 모두가 왕의 일을 파악했다. 그러자 모두 밖으로 나갔다.

서자들과 그들의 사부인 몽슈브뢰유 후작과 도 후작, 조경사 망사르만이 남았고 망사르의 사후에는 조영총감 당탱이 남았다. 그들은 침실을 통해서 들어오지 않고 뒷문을 통해 들어왔다. 그 밖에 내실시종들도 남았다. 그 시간은 서로에게 유익한 시간이었으며 정원과 건축물에 관한 계획이 논의되었다. 왕의 관심 여부에 따라 다소 시간이 걸렸다.

그동안 모든 궁정사람들은 거울의 방에서 대기했다. 왕의 침실 안에는 근위대 중대장만이 혼자서 집무실 문 앞에 앉아 있었다. 누군가 왕이 미사 보러 간다고 알려주면 그는 그제야 집무실 안으로 들어갔다. 마를리에서 궁정인들은 응접실에서 대기했고 트리아농에서는 뫼동에서처럼 정면 쪽의 방들에서 기다렸다. 퐁텐블로에서는 침실과 대기실에 머물렀다.

그 사이 시간은 알현시간이었다. 알현은 왕이 허락했거나 아니면 왕이 누군가에게 할 말이 있을 때 이루어졌다. 또한 왕은 토르시가 참석한 가운데 외국사신들에게 '비밀 알현'을 베풀었다. 그것이 비밀 알현이라고 불린 이유는 기도 후 침대 옆 실터에서 아무 의식절차 없이 이루어지던 이른바 '사적 알현'이라고 불리던 것과 구분하기 위해서였다. 물론 침대 옆 실터에서 외국사절들에게 의식절차가 수반된 알현이 베풀어지기도 했다.

왕이 미사 보러 가면 성가대는 늘 합창성가를 불렀다. 대축일이나 특별한 의식이 거행되는 경우를 제외하고는 왕은 부속성당 아래층으로 내려가지 않았다. 왕이 미사를 보기 위해 가는 길과 돌아오는 길에 원하는 사람들은 왕에게 말을 걸었다. 만약 친견권을 부여받지 않았다면 먼저 근위대 중대장에게 통보했다. 왕은 집무실 문을 통해 거울의 방으로 들어가고 나갔다.

미사 동안 통보받은 대신들은 왕의 침실에 모여 있었다. 친견권을 부여받은 사람들은 그곳에서 대신들에게 말을 걸거나 한담을 나누러 들어갈 수 있었다. 미사에서 돌아온 뒤 왕은 잠시 휴식을 취하고 나서 거의 곧바로 참사회를 소집했다. 오전 시간은 이렇게 해서 지나갔다. (553~555쪽)

참사회 참석

루이 14세는 1661년 친정을 시작한 이후 수석 대신을 두지 않았다. 루이 13세 시대의 리슐리외와 루이 14세의 미성년기의 마자랭과 같은 수석 대신은 참사회를 주도하며 국정 전반을 파악하고 국가정책을 주도했다. 마자랭의 사망 후 루이 14세는 공석이 된 수석 대신직을 비워두고 자신이 직접 참사회를 주재했다. 적어도 외형상으로는 모든 것이 왕으로부터 비롯되고 왕에게 도달하게 된 것이다.

수석 대신을 두지 않은 점을 제외하면 루이 14세의 정부는 적어도 외형상으로는 루이 13세 시대의 참사회와 대신체제의 기본 골격을 그대로 유지했다. 그러나 참사회의 구성에서는 확연히 달라졌다. 무엇보다도 루이 14세는 군사와 외교문제 등 국가의 중대사를 논의하는 국무참사회에서 방계왕족과 고위성직자들을 몰아냈다. 루이 14세 시대에 참사회의 규모는 대폭 축소되어 국무대신과 관련 부서의 실무자들로 많아야 7명 정도였다. 이런 면에서 루이 14세의 정부는 외형상 참사회체제를 유지했지만 사실상 소수의 대신들에게 의존한 대신체제였음을 알 수 있다.

국무참사회는 일요일에 열렸는데 종종 월요일에 열리기도 했다. 화요일에는 재정참사회, 수요일에는 국무참사회, 토요일에는 재정참사회가 열렸다. 왕이 하루에 두 참사회를 여는 경우는 드물었다. 목요일과 금요일에는 참사회 소집을 자제했다. 한 달에 한두 번 월요일 아침에 공문서참사회가 열렸다. 하지만 국무비서들은 매일 아침 왕의 기상과 미사시간 사이에 명령서 작성문제를 처리함으로써 그런 종류의 일을 상당히 단축시키고 줄여주었다.

모든 대신들은 서열에 따라 앉았다. 공문서참사회에서만
은 예외였다. 그곳에서는 모두 길게 늘어서서 일했다. 하지
만 왕족들은 그곳에서 예외적인 대접을 받았으며 대상서와
보빌리에 공작도 마찬가지였다. 특별한 문제가 생기거나 국
무참사국에서 제기된 문제일 경우, 아주 드물게 그 국무참사
들이 그 문제와 관련된 재정참사회나 공문서참사회에 참석하
기도 했다. 하지만 그 경우 단지 그 문제만이 다루어졌다. 국
무참사들은 모두가 앉아 있는 자리에 들어와 국무비서들과
재무총감 사이에 연장자순으로 앉았다. 그러면 청원심사관
중 하나가 서서 보고했다. 청원심사관과 참사들은 모두 법복
을 입었다.

목요일 아침시간은 대부분 비어 있었다. 그 시간은 왕이 원
하는 사람을 접견하는 시간이었다. 접견은 흔히 아무도 모르
게 은밀히 이루어지는 경우가 많았다. 그날은 서자들과 건축
관계자들, 내실시종들에게 중요한 날이기도 했다. 왜냐하면
왕은 달리 할 일이 없었기 때문이다.

금요일 미사 후의 시간은 고해신부의 시간이었다. 그 시간
은 점심식사 때까지 계속되기도 했다. 퐁텐블로에서는 참사
회가 아침마다 열리지 않았기 때문에 왕은 미사 후 보통 맹트
농 부인의 처소로 갔다. 트리아농과 마를리에서도 그녀가 아

침부터 생시르에 가지 않는 날이면 왕은 그녀를 찾아갔다. 그
시간에 두 사람은 대신을 포함해 그 누구의 방해도 받지 않고
둘이서만 지냈는데 퐁텐블로에서 왕은 점심때까지 계속 그렇
게 시간을 보냈다.

참사회가 없는 날에는 종종 사냥이나 산책을 위해 점심식
사 시간이 앞당겨졌다. 점심시간은 보통 1시였다. 참사회가
끝나지 않고 계속 되어도 사람들은 그냥 기다렸을 뿐 왕에게
기별하지 않았다. 재정참사회 후 데마레는 혼자 남아 왕과 함
께 일했다. (555~556쪽)

까다로운 식사예절

식사시간 역시 까다로운 궁정예절에 따라 진행되었다. 우선
왕의 아침식사는 왕과 식사하는 특혜를 부여 받은 소수의 사
람들과 함께 이루어졌다. 식탁에서는 왕만이 안락의자에 앉
고 나머지는 서열에 따라 왕족, 방계왕족, 공작, 군 원수의
순으로 등받이의자에 앉았다. 각자가 사용하는 식기도 서열
에 따라 달랐다.

왕이 식사하는 동안에는 궁정시종 중 최고위직인 시랑감
이 시중을 들었다. 루이 14세는 방계왕족인 대 콩데를 시랑

감에 임명했으나 그는 주로 자신의 영지에 있는 샹티 성에 머물렀기에 그 임무는 주로 수석 침전시랑이 대신했다. 그러나 실제로 왕의 시중을 든 사람은 고위 귀족인 수석 침전시랑보다는 수석 침전시종이었다.

이침과 저녁에 왕은 그런 명예를 누릴 만한 귀족들과 함께 식사했다. 그럴 자격을 갖춘 사람은 당번 중인 수석 침전시랑을 통해 왕에게 요청하고 답변을 받았다. 답변이 호의적이라면 바로 다음 날부터 그는 왕의 식사시간에 나타나고 왕은 그에게 "앉으시지요"라고 말했다. 일단 시작되면 그는 계속 그곳에서 아주 조심스럽게 식사하는 명예를 누렸다.

(…)

수석 침전시랑은 단지 침실 안에서 시중을 들 뿐 식사시중을 들지는 못했다. 식사시중은 전적으로 시랑감의 몫이었으며 그는 침전시중을 들지 못했다. 수석 침전시랑은 단지 시랑감의 부재시에만 왕의 식사시중을 들 수 있었다. 하지만 수석 침전시랑이 없는데다 다른 침전시랑도 없으면 침전시중은 시랑감이 아니라 수석 침전시종premeir valet de chambre의 몫이었다.

(…)

왕에게서 가까운 자리 역시 우선 작위귀족 몫이었으며 등급에 따라 달랐다. 만약 그 자리가 빈자리로 남아 있으면 사람들이 몰려들었다. 군대의 경우 원수들은 공작들보다 우선권을 지니지 못했다. 공작들과 외국 대귀족들 혹은 그에 준하는 서열을 지닌 자들은 거리낌 없이 온 순서대로 나란히 자리를 잡았다. 하지만 공작이나 대귀족, 혹은 원수가 아직도 왕과 함께 식사하지 못한 불상사가 생겼다면 마땅히 수석 침전시랑에게 신청해야 했다. 독자도 짐작하듯이 그런 경우는 전혀 어렵지 않았다. 그 점에서는 오직 방계왕족들만이 예외였다. 안락의자에 앉은 사람은 오직 왕뿐이었다. 식탁에 앉은 모든 사람들, 심지어 왕세자조차도 검은색 모로코 가죽제품의 등받이 의자에 앉았다. 운반하기 쉽게 접힐 수 있도록 만들어진 그 의자는 페로케peroquet라고 불렸다.

(…)

식사시간에 모든 사람들은 모자를 썼다. 머리에 모자를 쓰지 않은 사람은 그 자리에서 존경심이 부족하다는 경고를 들었을 것이다. 왕세자도 마찬가지였다. 오직 왕만이 모자를 쓰지 않았다. 왕이 말을 걸거나 왕에게 말을 하려고 할 때만 모자를 벗었다. 식사가 시작된 다음 인사하러 온 사람들 중 식탁에 앉을 자격이 있는 귀족에게는 모자에 손을 대는 정도에 그쳤다. 왕세자와 대공에게 말할 때나 그들이 말을 걸 때도 모자를 벗었다. 방계왕족들이 말을 걸거나 그들에게 말할 경우에는 단지 모자에 손을 대었을 뿐이다. 이것이 바로 내가 나무르 봉쇄 당시 목격했던 장면들이며 또한 모든 궁정에서 목격한 것이기도 하다. (551~557쪽)

점심 식사시간은 오후 1시였다. 왕의 점심식사는 늘 혼자 침실에서 하는 사적 만찬(petit couvert)이었다. 친견권을 지닌 사람들은 서서 왕이 식사하는 모습을 지켜볼 수 있었다. 반면 상당히 늦은 시간에 이루어지는 저녁식사는 공적 만찬(grand couvert)이었다. 공적 만찬이란 왕실가족들과 참석권을 지닌 궁정귀족들이 참석한 가운데 공개적으로 이루어지는 식사를 뜻한다.

앞서 언급했듯이 루이 14세는 대식가였다. 그는 점심에 세 코스, 저녁에 다섯 코스의 식사를 했는데 각 코스마다 수프와 앙트레, 구운 고기 등 여섯 종류의 요리가 제공되었다.

점심에 왕은 늘 사적 만찬을 했다. 이를테면 왕은 침실 중간의 창문을 마주보고 있는 정사각형 식탁에서 혼자 식사했다.

식탁은 다소 풍성했다. 왜냐하면 아침식사를 적게 혹은 아주 적게 준비하라고 명령했기 때문이다. 하지만 아침식사 때에도 항상 음식들이 많았다. 과일을 제외하고도 세 가지 코스가 나왔다. 식탁이 준비되면 주요 궁정신하들이 들어왔다. 그러고 나서 친견권을 지닌 모든 사람들이 들어왔으며 그해의 수석 침전시랑은 왕에게 식사시간임을 알리러 갔다. 시랑감이 없으면 그가 대신 그 역할을 했던 것이다.

(…)

아주 드물기는 하지만 나는 왕세자와 그의 아들들이 왕의 사적 만찬 동안 서 있는 것을 목격했다. 왕은 한 번도 그들에게 의자를 권한 적이 없었다. 그 자리에서 방계왕족들과 추기경들이 길게 줄지어 있는 것도 보았다. 또한 대공도 자주 보았다. 그가 생클루에서 왕을 만나러 오거나 그가 유일하게 참석했던 공문서참사회를 끝내고 나온 다음이었다. 그는 왕에게 냅킨을 건네주고는 그대로 서 있었다.

(…)

아침의 공적 만찬에서부터 점심의 사적 만찬까지 왕이 말을 많이 하는 경우는 극히 드물었다. 그런 경우는 몇몇 대축일이나 아니면 이따금 퐁텐블로에서, 그리고 영국 왕비가 함께 있을 때였다. 사적 만찬에는 귀부인이 전혀 참석하지 않았다. (…) 식사가 끝나면 왕은 곧장 집무실로 다시 들어갔다. 친견권을 지닌 사람들로서는 그때가 왕에게 말할 수 있는 기회였다. 왕은 문에서 잠시 멈추어 귀를 기울인 다음 곧 들어갔다. 누구건 왕을 따라 집무실 안으로 들어가는 경우는 아주 드물었는데, 왕에게 그런 기회를 요청하지 않고는 결코 그럴 수가 없었으므로 대부분 그럴 엄두를 내지 못했다. 만약 누군가 왕을 따라 집무실 안에 들어가면 왕은 그와 문에서 가장 가까이 있는 창문틀에 섰다. 집무실 문은 금방 닫히고 그는 왕에게 말을 했다.

(…)

저녁식사 시간은 10시였다. 당번 급사장이 맹트농 부인의 대기실에서 근무 중인 근위대 중대장에게 알리러 갔다. 그는 근위병의 통보를 받고 바로 직전에 대기실에 도착했다. 그 대기실에는 오직 근위대 중대장들만이 출입할 수 있었다. 그곳은 아주 협소한데다, 왕과 맹트농 부인이 있는 침실과 관리들을 위한 또 다른 아주 좁은 대기실 사이에 있었기 때문이다. 계단 위에 위치했으며 사람들의 왕래가 잦은 그곳은 매우 중요한 공간이었다. 근위대 중대장은 침실 입구에 나타나 왕에게 식사준비가 되었다고 말하고는 곧바로 대기실로 돌아왔다.

15분 후 왕은 저녁식사를 하러 갔다. 저녁식사는 항상 공적 만찬이었다. 저녁식사에는 왕실가족이 참석했다. 왕실가족은 국왕 직계비속과 국왕 방계비속만을 가리킨다. 그 밖에 수

많은 궁정신하들도 저녁식사에 참석했으며 귀부인들은 앉거나 서 있었다. (556~562쪽)

여가시간과 취침의례

왕들은 여가시간을 어떻게 보냈을까? 그것은 왕의 성격과 취향에 따라 달랐다. 루이 14세의 경우 그는 바깥체질이라 야외활동에 많은 시간을 할애했다. 젊은 시절에는 사냥을 즐겼으나 나이를 먹으면서부터는 귀부인들과 산책을 즐겼다.

하지만 왕이 한가롭고 자유롭게 여가시간을 즐겼다고 생각하면 큰 오산이다. 왕은 결코 혼자인 적이 없었으며 매순간 그를 알현하기 위해 대기 중인 사람들이 있었다. 왕에게 보고를 하거나 인사차 들른 경우, 또는 청탁을 하러 오는 사람들로 왕의 주변은 늘 북적거렸다. 왕은 잠자리에 드는 순간까지 자신에게 달려드는 사람들을 상대해야 했다. 특히 취침의례가 거행되는 침대 주변은 왕을 가까이 접하고 시중을 드는 특권을 누리려는 사람들의 경쟁터였다.

참사회가 없고 금육일이 아닌 날이면 왕은 베르사유에 있다가 때때로 부르고뉴 공작부인, 맹트농 부인 및 몇몇 귀부인들과 함께 점심식사를 하러 마를리나 트리아농으로 갔다. 마지막 3년 동안에는 그런 경우가 더 일상적이었다. 여름에는 식사가 끝나면 대신들이 왕과 함께 일하러 왔다. 국사가 끝나면 왕은 귀부인들과 함께 저녁까지 산책하고 놀이를 하며 시간을 보냈다.

왕은 사냥개에게 먹이주기를 즐겼다. 잠시 사냥개와 시간을 보낸 다음 왕은 의상을 가져오게 했으며 수석 침전시랑이 임의로 들어오게 한 친견권을 지닌 극소수의 사람들 앞에서 갈아입었다. 그러고 나서 곧바로 뒤쪽 작은 계단을 통해 대리석 안뜰로 나가 마차에 올라탔다. 계단 밑에서부터 마차까지 가는 동안 원하는 사람은 왕에게 말을 걸었고 돌아올 때도 마찬가지였다.

(…)

왕은 바깥 공기를 무척 좋아했다. 바깥 공기를 쐬지 못하면 왕은 두통과, 과거에 향수 남용으로 생긴 알레르기에 시달렸다. 그로부터 몇 년이 지났는데도 왕은 오렌지 꽃향기 외에는 어떤 냄새도 견디지 못했다. 따라서 왕 가까이 다가가야 할 사람은 냄새를 풍기지 않도록 각별히 조심해야 했다.

왕은 추위와 더위, 비에 민감하지 않았기 때문에 극단적인 날씨에만 외출을 삼갔을 뿐이다. 왕의 외출목적은 단 세 가지였다. 첫째, 왕은 적어도 일주일에 한 번은 사슴사냥을 하러 갔다. 마를리와 퐁텐블로에서는 종종 일주일에 여러 번 사냥개 및 다른 짐승 무리들을 이끌고 사냥했다. 둘째는 공원에서 총 쏘기였다. 프랑스에서 그만큼 정확하고 능숙하게, 그리고 맵시 있게 총을 쏘는 사람은 없었다. 왕은 일주일에 한두 번 총 쏘러 공원에 갔으며 특히 일요일과 종교축일에 나갔다. 그런 날에 왕은 대규모 사냥을 하고 싶어 하지 않았으며 담당자들도 없었기 때문이다. 그 밖의 다른 날에는 정원과 건축물에서 작업과정을 시찰하며 산책했다. 산책길에 이따금 귀부인들이 동반되기도 했다. 마를리와 퐁텐블로 숲에서는 그녀들을 위해 간식이 준비되었다.

(…)

밖에서 돌아오면 마차에서 작은 계단 밑에 도착할 때까지 왕은 원하는 사람과 이야기했다. 외출복으로 갈아입었던 왕은 돌아온 뒤 다시 옷을 갈아입고 나서 부속실에 머물렀다. 그때가 서자들과 내실시종들, 건축물 관계자들에게는 가장 좋은 시간이었다. 하루에 세 번 돌아오는 그 틈새시간이야말로 그들의 시간이었다. 그 시간은 또한 말이나 글로 생생하게 보고하는 정보원들의 시간이었다. 필요하면 왕이 직접 편지를 쓰는 시간이기도 했다. 산책에서 돌아온 왕은 부속실에서 한 시

간 이상 시간을 보냈다. 그러고 나서 맹트농 부인의 처소로
갔으며 가는 도중에 원하는 사람은 왕에게 말을 걸었다.

(…)

저녁식사 후 왕은 잠시 침대기둥을 등지고 모든 궁정사람들
에게 둘러싸인 채 서 있었다. 그러고 나서 귀부인들에게 경의
를 표한 뒤 부속실로 갔다. 그곳에서 왕은 명령을 내렸다. 그
런 다음 적출과 서출 직계비속들 및 방계비속과 그들의 배우
자들 모두와 함께 한 시간이 채 못 미치는 시간을 보냈다. 왕
은 안락의자에 앉아 있었고 대공은 다른 안락의자에 앉았다.
그때 대공은 형인 왕과 사적 관계를 유지했다. 왕세자는 왕손
들과 마찬가지로 서 있었고 공주들은 타부레에 앉았다.

(…)

자리를 뜨고 싶으면 왕은 잠시 개들에게 먹이를 주러갔다가
저녁인사를 한 뒤 침실 안에 있는 침대 옆 실터로 갔다. 그곳
에서 왕은 아침처럼 기도한 다음 옷을 벗었다. 왕이 머리를
끄덕여 저녁인사를 하면 사람들이 방에서 나갔는데 그동안
왕은 벽난로 귀퉁이에 서 있었다. 그곳에서 왕은 유일하게 남
아 있던 근위대 연대장에게 명령을 내렸다. 그러고 나서 이른
바 사적인 취침의례가 시작되었다. 그 자리에는 첫 번째 친견
권과 두 번째 친견권을 지닌 사람들 혹은 용변 칙허장을 지닌
사람들이 남아 있었다. 그 시간은 짧았다. 왕이 침대에 누우

면 그들은 밖으로 나갔다. 그 순간은 왕에게 특권을 청할 수 있는 또 하나의 기회였다. 모두 함께 나가면서 사람들은 누군가 왕에게 달려들어 왕과 단둘이 남는 것을 목격했다. (559~564쪽)

6장

치세 말기의 루이 14세와
프랑스의 비극

병든 몸

믿기지 않을 만큼 복잡하고 엄격하게 진행된 궁정의례는 연극적이라기보다는 차라리 엄숙한 종교의식을 연상시킨다. 그처럼 규칙적이고 빡빡한 일과를 루이 14세는 누구보다 성실하게 소화했으며 심지어 즐기는 듯했다. 그러나 1701년 통풍 증세가 심각해지자 그는 종종 기상의례와 취침의례를 생략했다. 1703년 이후 침대에 누워 있는 시간이 늘어나면서 기상의례와 취침의례는 아예 중단되었다.

왕을 중심으로 톱니바퀴처럼 움직이던 궁정의례가 생략되거나 중단되면서 궁정은 서서히 활기를 잃어갔다. 루이 14세의 치세는 그렇게 막바지로 향했다.

사망하기 10년 혹은 12년 전부터 왕은 친견권을 지닌 사람들을 들이지 않았다. 그것은 왕이 통풍으로 오랫동안 고생하면서부터였다. 그렇게 해서 공적인 취침의례는 더 이상 거행되지 않았다. 저녁식사를 마치면서 궁정의식은 끝났다. 그때 근위대 연대장은 다른 사람들이 있는 자리에서 왕의 명령을 받았다. 당번인 궁정사제들도 마찬가지였다. 궁정사제장과 수석 궁정사제는 기도를 마친 다음에 방에서 나갔다.

기껏해야 한 달에 한 번씩 돌아오는 치료 날에도 왕은 침대에서 치료를 받았다. 그리고는 그 자리에서 오직 궁정사제들과 친견권을 지닌 사람들만 있는 가운데 미사를 보았다. 세자와 왕실가족들은 왕을 보러 잠시 들렀다. 멘 공작과, 아주 가끔 툴루즈 백작, 그리고 맹트농 부인이 왕과 이야기를 나누러 왔다. 주변에는 그들과 부속실에 있는 내실시종들뿐이었으며 문은 열려 있었다.

맹트농 부인은 침대 머리맡에 있는 안락의자에 앉았다. 대공이 이따금 와서 그 의자에 앉았다. 하지만 그는 맹트농 부인이 오기 전이나 보통은 그녀가 다녀간 다음에 왔다. 왕세자는 항상 서 있었으며 다른 왕실가족은 잠시 있다가 갔다. 멘 공작은 오전 내내 그곳에 머물렀다. 다리를 심하게 절던 그는 맹트농 부인과 동생 외에 아무도 없을 때에는 침대 옆에 있는 타부레에 앉았다. 그때 왕은 주사위로 내기를 해서 두 사람을 즐겁게 해주거나 자주 그들을 나무라기도 했다.

왕은 3시경 침대에서 점심식사를 했다. 사람들이 모두 들어오면 왕은 일어났다. 그 자리에는 친견권을 지닌 사람들만이 들어왔다. 그런 다음 집무실로 가서 참사회를 열었다. 그리고는 평소처럼 맹트농 부인의 처소로 갔고 10시에 공적 만찬을 했다. (564~565쪽)

1709년 겨울

치세 말기인 1709년 프랑스에 몰아닥친 한파는 늙고 병든 루이 14세를 더욱 괴롭혔다. 한파는 1708년 겨울 초부터 시작되었다. 1709년 1월 6일 영하 3도로 시작된 추위는 3월 말까지 평균 영하 20도를 유지했다. 이러한 이상기후 현상으로 프랑스 전국이 거의 눈으로 뒤덮이고 하천이 얼어붙었다. 1709년 1월 한 달 동안에만 11만5천 명이 추위와 기근으로 사망했다. 1709년과 1710년 2년 동안 사망자가 63만 명에 달했다. 자연히 수확량도 급감하고 덩달아 물가도 폭등하면서 경제는 거의 마비상태가 되었다.

앞서 이미 언급되었듯이 그해 겨울은 끔찍했다. 나의 기억으로는 유사한 경우를 찾아볼 수 없을 정도였다. 거의 두 달 동안 똑같은 강세로 지속된 영하의 날씨로 초반부터 강 하구까지 꽁꽁 얼어붙어 짐수레들은 바다 가장자리로 무거운 짐을 운반할 수 있었다. 그러더니 때 아닌 해빙으로 그동안 땅을 뒤덮고 있던 눈들이 녹았다가 돌연 이전만큼 혹독한 영하의 날씨가 덮쳐 다시 3주 동안 계속되었다. 두 번 모두 추위가 어찌나 지독하던지 베르사유 성의 여러 거처 안에서 벽난로의 굴뚝으로 둘러싸이고 화로가 있던 침실의 벽장 안에 있던 가장 강력한 묘약 로즈메리 술과 강한 독주 병들이 깨져버렸다. 나는 베르사유에서 그런 광경을 수차례 목격했다.

두 번째 추위는 모든 것을 망쳐버렸다. 과일나무들은 얼어 죽었다. 호두나무와 올리브나무, 사과나무, 포도나무가 하나도 남지 않았음은 두말할 나위가 없다. 다른 나무들도 엄청나게 많이 죽었다. 정원은 메말라버렸고 땅 위의 모든 곡식들도 얼어 죽었다. 이렇게 모든 것이 죽어버린 황폐한 광경을 독자는 상상도 못 할 것이다. 사람들은 각자 묵은 낟알들을 빼곡하게 심었다. 수확에 대한 절망에 비례해서 빵 가격이 올라갔다. 현명한 사람들은 밀을 심었던 땅에 보리를 다시 심었고 대부분의 사람들이 그것을 따라했다. 그들은 운이 좋았다. 그렇게 해서 살아남았다.

하지만 경찰은 그것을 금지하려고 했다가 뒤늦게 후회했다. 밀에 관련된 여러 칙령이 선포되고 사재기 해놓은 밀 더미에 대한 추적이 이루어졌다. 칙령이 선포되고 세 달 후 여러 지방에 감찰관들이 파견되었다. 그런 모든 조치는 오히려 궁핍과 가격폭등을 절정에 이르게 하는 결과를 초래했을 뿐이다. 추산한 바에 의하면 당시에는 분명히 그해의 수확량과는 별도로 2년간 프랑스 인구 전체를 부양할 만한 밀이 전국에 충분히 있었는데 말이다. (643~644쪽)

1709년의 이상기후 현상과 수확부진으로 농업과 상업이 고 갈되고 농촌과 도시에서 빈민이 속출했다. 그런 와중에서도 정부는 살 궁리를 찾던 백성들을 갈취하는 데 급급했다. 다양한 명목의 세금이 새롭게 부과되고 온갖 편법과 경찰의 추적이 뒤따랐다. 도처에서 백성의 곤궁을 아랑곳하지 않는 정부와 왕의 전제정치에 대한 비난이 빗발쳤다. 왕을 겨냥한 벽보가 붙고 그의 동상이 파괴되었다. 그의 암살을 주장하는 익명의 편지가 도심 곳곳에 뿌려지기도 했다.

이런 상황에서 불가침의 영역이었던 지불방식이 바뀌기 시작했다. 관세와 다양한 신용금고의 지불, 그리고 언제나 신성시되던 시청의 이익배당금 등 모든 것이 일시 정지되었다. 유일하게 지속되던 시청의 이익배당금마저 지불이 연기되다 중단되자 파리와 다른 모든 도시의 가정들이 곤란한 지경에 빠졌다.

동시에 세금의 액수가 늘고 종류도 많아졌을 뿐 아니라 엄격하게 강요되면서 프랑스 전체가 피폐하게 되었다. 모든 가격이 상상을 초월할 정도로 오른 반면 아무리 저렴한 시장에서도 더 이상 살 만한 물건이 남아 있지 않았다. 가축을 키우는 농민들의 빈곤 때문에 가축이 먹을 게 없어 거의 다 굶어 죽었는데 가축에 대해서도 새로운 세금이 부과되었다.

수년간 빈민들을 도와주었던 사람들 중 상당수가 어렵사리 생계를 유지해야 했고 그들 중 적지 않은 사람들은 몰래 적선을 받지 않으면 안 될 처지에 놓였다. 그 밖의 사람들 중 얼마나 많은 수가 빈민들의 치욕과 체벌을 감수하면서까지 구빈원에 들어가려고 애썼는지 이루 말할 수 없다. 또 얼마나 많은 구빈원들이 파산함으로써 빈민들을 다시 토해 내어 공공에게 책임을 전가했는지, 이를테면 결국 굶어죽게 만들었는지 모른다. 게다가 점잖은 가족들 중 얼마나 많은 수가 헛간에서 굶어죽었는지 모른다.

하지만 우리가 다루던 1709년의 시점으로 돌아가 보면, 과연 당시 왕국에서 돈이 될 만한 것이 남아 있었는지 놀라움을 금할 수 없다. 더 이상 아무도 돈을 낼 수가 없었다. 왜냐하면 아무도 돈이 없었기 때문이다. 농촌사람들은 수탈과 비생산적 자산으로 지불불능상태에 처해 있었다. 상업은 고갈되어 더 이상 아무것도 생산하지 못하게 되었고 신용과 신뢰도 무너졌다.

이렇게 해서 왕은 공포정치와 무제한적인 권력행사 외에는 더 이상 아무런 대책이 없는 상태에 놓였다. 왕의 권력은 비록 무제한적이기는 했지만 권력을 잡고 행사할 대상의 부재로 그 역시 제 구실을 하지 못했다. 더 이상 화폐가 유통되지 않았고 그것을 재개시킬 방도도 없었다. 왕은 더 이상 군인들의 급료조차 지불하지 못했다. 사람들은 왕의 금고 속으로 들어간 수백만 리브르의 돈이 과연 어떻게 되었는지 도무지 이해할 수가 없었다. (644~646쪽)

왕실의 불행과 에스파냐 왕위계승전쟁

루이 14세의 말년은 누구보다 비참했다. 병든 몸과 경제 위기만으로도 그는 질식 상태였다. 앞서 언급되었듯이 1711년부터 엎친 데 덮친 격으로 왕세자와 세자 등 왕실가족의 죽음이 계속되었다. 왕실에 죽음의 그림자가 드리워진 것은 그 이전부터였다. 1709년에 콩티 공과 콩데 공, 그 이듬해인 1710년에 콩데 공의 아들인 콩데 공작 등 방계왕족들이 차례로 사망했던 것이다.

루이 14세는 어린 시절 경험한 프롱드난의 상처를 잊지 못하고 그 반란에 참여했던 방계왕족들을 철저하게 억압하고 푸대접했다. 방계왕족 중 관직을 부여받은 사람은 대 콩데가 유일했으며 루이 14세는 그나마 그의 자손을 자신의 서출 딸과 강제로 결혼시킴으로써 그들의 발목에 족쇄를 채웠다. 루이 14세는 뒤늦게 후회하며 그들의 죽음을 안타까워했다.

죽은 자들의 망령이 배회하는 듯한 베르사유에서 루이 14세는 악몽에 시달렸다. 더욱 끔찍한 것은 세자 부부의 사망 당시 궁정에 파다하게 퍼졌던 독살설이었다. 독살설의 주인공은 루이 14세로부터 온갖 견제와 압박을 받던 조카 오를레앙 공작이었다. 사실 여부를 차치하더라도 독살설은 말년의 루이 14세를 불안과 공포 속으로 몰아넣기에 충분했다.

국가의 불운에 왕실의 불행이 겹쳐졌다. 왕에게는 그것이야말로 가장 고통스런 일이었다. 어린 시절의 경험을 교훈삼아 왕은 방계왕족들을 장악하는 데 세심한 주의를 기울였다. 그들의 서열은 단지 왕의 서자들을 격상시키기 위해 필요할 만큼만 올려졌다. 나아가 서자들의 주요 시종들도 그들과 함께 특별대우를 받았고 앞서 살펴보았듯이 방계왕족들의 시종들은 한없이 푸대접을 받았다. 피레네 평화조약 후 대 콩데에게 부여된 것[1] 외에 다른 방계왕족들은 아무도 총독관구를 부여받지 못했으며 아무런 직책도 차지하지 못했다. 그나마 그 자리는 대 콩데가 아니라 그의 아들인 콩데 공에게 주어졌으며

---

1 피레네 평화조약에서 대 콩데의 처우문제를 조건으로 제시한 에스파냐 덕분에 그는 왕에게 용서를 비는 대신 프랑스 총사령관직과 부르고뉴 총독직, 궁정시랑감직을 부여받았다.

다시 왕의 딸과 결혼한 콩데 공작에게 계승되었고 그가 사망하자 그 부부의 아들에게 넘어갔다. 콩데 공작이 왕의 딸과 결혼하지 않았더라면 왕과의 사적 관계도 친견권도 부여받지 못했을 것이다.

(…)

1709년 이후 국내 상황은 매년 악화되었고 더더구나 왕실에는 재앙이 끊이지 않았다. 뒤늦게 왕의 총애를 잃은 방돔 공작의 불행은 그러고도 그가 제정신을 차리지 못하자 더욱 가혹해졌다. 콩티 공과 콩데 공은 6주 간격으로 차례차례 목숨을 잃었다. 콩데 공작은 이듬해, 다시 말해 12개월 후 두 사람의 뒤를 따랐다. 살아남은 방계왕족들 중 최연장자는 고작 17세에 불과했다.

이어 왕세자가 사망했다. 곧 이어 왕의 몸도 심각한 타격을 입었다. 세자비를 잃고 나서 그때까지 왕 자신도 의식하지 못했던 심장질환이 생겼으며, 그 누구와도 견줄 수 없을 만큼 탁월한 세자의 사망으로 왕은 수면을 취하지 못했다. 세자비가 사망한 지 8일 후 왕위계승자가 사망하고 다섯 살 반에 불과한 그 고귀한 핏줄의 나이와 위험한 상황에 직면한 왕은 왕위계승 문제로 마음의 평온을 잃었다. 왕국이 끔찍한 위기를 겪는 동안 평화에 앞서 모든 불행이 급작스럽게 들이닥쳤던 것이다.

하지만 마지막 세 사건들(왕세자와 세자비, 그리고 세자의 연이은 사망_옮긴이)에서 빚어진 그 끔찍한 공포를 과연 누가 설명할 수 있을까? 그 원인들 및 교묘하게 유포되고 주입된 정반대의 의혹들, 그리고 그런 의혹들이 마음 약한 사람들에게 끼친 영향들을 어떻게 말로 표현할 수 있을까? 혐오스런 그 비밀 이야기는 그만두기로 하자. 다만 그 치명적 결과를 애통해하자. 그것들이야말로 그런 일들을 잊을 만큼 끔찍한 또 다른 결과들을 초래했으니 말이다. 대대손손 프랑스에 가장 처참한 영향을 미칠 암흑상태와 손실의 결정판이며 모든 범죄의 절정이자 왕국의 불행들 중 최후의 걸작인 그 결과들을 애통해 하자. 신에게 복수를 청하는 모든 프랑스인들의 절규가 끊이지 않도다! (526~529쪽)

말년의 루이 14세는 정치적인 측면에서도 불행했다. 1701년부터 계속되어 온 에스파냐 왕위계승전쟁으로 유럽에서 그의 정치적 위상은 재기불능상태에 빠졌다. 그 전쟁은 그가 원한 것이 아니었다. 그러나 루이 14세의 허영심에서 전쟁이 비롯되었음은 분명하다. 1700년 그의 손자가 에스파냐 왕으로 즉위하자 그는 무모하게도 "피레네는 더 이상 존재하지 않는다"고 외쳤던 것이다. 프랑스가 에스파냐를 통합함으로써 또 다시 유럽의 패권국가로 군림하려는 것이 아닌가 하는 불안감에 사로잡힌 유럽의 군주들은 동맹을 결성하고 프랑스를 공격했다. 그러나 이때 그에게는 더 이상 콜베르도 루부아도 없었다. 유능한 대신도 장군도 남아 있지 않은 상태에서 루이 14세는 적국에게 패하고 모욕을 당했다. 1713년 루이 14세는 위트레히트 평화조약에 서명함으로써 간신히 전쟁을 종식시켰다. 프랑스는 그때까지 획득했던 영토의 거의 대부분을 잃는 굴욕을 당했을 뿐 아니라 엄청난 부채에 시달렸다.

이것이 바로 그의 것이 아니라 계속해서 그리고 끊임없이 다른 사람들의 것이었던 루이 14세의 장기 치세 말년의 모습이다. 말년에 왕은 불운한 전쟁의 부담으로 기가 꺾이고, 대신들과 장군들의 무능력으로 말미암아 아무에게서도 위로받지 못했으며, 음흉하고 교활한 신하의 먹이가 되었고, 알지도 못하고 알고 싶지도 않았던 왕 자신의 오류 때문이 아니라 그를 공격하기 위해 동맹을 맺은 전 유럽에 대항할 수 없는 무능력 때문에 몹시 괴로워했으며, 재정과 국경문제로 더욱 처참한 지경에 처했다. 그즈음 왕은 단지 조용히 칩거하며 가혹한 통치로 가족과 궁정, 양심, 그리고 불행에 빠진 왕국을 억압하는 것 외에는 다른 도리가 없었다. 그 과정에서 왕은 지나

치게 통치기간을 오래 끌려고 했고 또 불협화음을 빚다보니
그의 약점이 노출되고 적들은 그 약점을 경멸하며 이용했다.

(…)

국외에서 왕은 성난 적들에게 시달렸다. 그들은 속수무책으
로 폭로된 왕의 무능력을 비웃고 그의 옛 영광을 모욕했다.
그럼에도 왕은 지원군도 대신도 장군도 없었다. 그것은 변덕
과 일시적인 기분에 따라 대신과 장군을 선택하고 후원했기
때문이며 자신이 직접 그들을 양성하기를 원하고 또 그럴 수
있다고 믿었던 지독한 자만심 때문이었다. (525~530쪽)

마지막 음모

1714년 늙고 병든 76세의 노인 루이 14세에게 서서히 종말의
시간이 다가오고 있었다. 그는 자신의 사후를 준비하기 시작
했다. 4세에 불과한 후계자를 고려해서 그는 오를레앙 공작
을 새 왕의 섭정으로 지명하는 유언장을 작성했다. 영원히
지지 않는 태양왕으로 자처하던 그가 자신이 유한한 육신의
존재임을 인정한 것이다.

바로 그때부터 왕의 사후 자신들의 처지를 불안하게 여기

던 맹트농 부인과 멘 공작이 왕을 압박하며 총공세를 펼쳤다. 우선 그들은 왕에게 서자들의 지위를 방계왕족 수준 이상으로 격상시키는 한편 그들에게 왕위계승권을 부여하는 칙령을 공표하도록 강요했다. 이는 전 유럽에서 유례가 없는 치욕적인 사건이었으며 국가의 기본법에 위배되는 것이었다. 귀족들이 강하게 반발했으나 이미 루이 14세는 완전히 인(人)의 장막에 포위된 상태였다.

국내에서 왕은 왕실 내부의 비통한 재앙으로 가슴이 찢어졌지만 누구의 위로도 받지 못한 채 스스로 무력감에 빠져버렸다. 그가 겪은 어떤 고통스런 불행보다 수천 배 더 소름 끼치는 공포심에 맞서 홀로 싸워야 할 상황에 직면하게 되었던 것이다. 왕 옆에 남은 소중하고 내밀한 사람들로 인해 불행은 끊임없이 계속되었다. 그들은 무의식적인 왕의 의존성을 노골적이고 막무가내로 남용했다. 왕은 그로 인한 모든 부담을 느끼고 있었으면서도 거기에서 벗어날 수도 벗어나고 싶어 하지도 않았다. 게다가 도저히 물리칠 수 없을 만큼 강렬한 애착과 본능처럼 굳어버린 습관으로 자신의 감시자들의 욕심과 태도를 지적할 능력마저 상실했다.

(…)

서자들의 위세야말로 왕 개인의 불행이요 프랑스의 화근이었
다. 말년에 왕이 그들의 위세를 믿어지지 않을 정도로 높이
올려줌으로써 그의 불행은 계속 증폭되었다. 임종 직전에 왕
이 그들의 위세를 강화시키는 데 골몰한 결과 그들은 무소불
위의 막강한 존재가 되었다. 해군과 포병대, 수많은 사단들
과 개인 연대들, 그리고 스위스와 그라우뷘덴, 기엔, 랑그
독, 브르타뉴를 손에 넣음으로써 그들의 세력은 이미 상당했
으며, 어린 왕의 비위를 맞추고 즐겁게 해 줄 목적으로 왕실
수렵담당관직마저 차지했다.

　그들의 서열은 방계왕족과 동등해졌다. 그러기 위해 왕은
모든 규율과 권리, 심지어 누구도 손댈 수 없는 신성하고 유구
한 왕국의 옛 기본법마저 전복시키는 고통을 겪었다. 나아가
그 문제는 왕에게 외국의 강대국들, 특히 로마와의 여러 가지
분란을 안겨주었다. 왕은 확실하게 그들의 비위를 맞추어야
했으며, 오랜 실랑이 끝에 겨우 대사들과 교황특사들로 하여
금 방계왕족에게 하는 것과 똑같은 예우뿐 아니라 똑같은 명
예와 의무를 서자들에게도 표하게 만들었던 것이다.

(…)

감히 자연의 순리를 깨뜨릴 수 없는 것에 자존심이 상한 왕은
우선 서출들에게 적어도 왕족들과 비슷한 수준의 거처와 서

열을 제공했다. 그러고 나서 하나의 동질적 가문을 형성하기 위해 수차례 전대미문의 흉측한 결혼을 통해 그들을 한꺼번에 뒤섞어버렸다. 마침내 하나밖에 없는 아우의 외아들조차 공공연하게 노골적인 폭력에 희생되었다. 이를 계기로 용기 백배해진 왕은 점점 더 무모해져 결국 서자들을 방계왕족들과 완전히 동등한 위치로 끌어올렸다. 임종에 임박해서 왕은 그들에게 왕위계승의 서열과 권리를 부여하는 데 전력을 기울였다. 마치 자신이 왕위계승 문제를 마음대로 처리할 수 있고 또 인간을 태생과 다르게 만들 수 있는 것처럼 말이다.

(…)

주지하다시피 왕과 맹트농 부인의 자식들은 여러 단계를 거치며 차례차례 이중간통의 비천하고 어두운 처지에서 구제되었으며 당당하고 완벽한 방계왕족 수준 이상의 지위로 격상되었다. 단순한 청원의 관행을 통해서건 공개적으로건, 절차나 특허장, 포고령, 칙령 등의 법적 절차를 통해서건 그들은 마침내 왕위계승자격이라는 신분서열상의 절정에 도달했다. 그 일에 관한 엄청난 이야기를 모으면 책 한 권이 될 것이며 흉측한 문서들의 모음집만도 두꺼운 책 한 권의 분량이다. (530~537쪽)

앞서 언급되었듯이 1715년에는 유언 변경서를 통해 루이 14세의 사후 섭정이 될 오를레앙 공작의 손발을 묶고 멘 공작이 전권을 행사할 수 있는 만반의 준비작업이 마무리되었다. 오를레앙 공작은 허수아비 섭정에 불과하게 될 것이었다. 오를레앙 공작의 친구였던 생시몽은 특히 이 대목에서 루이 14세에게 맹공격을 퍼붓는다. 그로서는 자신의 정치적 미래가 달린 문제가 아닌가.

그게 다가 아니었다. 자신의 사망 후를 대비한 왕의 배려와 조치들은 모두 그들을 위한 것이었다. 조카의 능력에 대한 반감에다 멘 공작과 맹트농 부인에 의해 그런 왕의 감정이 교묘하게 부추겨지면서 왕은 수수방관하며 그들이 씌운 굴레를 감수했으며 자신이 자초한 고통을 끝까지 참고 견뎠다. 이미 살펴보았듯 왕은 거부감과 분통어린 후회를 쏟아내기도 했다. 그럼에도 불구하고 왕은 그들의 강요를 뿌리치지 못했다. 그로 인해 그의 후계자가 완전히 희생되었고 왕국도 마찬가지였다.
  미래의 왕을 교육시키기 위해 지명된 사람들 모두의 목적도 서출들의 욕심과 다를 바 없었고 실제로 전혀 다르지 않았다. 멘 공작이 선두에 있었고 그 밑에 빌루아 원수가 있었다. 빌루아 원수는 아마도 프랑스에서 그런 직책에 가장 부적합한 인물이었을 것이다. 참고로 말하자면 사부로 선택되었을 당시 빌루아 원수는 71세였고 그가 가르칠 대상인 세손은 불과 다섯 살 반이었다.

(…)

그런 측근들에 둘러싸여 있으면서도 멘 공작은 아직 안심하지 못했다. 왕이 사망하기 불과 며칠 전에 그에게 유언 변경서를 작성케 한 것은 바로 그런 이유에서였다. 그것이 왕이 한 마지막 일이었으며 서출들에게 베푼 최후의 성스러운 희생이었다. 여기서 그 문제를 다시 거론해 보기로 하자. 그 최후의 문서에 의해 왕의 모든 궁전과 군 요새는 오를레앙 공작과는 무관하게 오직 멘 공작과 그 수하인 빌루아 원수에게 예속되었다. 그렇게 해서 오를레앙 공작은 어디서건 인정받지도 복종받지도 못하게 되었다.

유언장은 섭정참사회의 구성원을 지명하고 절차를 결정했다. 그 결과 오를레앙 공작은 섭정으로서의 모든 권한을 박탈당한 셈이었다. 섭정참사회의 구성원들은 대부분 멘 공작에게 충성하는 자들이었다. 모든 사람들, 특히 오를레앙 공작은 그들에게 반감을 가질 만했다.

이것이 바로 왕의 마지막 관심사였으며 그의 선견지명에 따라 취해진 최후의 행위였다. 그것은 마지막 왕권행사라기보다는 한심할 정도로 어리석은 시도이자 평생 계속된 일련의 수치스런 행위의 결정판이었다. 존재하지 말았어야 할 한 인물의 노골적이고 끝없는 야망에 왕의 후계자와 왕국이 내맡겨진 한심한 상황이 되었다.

국가는 치명적 불화에 휩싸이게 되었다. 섭정에게 복종해야 할 사람들이 섭정에게 무기를 겨누었으니 말이다. 무능력하고 모든 것을 다 빼앗기는 치욕을 당하고 허울만 남은 섭정은 자신의 권리와 권한을 되찾지 않으면 안 될 절박한 처지에 놓였다. 그가 처한 현실은 모든 방계왕족들이 처했던 상황 중에서도 가장 절박하고 지속적이며 위급한 상황이었다.

이제 왕에 대한 기억은 신 앞에서도 사람들 앞에서도 깨끗이 씻어지지 않을 것이다. 왕 자신의 자만심과 허약함, 천박한 여인, 사생아들, 그리고 가증스런 성격의 고해신부 텔리에 등이 그를 마지막 파멸의 구렁텅이에 몰아넣었으니 말이다. 애지중지하던 사생아들을 위해 마구 권력을 휘두르던 왕은 마침내 수치심도 거리낌도 사라진 그들의 횡포에 시달렸다.

(···)

그 오만한 군주는 쇠사슬에 묶여 신음했다. 그런 상태에서 그는 전 유럽을 장악했다. 또한 자신의 쇠사슬로 모든 신분층의 백성들과 모든 연령층의 자기 가족들을 짓누르며 가장 신성하고 정통적인 종교적 양심을 박탈할 정도로 완전히 자유를 억압했다. (532~540쪽)

7장

막이 내리다

대왕으로의 마지막 풍모

1715년 8월 25일 유언 변경서의 서명을 끝으로 루이 14세는 사후처리를 모두 마친 셈이다. 그 자신이 유언 변경서의 내용을 뉘우치며 후회했지만 그는 더 이상 아무것도 할 수 없는 상태였다. 한때 프랑스 전역은 물론 유럽을 호령하며 공포에 떨게 했던 그였지만 죽음 앞에서 그는 초라하고 겸허한 인간으로 되돌아가 자신의 모든 행적을 반성하며 신에 용서를 빌었다. 시종일관 루이 14세를 공격하던 생시몽마저도 모든 것을 내려놓은 듯 평온하고 의연하게 죽음을 맞이하는 그의 모습에 깊은 감동을 받은 나머지 그에 대한 찬사를 아끼지 않았다.

결국 왕은 전 유럽을 향해 자신이 오랜 기간 동안 저질러온 그 요란하고 추악한 이중간통을 뉘우치고 고해하며 공개적으로 사죄했다. 그는 신 앞에 설 만반의 준비를 마치고 54년간의 통치와 자기 자신에 대한 최후의 깊은 자책에 빠졌다. 오만하고 사치를 일삼았으며 건축물에 집착하고 모든 분야에서 낭비벽을 보이고 끊임없이 전쟁을 벌였을 뿐 아니라 그 모든 것의 근원이자 자극제 역할을 했던 최고라는 자만심으로 무수한 피를 흘리게 하고 국내외에서 수십억을 탕진했으며, 전 유

럽을 끊임없이 시련에 빠뜨리고, 모든 질서와 규범, 국가의
유구하고 신성한 법들을 동요시키고 파괴했으며, 왕국을 치
유 불가능한 파멸의 구렁텅이에 빠뜨림으로써 전지전능한 신
의 기적 없이는 살아남을 수 없는 지경에 몰아넣었던 것이다.

(…)

게다가 왕의 인내심을 시험하는 고통스럽고 불행스런 상황들
이 오랫동안 잔인하게 전개되었다. 그럼에도 불구하고 그런
상황들은 화려한 승리보다, 그리고 오래 지속된 번영보다 그
의 명성을 더 견고하게 만드는 데 일조했다. 국내에서의 막중
하고도 만족할 만한 지배권과 국외에서의 화려한 승리에 익
숙했던 왕이 마침내 모든 행운을 박탈당하고 뼈아픈 가정적
고난과 오랜 역경 속에서도 한결같이 보여준 위대한 정신력
이 바로 그 비결이었다.

(…)

여기서 죽음에 임박한 왕이 매순간 열정적으로 기도를 바치
는 가운데 편안하고 침착한 태도를 보이며 조금도 불안해하
지 않고 한결같이 평온을 유지하는 모습을 다시 한 번 언급하
지 않을 수 없다. 의사들은 왕을 죽게 하고 육체적 통증마저
사라지게 한 요인인 완전히 썩은 피가 마음의 고통과 정신적
동요마저 가라앉혔다고 말했다. 왕이 그 병 때문에 사망한 것
은 분명하다.

그런데 임종의 순간에 이렇듯 감탄을 자아내게 한 왕의 침착하고 의연한 자세를 과연 어떻게 설명해야 할까? 왜냐하면 생을 마치는 순간 왕은 조금도 안타까워하지 않고 한결같은 태도로 초조함을 견뎌냈기 때문이다. 왕은 어떤 명령을 내리면서도 힘들어 하지 않았으며 건강하고 정신이 맑은 사람과 똑같은 자세로 바라보고 말하며 사후의 모든 일을 예견했다. 마지막 순간까지 매사가 일평생 왕의 모든 행동을 지배했던 외적 품위와 엄격함, 위엄 속에서 진행되었다. 체면유지를 위한 연기라는 의심이 조금도 들지 않을 정도로 왕은 진솔하며 솔직한 표정과 자연스런 태도를 보였다.

그토록 어려운 국내 상황 속에서도 의연함, 정신적 강인함, 외적 일관성, 가능한 한 주도권을 쥐려는 세심한 노력, 망동이 아니라 용기와 슬기로 모든 기대를 조절하는 여유, 매사에 한결같은 겉모습 등은 보통사람들에게는 불가능한 것이었다. 바로 그 점에서 그에게 '루이 대왕'이라는 호칭이 부여될 만하고 또 일찍부터 그는 그렇게 불렸다. 전 유럽인들이 진심어린 찬사를 보내고 또 그것을 목격한 백성들 역시 감탄해 마지않았던 것도 그 때문이었다. 또한 그토록 길고 혹독한 통치 기간 동안 그에게 반감을 품었던 수많은 사람들의 마음을 되돌린 것도 바로 그 점이었다. (529~544쪽)

루이 14세의 죽음에 대한 아쉬움과 해방감

그럼에도 불구하고 루이 14세의 죽음을 아쉬워하는 사람들
은 그의 시중을 들던 소수의 궁정시종들과 왕의 권력을 전횡
했던 대신들과 지사들뿐이었다. 나머지 대부분의 사람들은
왕의 사망하자 기쁨을 감추지 못했다. 오를레앙 공작, 대공
비와 같은 왕실가족이 왕의 죽음을 반겼음을 두말할 나위가
없다. 심지어 맹트농 부인도 안도의 숨을 내쉬었다. 당시 80
세였던 그녀는 오랫동안 왕의 침실을 지키느라 무척 지친 상
태였기 때문이다. 멘 공작은 마지막 순간까지 루이 14세의
총애를 독차지하고 있었음에도 불구하고 뻔뻔스럽게도 마치
자신의 세상이 온 듯 허풍을 떨며 기뻐했다. 그밖에 루이 14
세에게 짓눌려 지내던 궁정인들 모두가 그의 죽음을 반겼다.
하물며 궁정 밖의 백성들이 루이 14세의 사망 소식에 얼마나
열광했을지 짐작할 만하다. 루이 14세의 죽음 앞에서 프랑스
인들이 느낀 공동의 감정은 한마디로 해방감이었다.

그러나 루이 14세가 사망했다고 해서 프랑스인들이 완전히
자유로워진 것은 아니었다. 그가 남긴 유산은 오랫동안 프랑
스인들을 짓눌렀으며 혁명기까지 유지되었다. 무엇보다 심
각한 문제는 파산 직전의 재정상태였다. 루이 14세는 20억 리

브르라는 천문학적인 액수의 부채를 남기고 떠났던 것이다.

내실시종들과 그 밖의 몇몇 사람들, 그리고 대칙서 문제에 관련된 우두머리들만이 루이 14세의 죽음을 아쉬워했다. 그의 후계자는 아직 섭섭함을 알 나이가 아니었다. 왕에 대한 대공비의 감정은 공포심과 경외심뿐이었다. 베리 공작부인은 왕을 좋아하지 않았으며 자신이 주도권을 행사하게 될 날만을 고대했다. 오를레앙 공작은 슬퍼할 하등의 이유가 없었다. 슬퍼할 만한 사람들도 제 역할을 다하지 않았다.

　세자비의 사망 이후 맹트농 부인은 왕 때문에 완전히 기진 맥진했다. 그녀는 어떻게 할 바를 몰랐고 왕을 달래기 위해 어떻게 해야 하는지도 몰랐다. 그녀는 전에 비해 세 배나 구속을 받았다. 왜냐하면 왕이 그녀의 처소에 전보다 훨씬 더 오래 머무르거나 아니면 그녀와 함께 휴식을 취했기 때문이다. 왕의 건강상태와 국사뿐 아니라 모든 일에 대한 술책들, 더 정확하게 말하자면 멘 공작을 위해 모든 것을 가로채려는 시도 때문에 왕은 계속해서 신경질을 내고 자주 욕설을 퍼부으며 맹트농 부인을 괴롭혔었다. 결국 그녀는 원했던 것을 달성했다. 그러니 왕을 잃음으로써 사실상 모든 것을 잃었음에도 불구하고 그녀는 해방감을 느꼈고 그런 감정 외에는 다른 감정을 느낄 수가 없었다. 곧 이어 권태와 공허함이 들면서 그녀도 후회하는 마음이 들었다. 하지만 은둔상태에서 그녀는 더 이상 아무런 영향력을 행사하지 못했다. 그러니 지금은 그녀에 대해서건 그녀의 처지에 대해서건 말할 때가 아니다.

멘 공작이 왕의 죽음 이후 얼마나 기뻐했으며 얼마나 건방지게 전지전능한 권력에 대한 포부를 떠벌렸는지 독자는 이미 잘 알 것이다.

(…)

궁정의 사람들은 두 부류로 나뉘었다. 한 부류는 중요한 역할을 맡고 국사에 개입하고 영입되기를 갈망하는 사람들이다. 기대할 것이 없었던 한 치세가 종말을 고하는 것을 보며 그들은 기뻐 날뛰었다. 다른 한 부류는 무거운 압력에 지치고 특히 왕보다는 대신들에게 늘 짓눌렸던 사람들이다. 그들은 대부분 끊임없는 고통에서 해방된 것에 만족했으며 새로운 시대를 반겼다.

매사를 구속하는 복종관계에 신물이 난 파리사람들은 자유에 대한 희망으로 가득 찼으며, 권력을 남용하던 수많은 사람들의 종말을 보고는 기쁨에 넘쳤다. 파괴와 절멸에 낙담하던 각 지방에는 환희가 메아리쳤다. 고등법원들은 중요한 역할을 하게 되기를 은근히 기대했으며, 칙령과 파기로 궤멸당했던 온갖 종류의 사법기구들은 구속에서 해방되기를 기대했다. 헐벗고 짓눌린 가운데 절망하던 백성들은 해방감에 기뻐 날뛰며 신에게 감사했다. 그들이 의심의 여지없이 가장 강렬하게 갈구했던 것은 바로 해방이었다.

우리 대신들과 지방의 지사들, 재정가들, 그리고 '시정잡배들'이라 불리는 인간들은 자신들이 완전히 몰락했음을 느꼈다. (569~572쪽)

맹트농 부인의 은둔과 죽음

루이 14세의 사망 후 맹트농 부인의 행보가 궁금하지 않을 수 없다. 왕 뒤에서 무소불위의 권력을 행사하던 그녀의 처지가 하루아침에 바닥으로 내동댕이쳐진 셈이 되었으니 말이다.

맹트농 부인은 모든 것을 예측한 듯 왕의 사망 하루 전날인 1715년 8월 31일 영원히 베르사유를 떠났다. 평소부터 왕이 사망하면 오를레앙 공작이 곧 자신을 체포할 것이라며 두려워하던 그녀는 생시르에 정착한 뒤 죽을 때까지 그곳을 벗어나지 않았다.

생시르는 그녀가 1686년 루이 14세로부터 후원금을 받아 베르사유 인근에 세운 여학교다. 비참한 어린 시절을 보낸 그녀는 자신과 비슷한 처지에 놓인 소녀들을 구제하기 위한 목적에서 가난한 귀족 출신 소녀들을 대상으로 하는 교육기관을 설립한 듯하다. 하지만 영악한 그녀는 아마도 애초부터 자신의 노후를 대비하기 위한 용도를 계산했을 가능성이 크다.

맹트농 부인은 자신의 처지를 파악하고 그것에 적응하는 데 천부적 재능을 지닌 사람이었다. 생시르에서 보낸 4년 동안에도 그녀는 적절하게 처신했다. 과거에 하늘을 찌를 듯 권력을 누리던 것과는 정반대로 그녀는 몇몇 사람들만 만나며 조용하고 검소하게 생활했다. 1719년 그녀의 죽음과 함께 루이 14세의 시대는 완전히 막 뒤로 사라졌다.

그녀는 왕이 사망하자마자 생시르로 갔다. 그곳에서 그녀는 현명하게도 스스로를 죽은 사람처럼 여기며 울타리 밖으로 나가지 않았다. 나중에 언급될 극소수의 몇몇을 제외하고 그녀는 전혀 외부사람을 만나려 하지 않았다. 또한 무엇을 요구하지도 누구에게 부탁하지도 않았고 자신의 이름이 연루될 수 있는 어떤 일에도 개입하지 않았다.

그녀는 단지 켈뤼스 부인과 당조 부인, 레비 부인을 받아들였으나 그나마 그런 기회는 자주 있지 않았다. 특히 뒤의 두 사람은 훨씬 드물게 주로 점심시간에 그녀를 찾아왔다. 로앙 추기경은 매주 그녀를 보러 왔으며 멘 공작도 마찬가지였다. 멘 공작은 그녀와 단둘이 3~4시간을 보냈다. 그녀에게 그의 도착을 알리면 그녀는 미소를 지었다. 그가 지독한 악취를 풍겼음에도 불구하고 그녀는 늘 하던 대로 그를 '아가'라고 부르며 다정하게 포옹했다.

(…)

주지하다시피 섭정으로 선포된 후 오를레앙 공작이 맹트농 부인을 만나러 생시르에 왔을 때 그녀는 그에게 단지 생시르에 대한 후견권을 요청했을 뿐이다. 오를레앙 공작은 그것을 약속했고 왕이 그녀에게 매달 주었던 4천 리브르도 매달 초하루에 정확하게 지급될 것이라고 다짐했다. 이는 항상 어김없이 지켜졌다. 이렇게 해서 그녀는 왕으로부터 4만8천 리브르의 연금을 받았다. 그밖에 그녀가 왕과 몽테스팡 부인 자녀들의 가정교사로서 받았던 연금과 그 시절에 받았던 다른 연금들, 그리고 바이에른 왕세자비의 제2 치장담당 시녀로서의 급료가 계속 지급되었는지 아닌지 나는 모르겠다.

(…)

1719년 카지모도 전날인 4월 15일 토요일 저녁, 그 유명한 비운의 여인 맹트농 부인이 생시르에서 사망했다. 만약 몇 년 전에 그런 일이 벌어졌더라면 유럽이 얼마나 떠들썩했을까!

생시르에서 가까운 베르사유에 있던 사람들은 그 사실을 무시했고 파리 사람들도 거의 입에 올리지 않았다. (…) 35년 동안 그녀는 한 치의 여지도 없을 만큼 전지전능하며 엄청나게 막강한 인물이었기에 은둔하며 보낸 말년조차 사람들의 관심을 끌었다. (573~577쪽)

부록

루이 14세 가계도

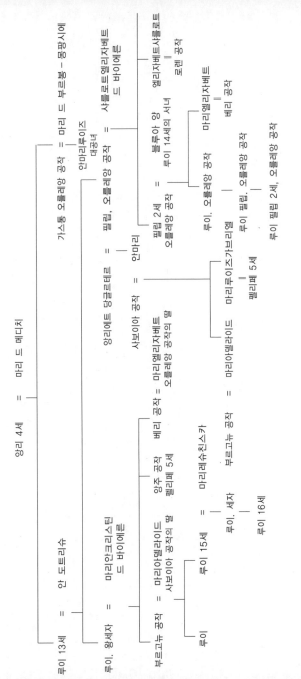

1610 루이 13세의 즉위

1615 루이 13세와 안 도트리슈의 결혼.

1618 30년 전쟁의 발발.

1635 생시몽의 아버지, 클로드 드 루브루아 공작 겸 중신이 되다.

1637 생시몽의 아버지 블라유에 은거.

1638 9월 5일 세자, 미래의 루이 14세의 탄생.

1642 11월 4일 리슐리외의 사망으로 마자랭이 재상이 되다.

1643 5월 14일 루이 13세의 사망으로 루이 14세가 즉위하고 안 도트리슈가 섭정이 되다.

1648 10월 24일 베스트팔렌 조약 체결로 30년 전쟁 종식.

1649 1월 루이 14세와 모후의 파리 탈출과 동시에 파리 고등법원의 프롱드난 발발.

1649 2월 2일 영국 왕 찰스 1세가 처형되다.

1650 1월 대귀족의 프롱드난 발발.

1651 2월 마자랭의 추방.

1653 2월 3일 마자랭의 귀환과 프롱드난의 종결.

1659 11월 7일 피레네 조약 체결.

1660 6월 9일 루이 14세와 마리테레즈의 결혼.

1661 3월 9일 마자랭의 사망.

      9월 5일 재무총관 푸케가 낭트에서 체포되다.

      11월 1일 왕세자의 탄생.

1666 1월 20일 안 도트리슈의 사망.

1667 귀속전쟁 발발.

1672~1678 네덜란드 전쟁.

1672 클로드 드 생시몽 공작의 재혼.

1675   1월 16일 루이 드 루브루아, 미래의 생시몽 공작의 탄생.

1678   네이메헨 조약 체결.

1680   왕세자의 결혼.

1682   5월 궁정의 베르사유 이주.

1682   8월 6일 부르고뉴 공작의 탄생.

1683   마리테레즈와 콜베르의 사망.
        10월 왕과 맹트농 부인의 비밀결혼.

1688   영국 명예혁명 발발.

1689~1697 아우크스부르크 동맹전쟁.

1691   루부아의 사망.

1692   샤르트르 공작의 결혼.

1693   클로드 드 생시몽 공작의 사망.

1695   4월 생시몽의 결혼.

1697   9~10월 라이스바이크 조약 체결과 아우크스부르크 동맹전쟁의 종식.
        12월 7일 부르고뉴 공작과 사보이아 공작 딸의 결혼.

1700   11월 에스파냐 왕 카를로스 2세의 사망 및 앙주 공작의 즉위(펠리페
        5세).

1701~1713 에스파냐 왕위계승전쟁.

1709   1~3월 혹한.

1710   부르고뉴 공작의 차남 앙주 공작, 미래의 루이 15세의 탄생.

1710   7월 5일 베리 공작과 오를레앙 공작 딸의 결혼.
        생시몽 공작부인, 베리 공작부인의 명예시녀가 되다.

1711   4월 16일 왕세자의 사망.

1712   2월 12일 부르고뉴 공작부인의 사망.
        2월 18일 부르고뉴 공작의 사망.
        3월 8일 부르고뉴 공작의 장남 브르타뉴 공작의 사망.

1713   4월 11일 위트레흐트 평화조약의 체결로 에스파냐 왕위계승전쟁 종식.

1714   5월 4일 베리 공작의 사망.
        7월 멘 공작과 툴루즈 백작에게 왕위계승권이 부여되다.

1715   9월 1일 루이 14세의 사망 및 루이 15세의 즉위.

1719   4월 맹트농 부인 사망.

1721   10월 생시몽, 에스파냐 특사로 파견되다.
1722   뒤부아, 재상이 되다.
1749   생시몽, 《회고록》 완성.
1755   3월 2일 생시몽 사망.

- **다게소** D'Aguesseau, Henri François, 1668~1751

  프랑스 법관으로 1691년에 검찰차장, 1700년 검찰총장이 되었다. 섭정기인 1717년에 대상서가 되어 1750년까지 그 자리를 지키며 정치적 영향력을 행사했다.

- **다캥** D'Aquin, Antoine, 1620~1696

  의사의 아들로 1667년부터 왕비 마리테레즈의 시의(侍醫)로 일하다 1672년 루이 14세의 수석 시의가 되었다. 루이 14세의 정부인 몽테스팡 부인의 총애를 받아 승승장구하며 각종 이해관계에 개입했으나 지나친 욕심으로 1693년에 직위를 박탈당했다.

- **당탱** D'Antin, marquis de, 1665~1736

  몽테스팡 부인이 루이 14세의 정부가 되기 전에 낳은 아들. 몽테스팡 부인에 대한 의리 탓인지 루이 14세로부터 다양한 특혜를 부여받았다. 1701년에 오를레앙과 앙부아즈 총독이 되었으며 1708년 조영총관, 1711년 공작 겸 중신이 되었다. 그러나 동시에 왕세자의 측근으로 활약하며 그의 비밀스런 여자관계의 뒤치다꺼리를 해주었다.

- **대공** Monsieur, duc d'Orléans, 1640~1701

  루이 13세와 안 도트리슈의 둘째 아들. 한때 전장에서 용감한 군인으로 명성을 날렸으나 루이 14세에 의해 정치에서 배제된 뒤 방탕한 생활을 했다. 루이 14세가 하사한 생클루 성에 그는 사치와 방탕의 또 다른 왕국을 건설했으며 동성애 취향으로 온갖 추문을 일으켰다.

- **대공비** Madame, Princesse Palatine, 1652~1722

  팔츠 공의 공주로 대공의 두 번째 부인이 되었다. 자유분방한 성격 탓에 엄격하고 강압적인 베르사유의 궁정생활을 못 견뎌했으며 자신의 솔직한 심정을 토로한 수많은 분량의 편지를 남겼다.

- **대 콩데** Grand Condé, Louis II de Bourbon, 1621~1686

부르봉 가에서 파생된 콩데 가의 4대손으로 1643년에 22세의 나이에 북부군 사령관이 되어 에스파냐 군에게 대승을 거두었다. 1648년에 프롱드난이 일어 나자 처음에는 반란군을 진압했으나 마자랭과 알력을 빚자 귀족들을 이끌고 프롱드파의 기수가 되었으며 프롱드난이 실패하자 에스파냐 군에 투신했다. 루이 14세의 용서를 받고 귀국한 후 왕에게 충성을 맹세한 뒤 샹티 성에서 칩거했다.

- **데마레** Desmarets, Nicolas, 1648~1721

콜베르의 조카로 1678년 재무지사가 되었으며 1708년에 샤미야르의 뒤를 이어 재무총감이 되었다. 처음에는 콜베르의 영향으로 보빌리에 공작과 함께 부르고뉴 공작파에 속했으나 점차 맹트농 부인파로 옮겨갔다. 보빌리에와 보 방의 영향을 받아 1710년에 특별전시세인 1/10세를 신설했다.

- **도뇌유** d'Auneuil, seigneur de, Nicolas II de Frémont, 1622~1696

1655년에 국왕비서직을 사들여 관직에 진출한 뒤 1674년에 청원심사관이 되어 정치적 영향력을 행사한 법복귀족의 전형적인 인물이다.

- **도 후작** marquis d'O, Gabriel-Claude, 1654~1728

1686년에 툴루즈 백작의 사부가 되었으며 1696년에는 그의 수석 침전시랑이 되었고 1699년에는 부르고뉴 공작의 수행귀족이 되었다. 맹트농 부인 및 멘 공작과 가까운 사이로 생시몽은 그를 음험한 인물로 묘사하고 있음에도 불구 하고 그와 친분관계를 유지했다.

- **뒤부아** Dubois, Guillaume, 1656~1723

의사 브리브의 둘째 아들로 샤르트르 공작, 훗날 오를레앙 공작의 가정교사가 된다. 성실하고 꾸준함 덕분에 오를레앙 공작이 섭정이 되자 신분적 장애를 넘어서 1722년 대신직에 올랐다.

- **라발리에르 양** Mlle de La Vallière, 1644~1710

첫 번째 대공비의 시녀로 루이 14세의 정부가 되었으나 1674년 카르멜 수녀 원에 은둔하여 그곳에서 생을 마감했다.

- **랑세 신부** abbé Ransé, 1626~1700

귀족 집안에서 태어났으나 1657년 종교적 회심을 계기로 모든 재산과 성직을 포기한 뒤 트라피스트 수도원에 들어갔다. 수도생활의 이상을 설파한 그의 저 작 《수도생활의 신성함과 의무》(1683)는 학문을 배척하고 기존 수도의 개념과 사뭇 다른 논리로 신학자들 사이에 상당한 논쟁을 불러일으켰다. 종교에 입문하기 이전 생시몽의 아버지와 절친했던 그는 생시몽의 고해신부로 그에게 지대한 영향을 미쳤다.

- **로렌 기사** Philippe de Lorraine, 1643~1702
마사시랑감인 아르마냑 백작의 남동생으로 대공의 총애를 받아 1668년에 여단장직에 오른 이후 대공의 궁정이 위치한 생클루 성에 거주하며 온갖 추문을 일으킨 장본인이다.

- **로르주 양** Mlle Lorge, Marie Gabrielle, 1678~1732
생시몽의 부인 참조.

- **로르주 원수** maréchal de Lorge, Guy de Dufort, duc de, 1630~1702
튀렌의 조카로 1676년에 프랑스군 원수가 되었으며 1689년에 기엔 총독, 1694년에 로렌 총독이 되었다. 온화하고 강직한 성품으로 주변의 신망을 얻었으며 훗날 생시몽의 장인이 되었다.

- **로르주 원수부인** maréchale de Lorge, Geneviève, 1658~1727
콜베르 밑에서 재정가로 엄청난 부를 쌓은 프레몽의 딸로 로르주 원수와 결혼했다. 부르주아 출신이지만 남편 덕분에 귀족부인이 되었으며 궁정에서도 능숙한 사교술로 인기를 모았다.

- **루부아** Louvois, François Michel Le Tellier, marquis de, 1639~1691
육군대신인 아버지 르텔리에와 함께 1661년부터 30년간 사실상 프랑스 육군의 최고 책임자 역할을 했다. 전략에 뛰어난 그는 루이 14세의 신임을 얻어 모든 전쟁을 지휘했으며 30만 대군을 양성했다.

- **루빌 후작** marquis de Louville, 1664~1731
생시몽의 친구로 1700년 에스냐의 펠리페 5세가 된 앙주 공작을 따라 에스파냐 궁정에 거주한 그는 1721년에 에스파냐 대사로 부임한 생시몽에게 여러 가지 귀중한 정보를 제공해주었다.

- **뤽상부르 원수** maréchal de Luxembourg, 1628~1695
프롱드난 동안 콩데 휘하에서 반란에 가담하기도 했으나 피레네 평화조약으로 프랑스에 돌아와 루이 14세의 친정 이후 네덜란드와의 전쟁에서 혁혁한 공을 세웠다. 특히 1690년 플뢰뤼스 전투(1690)와 네르빈덴 전투(1693)에서 수많은 적군의 깃발을 빼앗았다. 그러나 왕세자에게 접근함으로써 왕의 총애를 잃었다.

- **르텔리에** Le Tellier, Michel, 1603~1685

마자랭의 신임을 얻었으며 루이 14세의 친정이 시작되자 육군대신으로 활약
하며 프랑스 육군의 증강에 공헌했다. 1677년 대상서가 되면서 자신의 자리
를 아들 루부아에게 물려주었다.

- **리슐리외 추기경** cardinal de Richelieu, Armand-Jean du Plessis, 1585~1642
  1607년에 뤼송 주교가 되었으나 1614년 삼부회에서 당시 섭정이던 마리 드
  메디치의 눈에 띄어 161년 국무비서가 되었다. 1622년에는 추기경직을 얻었
  으며 1624년 수석 대신직에 올라 루이 13세와 함께 프랑스 절대군주정의
  토대를 굳혔다.

- **릴본 양** Mlle de Lillebonne, Béatrix-Hiéronyme de Lorraine, 1662~1738
  엘뵈프 공작의 넷째 아들인 릴본의 큰딸로 1711년에 르미르몽 수녀원장이
  되었다. 어머니 릴본 부인 및 동생 에피누아 부인과 함께 왕세자의 측근으로
  활약하며 온갖 궁정 음모에 연루되었다.

- **마레샬** Mareschal, Georges, 1658~1736
  구빈원 의사였다가 1696년에 왕의 탄저병 치료에 자문을 해준 공으로 1703
  년에 왕의 수석 외과의가 되었으며 1707년에 귀족 작위를 얻었다.

- **마리테레즈** Marie-Therese, 1638~1683
  에스파냐의 왕 펠리페 4세의 딸로 1660년 루이 14세와 정략결혼했다. 신앙심
  이 독실하고 단순한 성품으로 복잡한 프랑스 궁정생활에 무사히 적응하며 루
  이 14세에게 순종했다. 루이 14세도 수많은 연애사건에도 불구하고 끝까지
  왕비에 대한 예우를 지켰다.

- **마사시랑감** Le Grand Ecuyer, Louis de Lorraine, comte d'Armagnac, 1641~1718
  아르마냑 백작으로 루이 14세와 어린 시절을 함께 보낸 덕분에 그의 총애를
  받아 1658년에 왕실 마사시랑감이 되었으며 앙주 총독이 되었다.

- **마자랭** Mazarin, Jules, 1602~1661
  교황의 특사로 1630년 프랑스 왕실에 발을 들여놓은 뒤 루이 13세와 리슐리
  외의 신임을 받아 1642년 그의 뒤를 이어 수석대신이 되었다. 1년 뒤인 1643
  년에 루이 13세가 사망하고 루이 14세가 5세의 나이로 즉위하면서 루이 14세
  의 모후인 안도트리슈와 함께 왕의 미성년 기간 동안 전권을 장악했다.

- **망사르** Mansard, Jules Hardouin, 1646~1708
  국왕 전속 화가인 아르두앵의 아들로 르보의 뒤를 이어 1679년부터 베르사유
  증축을 책임졌다. 1682년에 귀족 작위를 받았으며 1699년에 조영총관이 되

었다. 베르사유의 본관을 중심으로 좌우에 있는 왕족과 귀족의 거처인 익랑건
물과 부속성당이 그의 작품이다.

• **맹트농 부인** Mme de Maintenon, François d'Aubigné, Marquise de, 1635~1710
시인 스카롱과 결혼했으나 1660년에 남편이 사망했다. 루이 14세와 몽테스팡
부인 자녀들의 가정교사를 하다가 루이 14세의 마음을 독차지하면서 1683년
마침내 루이 14세와 비밀결혼을 하는 데 성공했다. 신앙심이 독실하고 높은
수준의 교양을 지녔음에도 불구하고 역사가들로부터 왕을 조종하며 권력의 전
횡을 일삼았다는 평가를 받는다.

• **멘 공작** duc de Maine, Louis-Auguste, 1670~1736
루이 14세와 몽테스팡 부인의 장남으로 태어났으나 어머니 몽테스팡 부인을
배반하고 맹트농 부인의 양자가 되어 루이 14세의 말년에 온갖 궁정 음모의
중심이 되었다.

• **모페르튀** Maupertuis, Louis de Melin, marquis de, 1635~1721
1686년에 생캉탱 총독, 1691년에 근위대 중대장이 되었다. 생시몽 아버지의
친한 친구로 생시몽의 군 초임 시절 많은 도움을 주었다.

• **모후**
안 도트리슈 참조.

• **몽테스팡 부인** Mme de Montespan, Françoise-Athénaïs de Rochechouart,
1641~1707
1663년에 몽테스팡 후작과 결혼했으며 1667년에 왕비인 마리테레즈의 시녀
가 되자 루이 14세의 눈에 들어 그의 정부가 되었다. 이후 12년간 프랑스
정국에 막강한 영향력을 행사했으며 루이 14세와의 사이에서 6명의 자녀를
두었다.

• **방돔 공작** duc de Vendôme, 1654~1712
앙리 4세의 서자 세자르 부르봉(César de Bourbon)의 손자. 루이 14세 치세
동안 에스파냐와 플랑드르 등 수많은 전투에서 공을 세웠으나 왕세자 파벌에
속해 수많은 궁정 음모에 가담했다.

• **방타두르 공작부인** duchesse de Ventadour, Charlotte de La Mothe-Houdancourt,
1651~1744
라페르테 공작부인의 자매로 대공비의 시녀가 되었으며 훗날 루이 15세의 가
정교사가 되었다.

- **베리 공작** duc de Berry, Charles, 1686~1714
  루이 14세의 손자이자 왕세자의 셋째 아들. 아버지를 닮아 단순한 성격을 지닌 그는 맏형인 부르고뉴 공작과는 달리 아버지와 사이가 좋았다.
- **베리 공작부인** duchesse de Berry, Marie-Louise-Elisabethe d'Orléans, 1694~1719
  루이 14세의 서출인 블루아 옹주와 오를레앙 공작의 딸로 1710년에 베리 공작과 결혼했다. 권력에 대한 집착이 강하고 오만한 성격 탓에 온갖 궁정 음모, 특히 아버지인 오를레앙 공작의 섭정기에 다양한 스캔들을 일으켰다.
- **보빌리에 공작** duc de Beauvillier, Paul, 1648~1714
  빌루아 원수의 뒤를 이어 1685년에 재정참사회의 우두머리가 되었으며 1689년 루이 14세의 수석 침전시랑, 1691년 국무대신이 되었으며 세 왕손들의 사부로 궁정에서 막강한 영향력을 행사했다.
- **보빌리에 부인** Mme de Beauvillier, Henriette-Louise, Colbert, 1657~1733
  콜베르의 둘째 딸로 보빌리에 공작과 결혼한 뒤 1680년에 궁정시녀가 되었다.
- **보쉬에** Bossuet, évêque de Meaux, 1627~1704
  젊은 시절에는 가톨릭 개혁가인 뱅상 드 폴(Vincent de Paul)의 영향을 받아 민중교화에 몰두했다. 뛰어난 강론으로 정평이 나면서 1670년에 세자의 시강학사가 되었다. 루이 14세의 정치이념을 대변한 다수의 저서를 남겼는데, 특히 왕권신수설에 기반한 그의 유작 《성경 말씀에 근거한 정치사상》(*Politique tirée des propres paroles de l'Ecriture sainte*)은 절대군주정의 대표적 정치사상서로 손꼽힌다.
- **봉탕** Bontemps, Alexandre, 1626~1701
  루이 13세의 이발사이자 외과의의 아들로 루이 14세의 수석 침전시종을 지냈으며 베르사유 지사직을 겸했다. 거친 외모와는 달리 총명하고 예리했으나 전혀 드러내지 않았으며 가문의 영화를 꾀하지 않고 오직 왕에게 충성을 다함으로써 루이 14세의 신뢰를 받았다.
- **부르고뉴 공작** duc de Bourgogne, Louis, 1682~1712
  세자의 아들이자 루이 14세의 장손. 페늘롱의 지도하에 풍부한 교양과 지식을 쌓은 그는 궁정의 기대를 한 몸에 받았으나 30세의 한창 나이에 의문사했다.
- **부르고뉴 공작부인** duc de Bourgogne, Marie-Adélaïde de Savoie, 1685~1714
  대공의 딸인 발루아 양(Mlle de Valois, 1669~1728)과 사보이아 공작(duc de

Savoie, Victor-Amédée)의 딸로 1697년 12월 7일 라이스바이크 조약에 의해 부르고뉴 공작과 정략결혼을 했다. 재치 있고 명랑한 성격으로 루이 14세 치세 말기의 우울한 궁정 분위기에 활력을 부여했으나 1712년 부르고뉴 공작과 함께 의문사했다.

- **블루아 옹주** Mlle Blois, Françoise-Marie de Bourbon, 1677~1749
왕과 몽테스팡 부인의 둘째 딸로 1692년에 대공의 장남인 샤르트르 공작과 결혼했으며 훗날 오를레앙 공작부인이 되었다. 오를레앙 공작부인 참조.

- **빌루아 원수** maréchal de Villeroy, 1644~1730
루이 14세의 사부였던 아버지 덕분에 루이 14세와 함께 성장했으며 군 원수이자 완벽한 궁정인인 그는 용감하지만 전쟁터에서는 무능했다. 맹트농 부인의 총애를 받아 1714년에 국무대신이 되었으며 루이 14세의 유언으로 1717~1722년에 루이 15세의 사부직을 맡았다. 그러나 이미 그는 70세가 넘은 나이였기에 사실상 루이 15세의 교육은 방기되었다.

- **빌키에** Villequier, marquis de, 1667~1723
오몽 공작의 아들로 아버지로부터 수석 침전시랑직을 승계받았으며 1704년 아버지의 사망 후 오몽 공작이 되었고 1713년에는 영국 대사로 부임했다.

- **생시몽 공작, 클로드** duc de Saint-Simon, Claude, 1607~1693
생시몽의 아버지. 루이 13세의 총애를 받아 1628년에 늑대사냥대장이 되었으며 1635년에 블라유와 뮐랑 총독이자 공작 겸 중신직을 부여받았으나 곧 왕의 눈 밖에 나 영지에서 칩거생활을 했다.

- **생시몽 부인** Mme de Saint-simon, 1678~1732
로르주 공작 겸 원수의 딸로 1695년에 생시몽과 결혼했다.

- **샤르트르 공작** duc de Chartres, Philippe II, 1674~1723
오를레앙 공작 참조.

- **샤를로트 드 로베핀** Charlotte de L'Aubépine, 1647~1725
생시몽의 어머니로 27세의 나이에 66세인 생시몽의 아버지와 결혼했다.

- **샤미야르** Chamillart, Michel, 1652~1721
고등법원 법관 출신으로 맹트농 부인에게 각별한 신임을 얻어 루이 14세 후반부에 전권을 장악했다. 1686년 청원심사관, 1689년 루앙 지사, 1699년 재무총감, 1700년 국무비서 등 차례차례 고위관직을 거친 뒤 육군대신을 역임하면서 콜베르와 루부아가 한 몸으로 합쳐진 것 같은 역할을 했다.

- **세뉼레 후작** marquis de Seignelay, 1651~1690

  콜베르의 아들로 해군담당 국무비서였으며 1689년에 국무대신이 되었으나 곧 사망했다.

- **슈브뢰즈 공작** duc de Chevreuse, Charles-Honoré, 1646~1712

  유서 깊은 귀족 가문 출신으로 콜베르의 딸과 결혼했다. 콜베르의 후광에 힘입어 루이 14세의 총애를 받았으며 비밀리에 대신직을 수행했다. 보빌리에 공작과는 동서지간이다.

- **슈앵 양** Mlle Choin, Marie-Emile Joly, ?~1732

  부르그앙브레스의 총독인 슈앵 남작의 딸로 콩티 공비의 시녀가 된 뒤 왕세자의 정부가 되었다. 흔히 왕세자의 맹트농 부인으로 불렸다.

- **스카롱** Scarron, Paul, 1619~1660

  파리 고등법원 법관의 아들로 17세기 프랑스 사회를 조롱하는 자유분방한 풍자시와 희곡을 발표했다. 가난한 귀족 가문 출신의 프랑수아즈 도비녜와 결혼함으로써 그녀가 미래의 맹트농 부인으로 거듭날 수 있는 기반을 닦아준 인물이다.

- **안 도트리슈** Anne d'Autriche, 1601~1666

  에스파냐의 왕 펠리페 3세의 딸로 1615년 루이 13세와 결혼했으나 왕의 냉대로 불운한 삶을 살았다. 그러나 결혼 23년 만인 1638년 루이 14세를 낳으면서 그녀의 인생의 달라졌고 1643년 루이 13세 사망 후 루이 14세의 섭정이 되어 수석대신 마자랭과 더불어 프랑스 정국을 좌지우지했다.

- **앙주 공작** duc d'Anjou, Philippe de France, 1683~1746

  왕세자의 둘째 아들로 1700년 에스파냐의 왕 펠리페 5세로 즉위했다.

- **에피누아 부인** Mme d'Epinoy, Mlle de Lillebonne, Elisabeth de Lorraine, 1664~1748

  릴본 부인의 둘째 딸로 에피누아(prince d'Epinoy) 공과 결혼했다. 슈앵 양 및 릴본 양과 함께 왕세자의 측근이었다.

- **오귀스트** Auguste, Philippe II, 재위 1180~1223

  존엄 왕 필리프 2세를 가리킨다. 봉건군주로서 영국 및 신성로마제국과의 전쟁을 통해 약화된 프랑스 왕권을 회복하고 왕령지를 확대하는 데 주력했다.

- **오라녜 공** prince d'Orange, Guillaume III, Nassau, 1650~1702

  찰스 1세의 외손자로 제임스 2세의 장녀 메리 스튜어트와 결혼했다. 1688년 명예혁명이 일어나자 아내인 메리와 영국의 공동 왕으로 추대되었다. 영국 왕이 된 그는 개신교 세력을 단합하여 루이 14세의 패권에 맞서 싸웠다.

- **오를레앙 공작** duc d'Orléans, Philippe, 1674~1723
루이 14세의 조카로 루이 14세의 서출 딸 블루아 옹주와 결혼했다. 그러나 루이 14세의 견제로 정치에서 배제된 채 방탕한 생활로 시간을 보냈다. 1715년 루이 14세의 사망 후 드디어 섭정직에 올랐으나 뇌졸중으로 급사했다.

- **오를레앙 공작부인** Mme d'Orléans
블루아 옹주 참조.

- **왕세자** Monseigneur, Louis le Grand Dauphin, 1661~1711
루이 14세와 마리테레즈의 큰아들이자 장성한 유일한 아들이었으나 왕의 감시와 냉대 속에서 불우한 삶을 살았다. 루이 14세가 거주하던 베르사유보다는 자신의 뫼동 성에 안주하던 그는 1711년 천연두에 걸려 사망했다.

- **위셀 원수** maréchal d'Huxelles, 1652~1730
군인이지만 군대보다는 권력의 요체인 궁정의 움직임에 관심을 기울였고 온갖 수단을 동원했다. 강직함을 가장한 그는 출세를 위해서라면 궁정의 실세 누구에게나 접근했다. 예컨대 루이 14세의 아들인 왕세자에게 그의 정부가 된 슈앵 양을 소개하고 루이 14세 사후에는 섭정의 신뢰를 얻는 데 성공했다. 1703년에 원수가 되었으며 섭정기에 국무대신직을 지냈다.

- **제임스 왕** roi Jacques, King James, 1633~1701
1688년 명예혁명으로 왕위를 빼앗긴 뒤 왕비(Maris-Béatrix-Eléonore d'Este, 1658~1718)와 함께 프랑스 생제르맹 성에서 루이 14세의 보호를 받으며 망명생활을 했다.

- **친첸도르프** Zinzendorf, 1671~1742
1695에 신성로마제국 최고법원의 일원이 되었으며 1699년에서 1701년까지 파리 주재 신성로마황제의 대사를 지냈다. 요셉 1세가 황제가 되자 대상서직에 올랐다.

- **카를로스 2세** Carlos, 1661~1700, 재위 1665~1700
에스파냐 왕 펠리페 4세와 그의 두 번째 왕비 마리아의 소생으로 합스부르크의 마지막 혈통이었으나 선천적으로 허약하고 소심해 정치적으로 무능했다. 그의 유언으로 에스파냐 왕조는 합스부르크 혈통에서 부르봉 혈통으로 바뀌고 프랑스의 패권을 우려한 유럽 강대국들은 두 나라를 상대로 에스파냐 왕위계승전쟁을 벌였다.

- **켈뤼스 부인** Mme de Caylus, 1671~1729
맹트농 부인의 조카딸로 그녀의 총애를 받아 궁정출입이 잦았고 맹트농 부인이 생시르에 칩거하는 동안 그녀의 유일한 친구 역할을 했다.

- **콜베르** Colbert, Jean-Baptiste, 1619~1683
랭스의 모직물 상인의 아들로 마자랭의 신임을 얻어 루이 14세에게 천거되었다. 루이 14세가 친정을 시작한 1661년부터 사망할 때까지 국무대신, 재무총감, 궁내부 대신 등 여러 직위를 겸직하며 프랑스 정국을 주도했다.

- **콩데 가** les Condé
앙리 4세의 아버지 앙투안 부르봉의 형제인 샤를 부르봉의 다섯째 아들인 루이 1세(1530~1569)부터 시작된 부르봉 왕가의 방계로 1709년까지 왕족의 대우를 받으며 장자에게는 므슈 르 프랭스(Monsieur le Prince)의 칭호가 부여되었다.

- **콩데 공** Prince de Condé, Henri-Jules, duc de Bourbon, 1643~1709
대 콩데(Grand Condé, Louis II de Bourbon)의 장자로 부르봉 혈통에서 파생된 콩데 가의 5대 손인 그는 1709년에 사망할 때까지 므슈 르 프랭스(Monsieur le Prince)라는 호칭으로 불렸다.

- **콩데 공작** Monsieur Le Duc, Louis III de Condé, 1668~1710
콩데 가의 6대손으로 콩데 공의 장남. 므슈 르뒥(Monsieu le Duc)으로 불렸으며 몽테스팡 부인의 장녀 낭트 양(Mlle de Nantes, 1673~1743)과 결혼했다.

- **콩데 공작부인** Mme de Duchesse, Mlle de Nantes, Louise-Françoise, 1673~1743
루이 14세와 몽테스팡 부인의 딸로 콩데 공작과 결혼했다. 서출인데다 방계왕족을 견제한 루이 14세의 정책으로 궁정에서 푸대접을 받자 이복동생인 왕세자의 파벌에 가담하여 온갖 음모에 연루되었다.

- **콩티** Conti, Armand de Bourbon, prince de, 1629~1666
앙리 콩데의 아들이자 대 콩데의 동생으로 대 콩데와 함께 프롱드파의 기수로 나섰다. 그러나 반란이 진압된 후 마자랭의 조카딸과 결혼함으로써 부르봉-콩데 가에서 분가해서 콩티 가의 시조가 되었다. 이후 므슈 르 프랭스의 칭호를 얻었다.

- **콩티 공** prince de Conti, Louis Armand, 1661~1685

콩티의 장남으로 므슈 르 프랭스의 칭호를 물려받았으며 1680년 루이 14세의 서출인 블루아 옹주와 결혼했다.

- **콩티 공** prince de Conti, François-Louis de Bourbon, 1664~1709
라마르슈 백작이던 그는 1685년 형이 죽은 뒤 콩티 공(prince de Conti)이 되었으며 콩데 공의 딸과 결혼했다. 1690년 네덜란드와의 전쟁에서 두각을 나타냈으나 주변의 질시를 받았다.

- **콩티 공비** Princesse de Conti, Marie-Anne, 1666~1739
루이 14세와 애첩 라발리에르 부인의 딸로 1680년에 콩티 공과 결혼했으나 1685년에 콩티 공이 일찍 사망하는 바람에 주변의 무관심 속에서 이복동생인 왕세자에게 의지하며 헌신했다.

- **텔리에 신부** P. Tellier, Michel, 1643~1719
예수회 소속 신부로 1709년 왕의 고해신부가 되어 루이 14세에게 정치적, 종교적 영향력을 행사했으며 그로 인해 루이 14세의 사망 후 파리에서 추방되었다.

- **툴루즈 백작** comte de Toulouse, Louis-Alexandre, 1678~1737
루이 14세와 몽테스팡 부인의 둘째 아들. 형인 멘 공작과는 달리 온화하고 강직한 성품으로 궁정 음모에서 한 발 비껴 있었다. 덕분에 루이 14세의 사후에도 오를레앙 공작의 배려로 해군제독으로 활약했다.

- **튀렌** Turenne, Henri de La d'Auvergne, 1611~1675
30년 전쟁 말기에 프랑스 총사령관으로 공훈을 세웠으나 한때 프롱드파에 속해 정치적 시련을 겪기도 했다. 루이 14세의 친정과 더불어 중용되어 에스파냐와 네덜란드와의 전쟁에서 다시 큰 공을 세웠다.

- **파공** Fagon, Guy Crescent, 1638~1718
맹트농 부인의 총애를 받아 세자비의 시의를 거쳐 1693년 루이 14세의 수석 시의가 되어 그의 임종 시까지 루이 14세를 돌보았다. 파리 대학 출신으로 당대 명의로 소문난 인물이었으나 지나치게 보수적이고 완고한 성품으로 주변의 불만을 샀다.

- **페늘롱 신부** abbé de Fénelon, Archevêque de Cambray, 1651~1715
페리고르 지방의 유서 깊은 귀족의 후손으로 1689년부터 10년간 왕손들의 시강학사로 궁정에 거주했다. 기용 부인과 함께 정적주의 문제에 휩싸였으며 《텔레마코스의 모험》에서 루이 14세의 전제를 비판하고 유토피아 사회를 묘사했다. 정통주의자인 보쉬에와의 신학논쟁으로 로마 교황청으로부터 이단으로 단죄된 뒤에는 캉브레 교구에 유배되어 고독한 일생을 마쳤다.

- **펠리페 4세** Felipe IV, 1605~1665, 재위 1621~1665
  에스파냐의 왕으로 부왕인 펠리페 3세와 마찬가지로 총신정치를 했으며 호전적인 성격으로 인해 끊임없이 전쟁을 벌였다. 네덜란드 연합주들과의 전쟁에 이어 30년 전쟁 후에도 계속된 프랑스와의 패권 다툼은 피레네조약으로 종결되었다.
- **퐁샤르트랭** Pontchartrain, Louis II Phélypeaux de comte de, 1643~1727
  전형적인 법복귀족으로 1687년 재무지사를 거쳐 1689년 재무총감이자 해군, 궁내부 국무비서이자 대신이 되었으며 1699년에 대상서직에 올랐다.
- **푸케** Fouquet, Nicolas, 1615~1680
  법관 출신으로 재무총관직에 올라 엄청난 부를 쌓았으며 파리 인근에 화려한 보 성을 건축했다. 그러나 루이 14세와 콜베르의 견제를 받아 1664년 종신형과 재산 몰수형을 선고받아 죽을 때까지 감옥에서 지냈다.
- **프레몽** Frémont, Nicolas de, 1622~1696
  콜베르 밑에서 재무관직을 맡아 거대한 부를 축적했다. 그의 딸(Geneviève, 1658~1727)은 1676년에 로르주 공작과 결혼했다.

기억의 장소 전5권

피에르 노라(Pierre Nora) 외 지음

김인중(숭실대) · 유희수(고려대) · 이영림(수원대) 외 옮김

1 《공화국》
2 《민족》
3 《프랑스들 1》
4 《프랑스들 2》
5 《프랑스들 3》

120여 명의 프랑스 역사가들이 10년에 걸쳐 완성해낸
'역사학의 혁명'

《기억의 장소》, 이 책은 획기적이고 방대한 기획으로 탄생한 대작이다. 피에
르 노라를 비롯해 이 책의 저자들은 이를 통해 프랑스 민족사를 다시 쓰고자
시도한다. 역사에 대한 새로운 방법과 시각으로 프랑스뿐 아니라 세계 각국
의 역사학계에 신선한 충격을 던졌으며, 이미 미국과 독일, 러시아, 이탈리
아, 불가리아, 일본 등에서 번역본이 출간됐다. 이 책은 지난 세기의 실증적
민족사와는 전혀 다르며 심성사와도 아주 다른 것으로, 그런 의미에서 피에
르 노라는 이 《기억의 장소》를 지금까지 단계의 역사를 넘어서는 '두 번째 단
계의 역사'라고 부른다.

신국판 | 양장본 | 각 권 25,000원

나남 031-955-4601 www.nanam.net